별의 노래

전라도 역사의 혼불 **2**

별의 노래

서철원 장편소설

출판하우스 짓다

차례

장계 · 9
대동 세상 · 17
세상속으로 · 29
수상한 날들 · 38
순간이동 · 44
돌연변이 · 53
일어서는 물칼 · 63
점성술의 대가 · 70
이조전랑 · 80
벼랑의 신화 · 87
궁극의 전당 · 96
쓰러지는 빛 · 106
솔직과 정직 · 116
공화의 세상 · 130
파우스트 폴 · 140
새끼 멧돼지 · 151
내부의 적들 · 157

불멸의 인연 · 171

격정의 땅 · 183

대동의 꽃 · 193

피리 부는 소년 · 203

시간과 공간 · 214

불멸의 생 · 220

그 세상 · 228

죽도 · 238

별을 노래하는 마음으로 · 247

에필로그 – 임금의 삶에 관한 소소한 여백 · 254

쿠키 에피소드 – 인왕산에서 · 282

참고문헌 · 294

작가의 말 · 296

in spoiler

절망하라, 깊고 광활한 우주 모퉁이에 모두는 서 있느니……

장계 狀啓

조선 선조22년(1589).

가을별은 총총하고 선명했다. 죽은 자의 사연을 품은 별들은 또렷이 빛났다. 태어날 아이의 태몽도 별 가운데 보였다. 별들은 밤사이 건너갈 강이 멀든 가깝든 저마다 외로이 빛났다. 은하를 가르는 나룻배가 보였다. 별똥별 하나가 서편으로 기울 때, 경회루 아래에서 물고기가 뛰어 올랐다.

새벽나절 경회루 연못 지나 예문관 숙직실까지 물소리가 들렸다. 사초史草를 다듬다 잠든 예문관 응교의 귓가에도 물소리는 들려왔다. 꿈속 같기도 하고 환청 같기도 했다. 눈을 떠야할지 말아야 할지 망설였다. 말발굽 소리가 들려왔다. 꿈은 아니었다. 눈을 뜨고 주위를 두리번거렸다. 다시 말발굽 소리가 들렸다. 몸을 일으켰다.

이 시간에 말을 달려 왔으면 중한 일이지 싶었다. 벗어둔 관모를 쓰고 숙직실을 나가자 말 등에 검은 사립을 쓴 전령이 보였다. 멀리에서 말을 띄운 것 같았다. 달을 머리에 이고 온 전령이 말에서 내렸다. 전령 앞으로 걸어갈 때 가을 새벽은 서늘했다.

응교가 물었다.

"어디에서 왔소?"

"황해도 관찰사와 인근 현감들이 보냈습니다."

전령은 눈빛이 부드러웠다. 지친 기색 없이 말 등에 묶은 대나무 통을 풀었다. 응교가 대나무 통을 받아들었다. 뚜껑을 열자 오래 전 대숲에 살던 바람이 불어왔다. 바람 속에 두루마리 종이가 머리를 펄럭였다.

황해도 관찰사 한준, 안악 현감 이축, 재령 현감 박충간, 신천 현감 한응인이 보낸 장계였다. 전령의 표정은 내용을 짐작하는 눈치였다. 읽기 전에는 알 수 없으나 느낌이 좋지 않았다. 낮밤을 달려왔을 만큼 다급한 일임에 분명했다.

장계를 펼쳐 단숨에 읽어 내려갔다. 고변은 단순하고 솔직했다. 직필의 단순성은 칼처럼 뻗어 한곳을 가리켰다. 가릴 수 없는 감정은 깎아지른 벼랑 끝에서 서로를 밀거나 당기고 있었다. 다시 훑어봤다. 문장 속에 거센 피바람이 보였다. 흰 종이 위로 뚜렷한 칼자국이 지나갔다. 어디로든 흩어질 핏방울이 문장마다 튀었다.
 바람이 응교의 어깻죽지를 쓸며 멀리 불어갔다. 응교가 한숨을 내쉬었다. 문장 속에 삶의 종결과 죽음이 어른거렸다.

　… 정여립과 대동계 무리가 황해도와 전라도에서 일시에 봉기하여…….

 장계는 놀랍고 두려운 문장으로 아뢰었다. 임금의 손안에 들어가는 순간 살아남지 못할 것을 내다봤다. 정사품 예문관 응교의 신분으로 고변은 일생일대의 질량으로 왔다. 새벽나절 비어 있던 가슴 언저리에서 쿵-, 바위가 떨어지는 소리가 들렸다. 다리가 휘청거렸고, 머리칼이 일어서는 것을 알았다. 종이를 가로질러 긴장된 산하가 지평선 끝에서 무너져 내리는 환각이 보였다.
 장계를 받을 때, 처리 방침과 순서를 머릿속에 떠올렸다. 예문관 당상들에게 장계의 출처와 고변의 핵심을 정리하여 알리는 게 우선이었다. 일품 예문관 영사에게 전갈을 띄우고, 이품 대제학과 제학, 삼품 직제학을 소환하여 고변을 공유해야 했다. 칠품 봉교, 팔품 대교, 구품 검열에게 필사를 맡겨 예문관 평의회에 가져오도록 해야 했다. 회의 때 한 글자도 숨김없이 드러내 장계의 골간을 짚어야 했다. 수신자의 신분과 이름을 기록하고, 고변의 진위를 가려야 했다. 진행 과정을 전부 비밀에 부쳐 밖으로 새나가는 일이 없어야 했다. 의금부에 고하되, 위중한 등급을 비밀리에 알려야 했다. 내금위 무사들을 지원받아 예문관 전체를 휘감아 경계에 돌입하는 것도 빼놓지 않아야 했다. 아침나절 평의회에서 예문관 당상들이 논하고 검증하면, 예문관 일품이 편전에 입시入侍하여 임금께 아뢰어야 했다. 판단은 임금이 내릴 일이었다.

응교의 머리는 숨 가쁘게 돌아갔다. 무엇부터 진행해야 할 것도 알았다. 장계를 가져온 전령을 숨겨야 하는 것도 알았다. 응교가 말했다.

"안으로 들어오시오."

전령을 숙직실로 데려가 옷을 갈아 입혔다. 정령은 군말 없이 응교의 말에 따랐다. 흰 저고리에 검정 조끼를 걸치자 예문관 말단처럼 보였다. 전령이 머쓱한 표정으로 말했다.

"먹물들이 입는 옷이라 그런지 어색하기 짝이 없습니다."

천한 말에 올라 장계나 전하는 것이 어디서······.

응교는 목까지 치밀어 오른 화를 누르며 겨우 말했다. 응교의 목에서 가시 박힌 탱자나무가 보였다.

"여기 있는 동안 예문관 검열로 지내야 할 것이오. 이틀 아니면 사나흘이면 돌아갈 것이니, 함부로 다니지 마시오. 누가 묻거든 엊그제 새로 들어왔다고 하시오."

전령이 알았다고 했다. 밖에서 풍경이 울었다. 삼경이 지나는 중이었다. 늦은 밤에 전령은 배가 고픈 모양이었다. 해질녘에 수라간 항아姮娥가 가져온 인절미를 내주었다. 전령이 조용히 먹고는 피곤한지 입이 미어지도록 하품을 했다.

"책장 뒤에 이불을 깔아놨으니 자두시오. 날이 밝으면 할 일이 많을 테니……."

"그래도 되겠습니까?"

"코만 골지 않으면 괜찮소."

전령이 대꾸 없이 자리에 누웠다. 드러눕자마자 코를 골았다. 많이 피곤한 모양이었다. 생각 같아서는 콧구멍에 솜이라도 밀어 넣고 싶었으나 차라리 귀를 막는 게 낫지 싶었다. 전령의 코는 온갖 짐승소리를 내며 울고 또 울었다.

응교가 한숨을 내쉬며 돌아섰다. 긴박한 때에 코골이 따위는 아무것도 아니었다. 고변의 장계를 놓고 시간을 허비하지 말아야 했다. 아침나절 예문관 당상들이 장계의 골간을 짚을 때 고변의 핵심이 무엇이며, 누구를 가리키는지 신중히 떠오르도록 하는 게 숙직의 임무였다. 날이 밝기 전 틈 없이 장계를 철해 임금이 읽어가는 데 소홀함이 없도록 하는 것도 숙직의 소임이었다.

*

 외방에서 올라온 장계는 승정원에서 가장 먼저 뜯어보고 담당승지가 임금에게 올렸다. 임금의 재가를 받은 뒤 계하인啓下印을 찍고 내용과 관계있는 관서에 하달했다. 사안의 위중과 위태에 따라 사초의 등급을 받거나 그보다 높은 수위의 문서로 나뉘었다.
 사초는 시대마다 높고 가파른 말들을 기록했다. 사관史官이 비밀히 작성하여 실록에 등재될 자료로 분류됐다. 나라의 정사政事를 빠짐없이 기록한 시정기時政記를 의미하였으며, 크고 넓게는 실록 편찬에 중요한 자료로 활용되었다.
 종이로 올라온 장계는 푸른 비단으로 바탕을 깔고 양 끝에 손잡이를 달아 쥐도록 하여 읽기에 불편함이 없어야 했다. 승정원 당상들이 합금合襟하면 오른편에 승정원개탁承政院開坼이라 쓰고, 아래쪽에 신서명근봉臣署名謹封이라 쓴 뒤 두루마리로 주첩해 마지막에 임금께 올릴 것이었다.
 탁자 위에 장계를 펼쳤다. 사슴이 새겨진 서진書鎭으로 종이를 누르고 한동안 바라봤다. 캄캄한 새벽에 당도한 장계 하나로 예문관을 시작으로 집현전과 사헌부가 들끓을 것이고, 승정원 당상과 집현전 일품과 이품들이 논하면, 성균관 박사와 유생들이 합세하여 고변을 뚫어볼 것이다. 무엇이 됐든 결과는 눈에 선연했다.

> … 관직에서 밀려나간 정여립이 비천한 자들과 대동계를 조직하고, 사회私會를 열어 임금을 부정하며 나라를 뒤엎을 반역을 도모하고 있나이다.

 황해도 관찰사 한준의 의도는 동인東人의 급소를 찌르며 밀려왔다. 안악군수 이축은 서인西人과 동인의 분열을 극좌와 극우의 대립으로 몰아갔다. 지령군수 박충간은 동인의 치정을 돌이킬 수 없는 반역의 골간으로 밀어내며 깊이 읍소했다. 신천군수 한응인은 반역의 비준을 철저히 칼과 매로 앙갚음할 것을 문장으로 아뢰었다.
 문장으로 떠오른 정여립은 외로워 보였다. 종이마다 구획된 성토는 깊고 치명적이었다. 거칠고 가파른 골짜기를 거슬러 오르는 장계만으로 정여립은 극좌의 우두머리로 낙인되어 있었다. 돌이킬 수 없는 죄상은 집중된 자리에서 역모로 분열을 유인하고 반역으로 대립을 부추겼다. 정여립이 끌고 오는 세상은 뜨거웠으나 맵고 가혹한 것이 기다렸다. 무엇도 드러난 것이 없이 장계는 정여립을 향해 반역의 정점을 찍고 있었다.

대동 세상

 눈을 들어 밖을 바라봤다. 응교의 눈동자를 가르는 별똥별이 보였다. 별 속에 황해도 수령들의 고변과 정여립의 울음이 들렸다. 섞인 울음은 각자의 존재를 별에 새기느라 고단했다. 은하 저편까지 별들이 어수선한 물결로 출렁이며 밀려갔다.
 알 수 없었다. 정여립의 대동 세상이 유효한지, 황해도 수령들의 장계에 박힌 심리가 정확한지, 예문관 응교의 신분으론 파악되지 않았다. 응교의 위치에서 반역과 음모를 놓고 유추할 수 있는 지점은 얼마 되지 않았다. 상상은 끝없이 밀려갔으나 실상을 건져 올리기엔 제한이 많았다. 말과 생각을 보탤 처지도 아니었다. 저자거리 동냥아치와 깡패보다 못한 정적政敵들의 치기를 생각했다. 오래도록 이어온 동인과 서인의 대립은 쑥스럽고 황망했다.

희붐한 새벽 여명을 바라보며 응교가 붓을 들었다. 대교를 깨우기 전 일기를 기록해두는 것이 좋을 것 같았다. 늦어지면 일기를 빠트릴 게 분명했다. 응교가 붓을 쥐고 오래 종이를 바라봤다. 시작은 가벼웠으나 종이 앞에 붓의 진입은 두렵고 은밀했다.

 기축己丑 10월 열아흐렛 날 계사啓巳 일기.
 자시를 넘어 달려온 장계를 들추어 동서 분당의 피바람을 예고하며 적는다. 밀려오는 죽음의 피바람을 벼루의 연안으로 끌고 오는 마음은 무겁고 어렵다. 예문관 숙직실 책장에 꽂힌 사초들 가운데, 과거의 일기를 뒤져보아도 오늘의 장계와 비견할 사건은 보이지 않는다. 과거의 죄는 과거로 남아 있고, 지금도 그 죄는 명백하다. 임금이 단죄할 수 있는 정여립의 죄량이 누구에게 있을지 아직은 알 수 없다. 황해도 현감들이 밀어붙인 정여립의 반역과 음모는 현감들에게 있을 것이다. 현감들이 이끌어간 치사량의 응분도 결국은 현감들에게 있을 것이다. 정사품 예문관 응교의 위치에서 정여립의 죄상은 짚어낼 수 없는 곳에 놓여 있다. 문장으로 건설된 죄상은 날이 밝기 전에 헤아리기 까다롭다. 응교의 신분으론 정여립의 반역을 판단할 수 없다. 응교의 오감으로 말 할 수 없거니와, 말하여서도 안 될 일이다. 다만 시류에 밀려온 장계를 기록하여 응교의 소임을 다하고자 사초의 등급을 매긴다. 사초란 사소하지 않으며 실록의 자료와 의미로 해석되고 기록하여야 함을 다시 강조하여 남긴다.

응교가 붓을 멈추고 휘갈긴 문장을 바라봤다. 마르지 않은 글자마다 연한 보라의 빛이 떠올랐다. 숨을 들이켰다가 내쉴 때 싸한 새벽 대기가 허파에 차올랐다.
종이 위로 솔바람이 불어갔다. 종이에 닿는 순간 붓 끝에 별이 흩어져 내리는 것이 보였다. 붓과 종이의 간극이 사라지는 순간 수천수만의 별이 새로 태어나고 흩어져 죽어가는 별똥별이 보였다. 생몰이 흔한 별의 생태는 새벽나절 뚜렷한 삶과 죽음으로 밀려왔다. 별마다 살아갈 자리와 죽어질 자리가 보였다. 다시 격한 감정이 손마디를 타고 붓 끝으로 내려갔다.

실록에 관해 덧붙인다.
시대마다 다를 수밖에 없는 실록은 임금과 관계한 실상을 담아내는 그릇이다. 사건과 사건의 추이와 배경과 인과를 중시하여 한 점 빠짐없이 기록하고 집행하는 결과물이다. 거듭되는 임금의 업을 남기려함은 과오와 누의 편차를 줄여 후세를 기름지

게 돕는 데 의미가 있다. 임금의 날들 앞에 직면한 사건의 개요와 개연성을 담아내 핵심과 흐름을 판단하기 위함이다. 황해도 현감들의 장계는 고변을 아뢰되, 정여립의 음모론을 뒷받침할 정황과 증거가 설상가상으로 얽혀 있다. 억지로 꿰어 맞춘 흔적은 볼 수 없으나 정교한 반역의 이유도 찾아볼 수 없다. 극점의 모순이 발견되어 감히 사초에 남기려 한다. 실록은 사초를 근거로 하며, 사관의 의도와 필력과 세계관에 따라 정직하고 솔직해진다. 사관들마다 문장은 달라도 기록은 한결 같다. 실록은 돌아보기 위함보다 앞을 내다보는 취지가 강하다. 그 취지는 높고 가파르며 문장을 붙들어 매는 사관의 끈기와 용기가 중하다. 실록의 문장은 겹겹의 쇠를 두드려 늘리고 맞물리게 하여 하염없이 얇아지고 얇아져 마침내 보이는 것에서 사라져야 하는 칼과 다르므로, 임금과 신료와 사관의 시야에 들어올 때 투명한 물의 문장이 가장 어렵다. 황해도 현감들의 고변은 어렵고 두렵다. 그 어려움이 낯설고 그 두려움이 붓을 흔들어 손을 떨게 한다. 미명에 묻힌 조용한 새벽나절 날이 밝기를 기다리는 마음은 어제와 같으나 밝은 뒤 몰아칠 바람은 어디로 뻗어갈지 알 수 없다. 사초의 등급에 준한 소임으로 글을 남긴다.

　　　　　　　- 기축년 시월 열아흐렛 날 예문관 응교 김의몽 쓰다.

응교가 붓을 놓았다. 더 적을 것이 많았으나 객관을 벗어난 직관은 쓸모가 없었다. 황해도 현감들의 고변은 불에 달군 쇠꼬챙이만큼이나 성급하고 급조된 흔적을 지울 수 없었다. 장계는 불이며, 사초는 물이라는 실록의 조건은 집필하는 자의 시각과 임금의 언어를 보필하는 사관의 관점에 따라 어디로 흐를지 알 수 없었다.

 고변의 맥을 짚을 때, 시해의 전조와 반란의 비준만으로 정여립은 유죄였다. 무죄로 추정할 근거가 희박한 대신 유죄로 추정할 유추해석은 얼마든지 가능했다. 모두는 무죄 추정의 원칙에 따라 유죄로 판명되기 전까지는 무죄였으나 말의 씨앗은 항상 법리보다 앞섰다.

 응교는 정여립의 대동계를 생각했다. 대동의 뜻을 헤아렸다. 머릿속에 떠오른 대동의 기둥은 단조롭고 사유는 단순했다. 만인을 위한 만인의 사상은 논리에 어긋나지 않으며, 그 요체는 저마다 평등한 삶을 비축하고 있었다.

 응교의 입에서 낮은 신음이 흘러 나왔다.

> … 모든 백성들에게 내려진 신분의 평등과 재화의 공정한 분할이 대동사상이다. 말할 수 없는 자와 말할 수 있는 자의 차별을 없애고, 가진 자가 가지지 못한 자와 나누는 공정한 삶을 지

향하는 것이 대동이다.

혼잣말로 읊조릴 때, 동재 전각 너머에서 부엉이가 울었다. 울음이 조용하고 은밀했다. 민가에 흩어져 살고 있는 게으른 개들이 짖어댔다. 부지런한 닭들이 어두운 하늘을 올려보며 울었다.

응교가 책장을 뒤적였다. 나뭇결 깊숙이 박혀 있던 솔향이 책과 책 사이에 돌았다. 책장 모서리에 꽂힌 『예기禮記』를 가져와 탁자에 펼쳤다. 낡고 헤진 종이를 넘겼다. 서문序文에 『예기』를 편찬한 의도가 적혀 있었다.

〈예운禮運〉편에 보이기를 대동사상은 사람의 윤리를 구현하는 덕목으로 적혀 있었다. 땅에 자리 잡은 사람이나 짐승은 하나의 하늘 아래 아늑하거나 아늑하지 않아도 평등한 세상에 살아야 한다고 강조했다. 하늘 아래 사람이나 짐승이 평등할 수 있는 조건은, 나고 자라며 죽어가는 생명의 과정이 같기 때문이라고 설명했다. 생명을 지닌 모두는 평등하고 사랑받을 자격이 있으며, 그 단순한 세상이 대동 세상이라고 했다. 대동은 먼 곳의 이상적 구원이 아니라 살면서 지켜야할 합리이므로 저마다 삶에 지극하고 이롭다고 했다.

응교는 정여립이 솔직하고 대범한 사람임을 알았다. 무겁고 가혹한 감성을 지닌 것도 알았다. 자신감만큼이나 과묵했더라면 여기까지 오지 않으리란 것도 알았다. 아쉬움과 안타까움이 들었다.

 평등은 『예기』에 적힌 대로 단순한 것이지만, 그 실천은 어렵고 복잡하기 때문에 한쪽에서는 지키려하고 한쪽에서는 무너뜨리려 한다는 것을 정여립은 망각한 모양이었다. 정여립의 대동계는 많은 사람들과 합의되었어도, 서인 비선과 실세와 조율하지 못한 게 화근이었다. 신분의 차별을 없애고, 세상의 공물을 대등하게 나누자는 생각은 허균이 꿈꾸던 율도栗島와 다르지 않았다. 보이지 않는 섬나라에 박혀든 허균의 이상과 뜻이 정여립에게 주었을 영향력은 어디로 보나 기정사실이었다. 신분과 출신과 남녀와 문무의 차별이 망실된 이상적 분화를 허균은 섬나라를 통해 현실에 건설하고자 하였을지 몰랐다.

> … 허균의 세상과 정여립의 세상은 다르지 않다. 저마다 원하는 세상은 다를 것인데, 허균의 꿈과 정여립의 이상이 같은 이유는 무엇 때문인가?

 응교가 조용히 읊조렸다. 율도의 건설이 대동 세상으로부터 시작되었는지, 대동 세상의 조건이 율도 건설에 두고 있는지 알 수 없었다. 말의 진위를 가늠할 때 공허한 대기가 손바닥 안으로 밀려왔다. 만질 수 없는 대기의 질량이 손가락 사이로 빠져나갔다. 등짝을 파고드는 허전한 바람은 시리고 축축했다.

  정여립의 생각은 거대한 혁신과 뜨거운 명분을 품고 시대를 역류하느라 거슬러 오를 길이 멀기만 했다. 모두를 포괄하는 조건이 모두의 머리에 스며들 수 없는 이유는 한쪽에서는 죽을 때까지 함께 가길 원했고, 한쪽에서는 시기와 질투도 모자라 배은과 망덕의 사슬로 묶어 처단하길 원하기 때문이었다.

*

  조선의 이상을 실현하는 의중이었음에도 정여립의 계획은 불에 달군 쇠꼬챙이마냥 모두의 손에 쥘 수 없었다. 정여립은 뜨겁고 급진적이었다. 급진의 사고는 놀랍고 낯설기 때문에 시류를 지나야만 설득력을 얻을 수 있다는 논리를 정여립은 잊은 모양이었다.

  정여립의 계획은 조선의 운명을 불에 달구는 기획이었으므로, 황해도 현감들의 고변은 먼 거리에서도 유효했다. 밤사이 먼 길을 달려온 전령이 천지도 모르고 코를 골아도 장계 하나로 아침이면 세상이 뒤집힐 것을 응교는 내다봤다. 땅에 묻을 수도 없고, 칼로 베어낼 수 없는 근심과 시름의 대동은 여덟 가지 강령으로 『예기』에 실려 있었다.

 첫째, 세상의 모든 것은 개인이 소유하지 않고 모두가 쓸 수 있는 공유물로 한다. 둘째, 백성들 모두는 함께 일하고, 일해서 얻은 산물은 모두가 함께 공유한다. 셋째, 일할 수 있는 자는 일하게 하며, 일 할 수 없는 노인과 아이들은 사심 없는 합리의 제도로 부양한다. 넷째, 임금은 어질고 유능한 자로 선택할 수 있게 하며, 백성의 신의를 저버리지 않는 순수한 자로 하여 모두의 화평을 구현한다. 다섯째, 저마다 부모와 자식을 포함한 모두에게 동등한 사랑을 베풀고 평등한 조건으로 예우한다. 여섯째, 악의로 사람을 모함하거나 자신의 안위를 위한 중상모략은 금기한다. 일곱째, 도둑질·횡령·착복을 금기하고, 세상을 어지럽히는 문란한 언동을 처벌한다. 여덟째, 전쟁 없는 평화로운 세상에서 살 수 있는 나라를 원한다.

응교는 속에서 요동치는 물길을 따라 하염없이 걷고 걸었다. 마음으로 당도한 세상은 외로워 보였다. 사유私有를 버리

·고 공화共和를 꿈꾸는 대동사상은 세상을 뒤집고 있었다. 썩은 군주를 버리고 백성이 선출한 임금으로 하여 세상을 정화했다. 평등과 상생의 조건은 병든 세상을 씻어내고 모두를 바로 세우고 있었다. 권력과 재물에 눈 먼 자들의 탐욕을 베어냈다. 그것이 대동이었다.

새벽나절 응교의 머리는 생각할 수 없는 세상으로 건너가 지금까지 볼 수 없던 바다를 저어가느라 피곤한줄 몰랐다. 거대한 돛을 달고 넓고 아늑한 바람에 맞서 세상 끝에 닻을 내리면, 응교의 머리로 정박한 세상은 크고 놀라웠다. 그 세상에 응교는 단 한번 살아본 적이 없었다. 두려운 세상이 생각보다 가까이 있다는 것을 알았다. 눈에 물이 차올랐다. 가슴이 두근거렸고, 등짝을 따라 식은땀이 흘러내렸다. 가마솥처럼 머릿속이 끓어올랐다.

『예기』의 공화는 조선의 세상 앞에 처절하고 절박했다. 응교의 입에서 신음이 나왔고, 손에서 책이 떨어져 내렸다. 순간 응교의 몸이 둘로 분할되는 느낌이 왔다. 하나의 몸이 두 개로 나눠지는 현상은 시간의 문제가 아니라 속도의 문제였다. 시간을 초월할 만큼 빠른 속도로 응교는 공간을 이동했다. 책이 낙하하는 속도보다 빠르게 책이 떨어질 곳에 당도해 한참을 기다렸다. 콧구멍을 후비고 귓등을 긁는 동안에도 책은 천천히 떨어졌다. 입이 찢어져라 하품을 한 뒤 소매로 입가를 훔친 다음에서야 떨어지는 책을 받았다.

 책을 받고는 서 있던 자세로 돌아오는데 걸린 시간은 눈을 깜빡이는 것보다 빨랐다. 누구도 볼 수 없는 순간이동은 응교만의 오래된 습성이자 초월의 능력이었다. 흰머리산에서 제주 해오름까지 까마득히 먼 거리도 한순간에 다녀올 수 있는 응교의 순간이동은 정교하고 은밀했다.

 책장에 책을 꽂은 뒤 응교는 밖으로 나왔다. 서편 마루에 총총한 별들이 모여들어 저들 끼리 흘레붙거나 소곤거렸다. 먼 능선에서 깨알 같은 새들이 날아올랐다. 어둠을 뚫고 새들은 세상 너머로 사라지는 듯이 보였다.

 새들이 날아오른 산등성 너머로 희미한 여명이 피어올랐다. 응교는 숙직을 서는 새벽이면 달까지 다녀오는 상상을 하고 했다. 계수나무 아래 절구통을 놓고 방아에 열중인 두 마리 토끼를 데려오고 싶어 했다. 토끼는 보름달 속에 살았는데, 무슨 일로 방아를 찧는지 알 수 없었다.

 날이 밝기 전에 장계를 필사해야 할 것 같았다. 천지도 모르고 자고 있을 대교도 깨우는 게 좋을 듯싶었다. 예문관 동재로 향할 때 숙직실 책장 뒤에서 자고 있어야할 전령이 멍한 눈으로 깨어 있었다. 헛것을 본 사람 같지는 않았다. 꿈을 꾼 것 같지도 않아 보였다. 떨어지는 책을 잡는 응교의 순간이동은 전령의 눈에 놀라울 뿐이었다. 전령이 파랗게 질린 얼굴로 사지를 떨었다. 멀리에서 부엉이 울음이 들렸다.

세상 속으로

 닷새 전.
 구름 낀 하늘은 어둡고 침침했다. 강릉에서 돌아온 뒤 임금은 말 수가 줄었다. 신하들은 시시때때 저들끼리 감정을 소진하느라 임금의 심기는 관심조차 없었다. 임금의 시름은 노을 속에 잠겨들었다가 이른 아침 여명을 딛고 일어서기 일쑤였다.
 편전으로 나갈 무렵 멀리에서 관악이 들려왔다. 아침나절 은은한 악상樂想이 임금의 귓가에 풀어져 내리면서 중신회의는 서막을 알렸다. 영의정 유전, 좌의정 이산해, 우의정 정언신이 일찍 나와 임금을 기다렸다.
 유전은 과묵하고 조용했다. 선왕 8년(1553) 별시문과에 병과로 합격해 사가독서賜暇讀書에 매진한 자였다. 계미년에 한성부

판윤에 올랐고, 을유년 봄에 우의정으로 승진했다.

이산해는 이색의 후예로 성장했다. 여섯 살에 글을 짓고 향시鄕試에도 여러 차례 장원한 소문이 돌았다. 떠도는 소문이 무성한 만큼 사람들은 이산해를 천선天仙처럼 바라보곤 했다.

정언신은 문무에 능했다. 계미년(癸未年, 1583) 정월 여진족 장수 니탕개尼湯介의 침입을 막아선 **주역**으로 막하에 이순신·신립·김시민·이억기를 거느리고 **북쪽** 변방의 적을 격퇴하면서 전공을 세웠다.

뒤를 이어 대사간 이발과 서인의 **영수** 성혼이 편전에 들어섰다. 이발은 동인이었고, 이이의 **제자**였다. 이이는 즉위 원년에 천추사 서장관書狀官으로 명나라에 사신으로 다녀왔다. 홍문관 부교리를 맡으면서 춘추관 **기사관**을 겸해 명종 임금의 실록을 편찬했다. 정철과 함께 **경세제민**經世濟民의 사회개혁안을 정리한『동호문답東湖問答』을 저술해 임금께 올렸다. 이이는 가고 없었다. 그가 기른 제자들이 장성하여 서인을 찌르는 예각이 될 줄은 임금도 예측할 수 없었다.

삼공(三公, 좌의정·우의정·영의정)과 여섯 승지들이 모인 중신회의는 드물었다. 이황과 이이의 제자들은 과묵하고 조용했다. 주리主理의 가치를 중히 여긴 이황의 제자들은 실천을 모색하는 날이 많았으나 어디로 튈지 모르는 실천은 위태롭고 불안했다. 이이의 주기主氣를 관점으로 한 서인 학설의 관점은 날마다 임금을 옥죄어 오는 부담이었다.

임금은 붕당을 지지하지 않았다. 붕당의 시초가 된 김효원과 심의겸의 개인감정도 달갑지 않았다. 김효원을 지지하는 김우응, 유성용, 허엽, 이산해, 이발 등 동인과 심의겸을 옹호하는 박순, 김계휘, 정철, 윤이수 등 서인의 을해당론乙亥黨論을 계기로 촉발한 동서분당東西分黨은 국론을 갈라놓는 최악의 정권놀음이었다.

임금은 붕당이 허물어진 자리에서 솟는 이념과 사상과 학문의 갈래를 조선의 정상으로 보았다. 임금은 동인과 서인이 학문의 교호를 꾀하기를 바랐다. 이념의 울타리를 허무는 자리에서 화친하고 화합하기를 고대했다.

이理의 능동을 강조하는 퇴계의 이기호발설理氣互發說은 결국 사람의 마음을 말하는 것이었다. 율곡의 기氣의 원천도 결국 사람의 마음에 달려 있었다. 누구도 그 마음을 움직이거나 깨트릴 수 없을 것인데, 동인과 서인은 수십 년에 이르러 패를 갈라 마음을 갈아엎고 서로의 이념을 깨트리고자 했다.

가고 없는 자들은 여전히 조선에 머물러 있었다. 앞날을 내다보고, 대세를 기다리며, 죽은 자들은 여전히 갈등과 소용돌이로 남아 있었다. 동인과 서인이 바라는 세상은 결국 자유에 있었다. 마음의 자유, 몸의 자유, 신분의 자유, 신체의 자유, 언론의 자유, 창작의 자유, 논변의 자유, 학설과 신앙의 자유에 걸쳐 서로는 서로에게 창의의 자유를 원했다.

서로는 서로에게 존중되었으나 배척되기도 했다. 존중의 이면엔 늘 긍정이 많았고, 배척의 이유에는 부정이 산재했다. 동서의 학자적 신망은 자유에 있을지라도 정치적 전망은 조선의 사직에 극히 약소했다. 자유란 필요한 것일 뿐이지 보편타당하진 않았다. 동인의 머리에서 자유는 둥지 잃은 새들이 울부짖는 것과 같았다. 서인의 문구멍에서 자유는 망망한 바다에서 기껏 수저로 노를 젓는 것과 다르지 않았다. 바라보면 가까이 있되, 가까이 서면 볼 수 없는 것이 자유였다. 멀어지면 갈구하는 것이 자유였다. 자유는 권문세족들의 입에 오르내릴 때 망상에 젖어들었고, 백성들의 입에서는 끝없이 갈망되었다. 그것이 조선의 자유였다.

*

중신회의는 순조롭지 않았다. 비변사 일품 아전들은 미시가 넘어서야 편전에 들어섰다. 신하들과의 대치가 임금에겐 보이지 않는 적과의 전쟁이었다. 오늘도 임금은 신하들과 치를 전쟁이 두려웠다.

 우의정 정언신이 아뢰었다. 정언신의 목소리가 어둑하게 들려왔다.

"전하, 기우는 해가 어느 해보다 붉고 찬연하옵니다. 변방을 생각하고 팔도를 돌아보면 어느 것 하나 전하를 외면하는 것이 없사옵니다. 부디 이 순간을 외롭다 여기지 마소서."

 정언신의 말은 불에 달군 바늘 같았다. 임금의 자리에 오른 지 스무 두 해가 지났어도 세상은 변할 줄 몰랐다. 아비 덕흥대원군德興大院君은 후궁 창빈안씨昌嬪安氏의 소생으로 선왕의 일곱 째 자식이었다.

 임금의 목에서 시름이 묻어났다.

"우상右相, 그대는 국경 너머 여진과 바다 너머 해적들의 칼 앞에 죽어가는 병사들의 절규가 들리지 않는가?"

 변방에 들끓는 적들과 해안가를 약탈하는 해적들의 소란을 모를 리 없었다. 안팎으로 끓어오르는 전쟁을 잊을 리 없었다. 중신들은 불안한 기색을 감추지 못하고 임금을 바라봤다. 비변사 일품 아전들은 말을 아꼈다. 무던한 신하들을 바라보면 임금의 속은 까맣게 타들어갔다. 임금의 속을 아는지 모르는지 성혼이 쉰 목소리로 아뢰었다.

"조선군의 용기가 여진의 적 앞에 충만할 것이옵니다. 항전은 끊이지 않을 것이옵니다. 역사를 잊어서는 아니 되옵니다. 역사가 조선의 동력이 될 것이옵니다."

여진은 끈기 있게 조선 땅을 넘봤다. 국경 너머 송화·목단·흑룡강 유역과 동쪽 해안가에 몰려 살았다. 발해 때부터 숙적으로 우리 땅을 자주 침입했다. 일본의 침략도 여진에 못지않았다. 정규군의 침탈은 잊을만하면 이어졌고, 해적의 수탈은 끊이지 않았다. 일본의 침공은 조선 개국 전부터 이어져 왔다. 운봉 황산에서 아지발도가 이끈 일본 군사는 태조 선왕에 의해 철저히 으깨어지고도 포기할 줄 몰랐다.

정해년(丁亥年, 1587) 늦가을에 풍신수길豐臣秀吉이 규슈九州를 정벌하고 일본 국토를 평정했다는 소식이 들렸다. 흩어진 섬나라를 통일하고 바다 건너 대륙을 정복하기 위해 밖으로 전쟁을 준비한다는 소식도 들렸다.

풍신수길은 대마도주 요시시게宗義調을 시켜 조선에 사신을 보냈다. 겉으로는 화친을 원했고, 안으로는 명나라를 넘보려는 속셈이었다. 이이도 알았고, 이산해도 알았으며, 임금도 알았다. 요시시게는 가신 다치바나 야스히로橘康廣로 하여 일본의 내부 사정을 고하면서 통신사 파견을 요청했다. 조선의 자존을 송두리째 무너뜨리는 것이라고, 조선의 치욕을 바라는 것이라고, 임금은 생각했다.

임금은 오래 생각하지 않았다. 일본 영주와 무사들이 스스로 국왕을 몰아내고 새 임금을 세웠으니 그것이야말로 반역의 나라이므로 사신을 받아줄 수 없었다. 임금은 금수가 아닌 이상 대의로 타일러 돌려보내야 한다고 생각했다. 임금의 생각을 읽은 신하들은 고개를 끄덕였으나 그렇지 못한 신하들은 의례에 준해 사신으로 접대해야 한다고 했다. 그러고도 무수한 말들이 오갔다. 엇갈리고 맞물린 말들이 여러 날에 걸쳐 돌고 돌았다. 종잡을 없던 말들은 임금과 다른 생각으로 기울어졌고, 결국 사신으로 받아들여야 했다. 사신이 가져온 수교문을 받아 보는 자리에서 임금은 한 차례 치를 떨었다.

   … 이제 천하가 짐의 손아귀에 들어왔다. 짐 앞에 굽히지 않는 자 뼈가 꺾일 것이고, 숙이지 않는 자 머리가 땅을 구를 것이다. 물 건너 나라에 사신을 보내 짐의 뜻을 전하니, 천자의 나라가 멀지 않은 곳에 있음을 실감하라.

풍신수길의 오만은 하늘을 찔렀다. 무례가 땅을 압박하는 일생의 질량으로 떨어졌다. 조선을 발아래 내려뜨린 문장은 시작부터 마지막까지 비문 하나 없이 정교했다. 철저히 준비하고 계획한 끝에 작성한 문장은 오만으로 시작해 겁박으로 끝을 맺고 있었다.

  일본은 조선을 강한 나라로 여기는 모양이었다. 그렇지 않고서야 이토록 오만과 무례와 겁박으로 일관할 수 없을 것 같았다. 오래전부터 엇갈려온 나라와 나라를 수습하고자 기어이 사신을 보낼 이유가 없어 보였다. 임금은 앞날을 생각했다. 앞날은 안개 속에 가려 한 치 앞도 보이지 않았다.

  그때 일본 사신을 마중나간 비변사 당상이 어전에 고했다.

> … 오는 길에 왜 사신 야스히로의 언행은 거만하기 짝이 없사옵니다. 인동을 지나면서 창을 잡은 군졸을 흘겨보며 너희들 창자루가 너무 짧다고 혀를 찼사옵니다.

  창 길이를 문제 삼는 야스히로의 말 속에 조롱과 야유와 멸시가 담긴 것을 알았다. 잘 찢어진 눈으로 일본의 창보다 짧은 조선의 창을 바라보며 야스히로는 안도와 불안을 동시에 느꼈다. 예민한 나라에서 건너온 야스히로는 세상 물정 어두운 늙은 사신에 지나지 않았다.

  야스히로의 무례는 천지도 분간하지 못하는 어린 아이 같았다. 가는 곳마다 날뛰는 모습이 장날 장터에서 한껏 취한 주정뱅이보다 떨어졌다. 가는 길목마다 야스히로의 횡포는 상상을 넘어서는 갑질이었다고, 비변사 당상은 말을 맺었다.
 임금의 예감과 다르지 않은 수교문은 긴 시름으로 왔다. 버릴 수도 안을 수도 없는 섬나라와의 외교는 처음부터 물 건너에 있는 것을 더 멀리 보내는 것 이상 의미가 없었다. 사신의 횡포로 끝나지 않을 수교는 화친을 생각할 수 없었다. 정상과 정상이 만나도 일본과 조선은 다독여지지 않을 것 같았다. 통신사를 보낸들 의미가 없다는 것도 알았다.

수상한 날들

 스산한 바람이 편전 안으로 미끄러져 들어왔다. 바람은 정언신과 이산해와 유전의 옷자락을 흔들며 이발과 성혼 사이를 순하게 불어 다녔다. 임금과 신하들을 스치면서 바람은 모두의 시름을 쓰다듬는 것 같았다. 다시 바람이 불어갈 때, 임금의 입에서 조용한 한숨이 새어나왔다.
 "이 시름이 꿈이길 바란다. 묻지 마라. 무엇이 옳고 무엇이 잘못되었는지 알려 하지 마라. 통신사를 보낼 수 없는 이유부터가 나의 역부족이다."
 한숨 섞인 임금의 중언부언은 이해되지 않았다. 신료들은 숨을 죽였다. 성혼의 눈빛은 고요했다. 생각을 머금은 눈빛은 읽히지 않았다. 성혼의 목소리가 토막 난 유충처럼 띄엄띄엄 들렸다.

"전하, 사직을 염려하고 백성을 생각할 때이옵니다. 자주국의 위엄을 통신사 하나에 걸지 마소서. 큰 것을 바랄 때는 큰 것을 내주어야 하는 것이옵니다."

임금의 무능을 아뢰는 성혼의 말은 쓰라렸다. 가르치려 드는 신하의 말이 충일 될지 불충이 될지 알 수 없었다. 성혼의 말을 어떻게 받아들여야 할지 막막했다. 이발은 말을 아끼는 것 같았다. 유전은 표정이 없었다.

편전 창 너머 하늘은 빈 들판처럼 허허로웠다. 임금의 피곤을 이발은 힘주어 바라봤다. 이발이 말했다.

"많이 바라지 마옵소서. 베푸시면 답서를 쥐고 돌아 올 것이옵니다. 전쟁보다 화친을 생각하소서."

결국 그것인가? 임금은 답답하고 막막했다. 길이 뚫리지 않는다고 조선의 기둥을 통째로 내줄 수는 없는 노릇이었다. 심호흡 끝에 임금이 대답했다.

"그러한가? 그것이 최선인가?"

이발의 목에서 풀잎을 스쳐가는 바람이 들렸다. 바람결에 머리를 뚫고 오는 한줄기 빛이 보였다. 빛이 가늘며 조급했다.

"전하께서 기억하실 역사가 있사옵니다. 밖으로 끊이지 않는 외세에 맞서 싸웠으나 우리의 백성은 한낱 풀잎에 지나지 않는 세월이었사옵니다. 몇 해 전 일본에 밀사로 건너간 모형로를 잊으셨사옵니까?"

모형로가 죽은 지 세 해가 지난 것을 알았다. 해마다 봄부터 가을까지 해안가를 침탈하는 일본 해적을 소탕하기 위해 임금은 비밀리에 오품 문관 찬의贊儀 모형로와 팔품 대교 이만복을 일본에 파견했다. 들끓는 일본이 언젠가 조선을 넘볼 것을 내다본 처사였다. 조선을 적국으로 몰아 내부의 소란을 밖으로 돌리려 하는 일본의 야욕을 조정이 모를 리 없었다.

*

바다 건너 판세를 가늠하면서 임금은 일본과 잦은 충돌을 무마하고 해적을 끊어내고자 했다. 잘 마른 대나무 통에 상아를 뚜껑으로 한 국서를 보내면서 임금은 스스로 천손天孫이라 칭하지 않았고, 일본을 생질로 부르지도 않았다. 일본 왕은 밀사들에게 나라와 나라를 이야기 하면서 형제 같지 않음을 통탄하였다고, 이만복은 혼자 귀국해 아뢰었다.

일본에서 죽은 모형로는 사인을 규명할 수 없었다. 이만복은 일본 사신과 함께 귀국하다 폭풍을 만나 표류하다가 탐라에 닿아 간신히 죽음을 면했다고, 울먹이며 고했다.

불운한 사건이었다. 그때 임금의 수습이 옳았는지 알 수 없었다. 시대의 절박성을 모르는 바 아니었다. 섬나라를 배려하고 조선의 대의를 앞세운 명분이 옳았는지 판단할 수 없었다. 시간을 건너뛰었을 땐 모든 게 종료된 상태였다. 이럴 수도 저럴 수도 없는 과오를 판단하는 데 임금은 많은 시간을 보내야 했다. 그 일은 오래도록 임금의 내면을 얼어붙게 했다.

임금의 무능을 지적하는 이발의 용기는 집요했다.

"어느 것이 옳은지는 누구도 모르옵니다. 다만, 지금은 백성을 생각하고, 앞날을 내다보는 것이 좋을 듯하옵니다."

"지금도 그때와 같지 않은가."

콧등을 타고 용포 위로 땀방울이 떨어져 내렸다. 편전 밖은 적막했다.

성혼이 조용한 목소리로 말했다.

"전하의 뜻이 깊었음에도 그 일은 결국 오류가 되었나이다."

"안다. 기억에서 지울 수 없다는 것도 안다. 그래서 통신사를 놓고 주저하는 게 아닌가."

"기억만으로 나라를 바라보지 마시고, 오류를 딛고 앞을 바라보아야 하옵니다. 옳은 판단만이 역사에 남는 것은 아니옵니다."

성혼은 임금의 심정을 묵살하면서 지나간 쓰라림을 감당하라는 듯이 떠들었다. 술 냄새가 풍겨왔으나 누구의 식도를 타고 올라온 것인지 알 수 없었다. 다만 이 순간 심박이 빨라지는 것을, 혈압이 솟구치는 것을, 누구든 알아주길 바랐었다.

 풀이 죽은 임금의 목에서 찌르라미 소리가 들렸다.

 "경들은 아는가? 결국 결정해야 하고, 결국은 윤허할 수밖에 없는 것을……."

 임금이 말을 멈추고 모두를 바라봤다. 긴 숨을 내뱉은 후에 임금은 말을 이었다.

 "오늘도 내 가슴은 시린 물결 위에 홀로 떠 있다. 때로 무엇은 결정하고, 때로 무엇은 버려야하는 것까지 모두 알려 하지 말라. 어떤 것은 시대의 탓으로 돌려야 하는 마음을 경들은 아는가."

 …통신사를 준비하라. 도감을 설치하고 만반에 준비를 갖추라. 이것을 비겁이라 말하지 마라. 이것을 용기라 말하지 마라.

 말끝에 임금의 울분이 보였다. 임금은 노여워하는 것 같았다. 표정을 숨기고 신하들을 다독이는 것 같았다. 성혼은 더 이상 대꾸하지 않았다. 이산해와 정언신과 유전과 이발은 더 이상 말을 보태지 않았다.

 말 없는 신하들이 사직을 이끌고 어디로 가려는지 임금은 알 수 없었다. 기약할 수 없는 행방을 지켜보는 일은 고통이었다. 죽을힘을 다해 사직을 이끌고 가는 신료들의 최종 행선지가 어디인지 물을 수 없어 답답했다.

다시 먼 시간 위에 이어질 전쟁이 눈앞에 밀려왔다. 전쟁에 불려나가 이름 없이 쓰러져갈 병사들을 생각하면 마음은 쓰라렸다. 전쟁은 매순간 적도 아군도 양보 없이 처절한 접전의 연속일 것이고, 죽고 사는 건 각자의 목숨대로 이어질 것이었다. 임금도 알았고, 신하들도 알았다. 시시때때 해안가를 덮치는 일본 해적을 실감하는 때에, 죄 없는 백성과 이름 없는 병사들이 죽어가는 순간순간이 나라의 자존을 뭉개는 수치였다.

전각 너머에서 희미한 가야금 소리가 실려 왔다. 편전 안으로 들어온 햇볕 한줌이 순한 빛으로 내리 쬐었다. 빛이 조용하고 고왔다.

순간이동

 장계를 읽어 가는 동안 어깻죽지 위로 칼날이 지나가는 고통이 밀려왔다. 응교는 책장에 꽂힌 『예기』를 펼쳐 본 후에야 심상치 않음을 직감했다. 『예기』의 공화에는 피바람이 보이지 않았으나 조선의 현실에 뛰어들 때 꿈같은 피바람을 예고했다. 존재하지 않은 세상을 『예기』는 기록했고, 기록과 예감만으로 세상은 변하지 않았다. 정여립은 알았을 것이다. 기록만으로 증거를 들이밀 수 없다는 것을.

 공화는 이해할 수 없는 먼 곳에 얼어붙어 있었다. 냉각의 사상을 더운 나라에 가져오려 한 정여립의 소망은 무엇을 안고 있는지 알 수 없었다. 물을 수 없어 답답했고, 소환할 수 없는 물증 앞에 다시 답답했다.

 응교가 눈을 들어 숙직실 창문을 바라봤다. 좁은 창문 너머로 공허한 새벽 냉기가 불어갔다. 그 너머 초롱한 별들이 어두운 하늘을 헤엄쳐갔다.

> … 어렵구나. 과연 정여립은 평등을 앞세워 공화를 꿈꾸었단 말인가? 이 조선 땅에서…….

입에 담을 수 없는 의혹과 의문과 물음이 머릿속에 돌고 돌았다. 공화에 박힌 사상의 밀도를 털어내면 정여립은 동인과 서인 사이에 붓과 칼을 쥐고 서 있었다. 정여립이 무엇을 쥐고 있든 황해도 현감들의 고변은 무겁고 가혹했다. 고변은 가벼운 의지로 읽히지 않았다. 조선의 현실은 정여립의 사유를 근거로 민초들의 혁명을 부채질했다. 장계 너머에서 정여립은 사상의 혁명, 신분의 혁명, 태생의 혁명을 부르짖었다. 정여립은 살아남을지 알 수 없었다.

날이 흐려도 장계는 비변사 당상회의를 거쳐 임금이 주관하는 어전회의에 보고될 것이다. 사헌부 대제학이 어명을 받으면 의금부에 내릴 것이고 내금위가 움직일 것이다. 내금위가 칼과 갑옷으로 무장하고 갈색 말에 오르면 하루 만에 전라도 전주에 닿거나 이틀 안에 진안에 닿을 것이다.

공화는 생각보다 무겁고 복잡했다. 조선의 세상 앞에 실천하기 까다롭고 성공하기 어려운 무게로 왔다. 손에서 책이 떨어지는 순간 응교는 알았다. 하나의 몸이 두 개로 나눠지는 현상은 시간의 문제가 아니라 속도의 가능성이었다. 누구도 볼 수 없는 시간에 응교는 숙직실에서 예문관 동재로 찰나에 몸을 옮겼다. 머리가 뜨거워지면서 갈빗대 사이로 바람이 불어갔다. 머리칼이 억새처럼 뒤로 밀려났고, 옷자락이 칼날처럼 나부꼈다.
 순간이동.
 매번 응교는 숨을 멈추고 머릿속에 그려진 지도를 따라 몸을 옮겼다. 지도에 새겨진 좌표는 늘 정직했다. 몸이 기억하는 곳을 따라 지도는 이어졌고, 어디든 좌표는 새겨져 있었다. 깎아지른 낙화암으로 이동하거나 부안 격포로 이동할 때도 좌표는 익숙했다. 김제 만경평야 지나 금산사 종각으로 이동할 때도 좌표는 머릿속 지도에 새겨져 있었다. 더 멀리 장가계 천자산 깎아지른 벼랑 끝으로 몸을 옮기면서 공중정원의 좌표를 머릿속 지도에 새겨 넣었다. 나일강 언저리에 세워진 삼각 무덤 안에서 칠흑 같은 어둠을 세상 끝나는 곳의 적막과 공허로 좌표를 정했다. 얼굴과 몸에 문신을 새긴 잉카인의 하늘도시를 다녀올 때도 좌표는 늘 머릿속에 정직했다.
 어느 곳으로 순간이동하든 머릿속 지도는 정교하며 오류가 없었다. 늘 참신한 좌표로 채워진 머릿속 지도는 응교가 원하는 어디든 순간에 이동했다. 가는 곳마다 사람과 짐승과 새와 곤충과 풀과 나무는 살고 있었다. 세상은 단 한번 멈춘 적이 없었다. 단 한번 같은 적도 없었다. 매순간 꿈틀대고 이동하며 날거나 기거나 걸어 다녔다.

온 세상을 다녀와도 응교가 좌표를 찾지 못한 곳이 있었다. 오랜 시간 세상 곳곳을 뒤져도 찾아낼 수 없는 곳은 오직 한 곳뿐이었다. 머릿속에 그려진 지도를 따라 하염없이 세상을 이동해도 그곳은 끝내 찾을 수 없었다.

*

율도국栗島國.

응교는 허균의 『홍길동전』에 묘사된 바다 건너 섬나라 율도를 찾고 싶어 했다. 그곳은 적서의 차별이나 탐관오리의 횡포가 사라진 이상국이었다. 신분과 계급과 가난이 사라진 평등의 땅, 동인과 서인의 존재가 물방울보다 하찮게 여겨지는 나라였다.

그곳은 말할 수 없는 작은 존재들이 모여 계급과 탐욕과 권력을 버리고 대등한 조건 속에 살아가는 나라였다. 멀고 아득해도 실세와 비선이 사라진 깨끗한 섬이었다. 그곳의 모두는 나라 아닌 나라를 일으켜 저마다 실존의 광명과 존엄을 안고 가는 평등한 세상이었다

 응교가 머리를 들어올렸다. 머리 위에서 별들이 총총했다. 이름 없는 것들이 머리 위에서 흘레붙을 때, 어디에서도 찾을 길 없는 율도국을 생각했다.

> … 멀고 아득하구나. 율도는 밤하늘 별 같은 섬인가? 두 줄기 바람은 어디로 향하는 것인가?

 응교가 조용히 읊조렸다. 머리 위로 서늘한 바람이 불어갔다. 담장 너머에서 개 짖는 소리가 들렸다. 일찍 일어난 소들이 게으른 울음을 울었다. 멀지 않은 민가에서 작두소리가 들렸다. 쇠여물을 끓이려는지 아삭한 지푸라기 써는 소리가 들렸다.
 동재 문간은 캄캄하고 어두웠다. 응교가 옷자락을 쓸며 헛기침했다. 동편에 떠오른 별들이 쉬지 않고 서편으로 기울어갔다. 바람이 동에서 서로 부는지 서에서 동으로 부는지 알 수 없었다. 천지도 모르고 자고 있을 대교를 깨우는 것도 옳은지 알 수 없었다. 장계를 필사하고 사초의 등급을 매기려

면 충분한 검토가 필요하지 싶었다. 응교가 문을 두드렸다.

"이보게 대교, 일어나게."

대교는 깊이 잠들었는지 기척이 없었다. 다시 불렀다. 그제야 뒤척이는 소리와 함께 대교의 목소리가 들렸다.

"응교 형님, 꼭두새벽에 불이라도 났습니까?"

응교의 얼굴이 구겨졌다. 저 놈의 형님 소리. 그렇게 혼쭐이 나고도 대교는 입버릇을 지우지 못했다. 응교가 무뚝뚝한 목소리로 대답했다.

"얼른 차려 입고 나오게. 급한 일이네."

"간밤에 하늘을 걸어가 구름을 경작하는 꿈을 꾸었습니다. 구름 속에서 피어난 꽃과 과실들이 어찌나 어여쁘던지……. 잘 익은 과실을 따려는데, 그만 부르는 소리에 깼습니다."

손오공이나 홍길동이 되어 꿈에서 날아다닌 모양이었다. 아니면 신선이 살고 있는 그림 속에라도 다녀온 모양이었다. 성균관 수장고에서 안견의 〈몽유도원도夢遊桃源圖〉를 본 뒤로 대교는 밤이나 낮이나 신선을 동경하는 듯했다. 역대 임금들의 초상과 나란히 걸린 〈몽유도원도〉는 허균의 문장으로 건설된 율도국과 무척 닮아 있었다.

안견은 안평대군安平大君이 꿈에서 본 도원桃園을 바탕으로 〈몽유도원도〉를 그렸다고 했다. 꿈속에 걸어 다닌 복숭아밭은 비

그친 뒤 먼지가 사라진 깨끗한 세상으로 보였다. 세속을 떠나온 자의 사유가 한 가지 경이로 채워졌고, 구름을 타고 다니는 신비가 겹겹이 스며들었다.

 꿈속의 도원에서 안평대군은 놀라운 세상을 경험했다고 전해왔다. 혼탁한 현실을 받아들일 수 없던 대군은 이상 세계에서 오래도록 쉬고 싶어 했다. 대군의 꿈은 도연명의 『도화원기桃花源記』에서 시작되었다고 했다. 안견으로 하여 한 폭의 그림으로 옮겨놓을 때 문학의 바람과 대군의 꿈은 누구라도 다녀오고 싶을 만큼 신비롭고 아름다웠다.

*

 대군의 꿈과 무관한 곳에서 옷 갈아입는 소리가 들렸다. 문이 열릴 때, 대교의 차림은 차분하게 보였다. 들썩이는 말투와 달리 생긴 건 멀쩡했다.
 "응교 형님, 늦도록 꿈자리가 황홀했습니다. 꿈속에서 꿈이 아니길 바라며 울먹였습니다."
 "이 사람, 일어나자마자 꿈 타령은……. 구름 속에 자란 과실을 따 먹지 못한 게 그리 억울한가?"
 대교가 슬며시 웃었다. 잘 웃지 않는 얼굴인데 꿈속의 과실을 따 먹지 못한 때문은 아닌 것 같았다. 대교가 머쓱한 표정으로 말했다.

"응교 형님, 실은······."

응교가 말없이 바라봤다. 궁금하지 않은 것을 입에 머금고 대교는 주저했다. 응교가 눈을 부릅뜨자 간신히 말을 이었다.

"형님, 과실이 문제가 아닙니다. 복숭아나무 너머에서 정말, 아니 진짜 어여쁜 여인이 저를 부르고 있었습니다."

쿵-. 대교의 눈두덩에서 주먹만한 눈곱이 떨어지는 모양이었다. 놀랍지도 않은 대교의 꿈이 심장 근처에 떨어질 때 멀리에서 새벽 밀물이 밀려왔다. 깨우지만 않았어도 이름 모를 여인과 복숭아보다 달콤하고 대숲보다 흐드러진 몽정으로 이어졌을지 몰랐다. 복숭아 꽃잎 날리는 구름밭에서 대교가 흘렸을 땀만큼은 일생을 걸어도 찾아갈 수 없을 것 같았다.

응교가 대교의 얼굴에 찬물을 끼얹듯 대꾸했다.

"내가 안 깨웠다면 아마도 큰일 낼 꿈이었네. 허참······."

구름을 경작한 것은 뭐고, 복숭아나무 너머에서 어여쁜 여인이 부르는 것은 또 뭔지······.

참 알다가도 모를 일이었다. 대교처럼 한번이라도 꿈속에 여인이 나타나 웃어주면 그 얼마나 공평하고 좋은가. 대교의 꿈에 들어갈 수 없는 현실이 안타깝고 억울했다. 붓을 쥐고

먹을 갈고 벼루에 찰랑이는 먹물을 바라보며 늦도록 숙직을 서는 것도 지겨웠다. 순간이동으로 어디를 다녀와도 기다리는 여인을 만난 적이 없었다.

"응교 형님, 꿈속의 여인네와 갈 데까지 간 다음에 깨웠어야지요."

"내가 달달한 자네의 꿈을 그냥 놔둘 것 같은가? 거 누구 좋으라고……."

"아, 형님."

잠꼬대 같은 대교의 꿈은 응교에겐 현실보다 가깝게 들려왔다. 단 한번 꿀 수 없던 대교의 꿈은 천 길 너머 달보다 멀어 보였다. 대교가 꿈에서 덜 깼는지 비척거리며 숙직실을 향해 걸었다. 달이 아직 새벽 모서리에 걸려 있었다.

돌연변이

 달달 무슨 달… 쟁반 같이 둥근달…….
 보름날 장터에서 들려오던 아이들의 노래가 귓가에 돌았다. 순간 응교의 머리를 스쳐가는 달덩이가 보였다. 눈앞에 밀려온 달덩이는 백자 항아리보다 둥글고 컸다.
 달. 그래, 다-알!
 그곳은 순간이동으로 갈 수 있을지. 떠올릴 수 없던 생각은 예감 밖에서 왔다. 단 한번 순간이동으로 달에 가려는 생각을 하지 못했다. 달에 가면 죽을 수 있다는 생각도 하지 않았다. 토끼는 산다는데, 사람은 어찌 살 수 없는지도 머리에 머금은 적도 없었다.
 생각은 세상 밖으로 미끄러져 먼 우주로 밀려나가 보름이면 계수나무 아래에서 절구통을 놓고 방아에 열중인 토끼를 향했다. 한번쯤 토끼를 만나보는 건 어떨지, 생각만으로 웃음이 나왔다. 웃지 않아도 겨드랑이가 가려웠고, 정수리 부근이 훈훈했다.

응교가 혼자 배시시 웃으려다가 정색하고는 대교를 바라봤다. 대교는 여전히 꿈에서 일찍 깬 것이 억울한 모양이었다.

"형님, 억울합니다. 조금만 늦게 깨웠어도 달덩이 같은 여인과 꿈에서 행복했을 것입니다. 내 기어이 꿈속을 걷는 아이에게 부탁을 해서라도 다시……."

대교가 말을 멈추고 응교를 바라봤다. 응교의 식은 표정이 눈에 들어왔다. 싸늘한 얼굴 위로 눈보라가 불어갔다. 물은 이미 엎질러져 담을 수 없었다. 대교가 어찌할 바를 몰라 어깨를 떨었다.

네, 이놈.

응교는 대놓고 상것처럼 부르거나 꾸짖지 않았다. 눈에 힘을 주고 노려보며 때를 기다렸다. 몇 초가 될지 알 수 없으나 기다릴 줄도 알아야 했다. 대교가 그새를 참지 못하고 바닥에 납작 엎드렸다.

"아이고, 응교 나으리. 예문관 팔품, 말단 중에 말단 김부생 주리를 틀고 입을 꿰매고도 모자랄 죄를 지었습니다요."

"그 입 다물지 못하겠느냐?"

대교가 거품을 물고 쓰러지는 시늉을 했다. 아무리 나자빠져 뒹굴어도 한 번 어긴 금기는 주워 담을 수 없었다. 머리를 풀어 헤치고 이마를 바닥에 찧어도 되돌릴 수 없었다. 대교가 다 죽어가는 소리를 냈다.

"응교 나으리……."

"그래도, 정신을 못 차리고……. 왕가의 비밀이다. 금기 중에 금기, 잊었느냐?

응교의 목소리는 높지 않았으나 불같았다. 대교가 사지를 조아리고 뒹굴었다. 단 한번 응교가 화를 내는 것을 본 적이 없었다. 대교의 표정은 쥐구멍이라도 찾아들고 싶은 모양이었다.

응교가 화를 누르며 마저 뱉었다.

"뚫린 입이라고……. 우선 당직실로 가자."

대교가 울먹이지 않고 벌떡 일어나 그림자처럼 달라붙었다. 달덩이를 머리 꼭대기에 짊어지고 숙직실로 향했다. 숨소리도 들리지 않았다. 비척거리는 대교를 이끌고 동재 앞뜰을 지나갔다. 응교의 머리 위로 빛나는 별들이 어느 때보다 총명하고 차분했다.

*

꿈속을 걷는 아이.

왕가의 비기에 전해오는 아이였다. 드러낼 수 없는 아이는 오래 전부터 저 세상의 꿈을 이끌고 이 세상으로 건너온다고 했다. 이 세상의 꿈을 움켜쥐고 저 세상으로 건너간다고 했다. 아이는 고려 때 현종 임금을 옹립한 강조(康兆)의 여식으로 기록되어 있었다. 거란군에게 생포된 강조는 굴욕의 투항을 마다하고 스스로 칼을 입에 물었다고 전해 왔다.

강은결.

아이의 이름자 속에 고려 현종 임금이 입은 은혜와 강조의 꿈이 맺혀 있었다. 이름만으로 아이의 정체를 알 수 없어도 강조의 여식으로 나고 자라 시시때때 임금들의 꿈에 나타났다고 비기는 전했다.

꿈속을 걷는 아이는 금산사에서 홀로 죽은 견훤의 혼백을 태조 선왕 앞에 데려왔고 했다. 강조의 여식은 견훤의 후예들을 바람의 사제들이라고 불렀다. 스스로 높고 거룩한 언약 아래 복종을 맹세했다. 사제의 이름으로 죽을 때 가장 아름다운 것이라고, 스스로 정한 숙명 앞에 사제들은 두려움이 없었다. 달빛을 등진 무거운 자들이 견훤을 추억하며 은밀한 길을 걸어갔다고 기록은 전했다.

바람의 사제는 시대마다 왕가의 비기에 기록되어 전해왔다.

머리까지 눌러쓴 검은 장옷의 사제들은 변천을 거듭했다. 의상과 병기가 시대마다 달라졌고, 말들이 걸친 장식도 달라졌다. 격정의 칼과 궁극의 활로 무장한 존재들의 변천은 갈수록 오묘해졌고, 시간이 흐를수록 신비감이 돌았다. 열두 마리 검은 말들이 달리면 지천이 흔들린다고 했다.

 왕가의 비기에는 꿈속을 걷는 아이뿐만 아니라 여럿의 돌연변이 아이들이 실려 있었다. 수천 개의 쇳조각을 거느린 아이가 떠올랐다. 광속의 쇠들이 응교의 머릿속에 날아다녔다. 회오리의 속도로 쇳조각이 날아들 때, 응교는 쇠를 다스리는 아이를 생각했다. 불을 다스리는 아이도 기록에 실려 있었다. 먼 곳을 앞당겨 보고 깊은 곳을 뚫어보는 심미안의 아이도 내력을 전했다. 짐승과 소통하는 아이도 실려 있었고, 천둥과 번개를 불러오는 아이도 있었다. 붓을 다스리는 아이도 있었다. 태조 선왕의 다섯 번째 아들로 적혀 있었다. 그 아이는 허공에 붓을 띄워 일필휘지로 종이의 횡단을 가로질렀다고 했다.

 시간을 삼킨 아이의 초월과 변이는 상상할 수 없는 먼 곳의 일처럼 여겨졌다. 과거를 다녀오고 미래를 왕래하는 아이에게 시간은 어떤 의미가 될지 알 수 없었다. 아이는 시간이 책장에 꽂힌 서책과 같다고 했다. 책장마다 시간을 차곡차곡

쌓아 두었다가 필요에 따라 가져온다고 했는데, 믿기 어려웠다. 우주의 태초부터 소멸까지 머나먼 연대가 아이의 책장마다 꽂혀 소환을 기다리고 있을지 몰랐다. 시간을 삼킨 아이는 선지교에서 죽임을 당한 정몽주의 여식으로 나와 있었다. 계측 가능한 실존의 인물과 연결지점을 확보하는 지점에서 왕가의 비기가 허구가 아님을 말해주었다.

  오래전 불과 물과 바람과 쇠와 붓을 다스리고 천둥과 번개를 불러오며 꿈속을 걷는 아이들의 정체는 여전히 불가사의였다. 심미안으로 세상을 바라보고 시간을 삼킨 염력의 아이들은 여전히 실존과 허상 사이에 돌았다. 그 모두 바람의 사제들과 연결되어 있었다. 모두는 세상에 드러나는 것을 두려워했다.

*

  돌연변이 아이들은 시대마다 나라를 위태롭게 할 망조로 취급되었다. 세상을 위태롭게 하는 불화의 근원으로 기록되어 있었다. 적의 적으로서 배척되었고, 적들의 동지를 피해 부화를 기다리며 깊은 곳에 숨어 살아야 했다. 시대마다 돌연변이 아이들이 바람과 함께 멈춰 있었다. 시간이 무화된 비기에 모두는 전해왔다.

 입에 올릴 수 없는 금기는 예문관 관료들만 은밀히 들추어 봤다. 발설할 경우 혀를 자르고 눈을 뽑아 독한 고량주에 담아 두었다. 금기를 어긴 자는 살아남아도 얼마가지 못했다. 죽은들 이유와 까닭을 알 수 없도록 한강 북편 화장터로 보냈다.

 기록의 진위를 확인할 수 없는 시점에 대교의 말은 아궁이를 흔들어놓은 듯했다. 불꽃 속에 별무리가 보였다. 세상 너머 숨겨진 아이들이 하나둘 별로 피어올랐다. 응교가 큰 숨을 내쉬었다. 입김이 나올 때 정여립의 얼굴이 떠올랐다.

 비척거리는 걸음으로 겨우 따라오던 대교가 소리 죽여 말했다.

"응교 나으리, 잘못했습니다요."

 응교가 다시 인상을 구겼다. 금기를 금기로 일관하는 예문관의 업무가 응교의 목에서 묵직하게 들려왔다.

"금기를 어긴 죄, 다음에 필히 따질 것이다. 우선 장계부터 처리하는 게 급선무다."

"이 시간에 장계라고요?"

 대교가 걸음을 멈추었다. 놀라는 표정이 예삿일이 아님을 직감하는 것 같았다. 대교가 응교의 눈을 바라봤다. 응교의 눈 속에 심상치 않은 바람이 불어가는 것을 알았다.

"땅을 흔드는 고변이 올라왔다. 황해도 현감들이 되돌릴 수 없는 고변을 올렸단 말이다."

고변······.

대교가 말을 뱉지 못했다. 왕가의 비기를 입에 올린 것부터가 일탈이며 불미였다. 부정에 대한 부정이 긍정이 될지 알 수 없으나 새벽나절 금기를 어긴 부정을 딛고 고변의 어려움은 뚜렷이 밀려왔다. 하루가 나태하고 게으르지 않을 것 같았다. 깎아지른 위태를 안고 고도로 신중한 하루가 될 것도 내다봤다.

무엇부터 해야 할지 응교의 머릿속에 하나둘 떠올랐다. 우선 대교와 장계를 꼼꼼히 읽어야 했다. 고변의 핵심을 짚어 일갈의 문장으로 옮겨놓는 일도 빠뜨리지 않아야 했다. 대교의 의견이 중요했다. 장계는 비판의 시각으로 에둘러 보지 않아야 했다. 합리의 판단으로 튀어나온 문장을 깎아내리지 않아야 했다. 유추와 추론이 사실을 넘어서지 않아야 했다. 날카롭고 과묵하며 치밀한 지성으로 읽되, 예문관 관료의 소임에 어긋나지 않는 해석과 적확한 간추림이 중했다.

응교가 명을 내리면 장계를 두 본으로 필사하여 한 본은 예문관 당상들에게 올려 사전에 논할 수 있도록 준비해야 했다. 나머지 한 본은 날이 밝는 대로 비변사에 올려 일품들이 사전에 논하고 어전회의 때 고할 수 있도록 해야 했다. 예문관 응교와 대교의 소임은 거기까지였다. 그 이상 관여하거나 개입할 수 없었다.

대교가 물었다. 대교의 입에서 군소리는 사라지고 예문관 팔품 신분의 공적 소임이 들렸다.

"장계를 가져온 자는 어디에 있습니까?"

그제야 응교의 머릿속에서 헛돌던 전령이 떠올랐다. 생각 밖으로 밀어내었도 자다 깬 전령의 눈빛은 간단하지 않았다. 떨어지는 책을 잡기 위해 실행한 순간이동이 아무래도 신경 쓰였다. 전령이 꿈을 꾼 것으로 여겨주면 좋을 테지만, 뜬 눈으로 정확히 보았다면 다른 방도를 생각해야 했다. 궁색하고 시원찮은 답변보다 솔직한 대응이 응교에겐 편했다. 만약의 경우 히말라야 산맥 설산 가운데 던져 놓거나 아랍 쪽 사막 가운데 버려두고 와도 어쩔 수 없었다. 소란하고 해괴한 풍문이 돌기 전에 취할 수 있는 조치는 무궁했다. 어디든 데려가 두고 오면 되는데, 마음이 편할 리 없었다. 늦은 새벽에 그 일만큼은 일어나지 않기를 바랐다. 전령의 태도와 반응에 따라 결정될 것이었다.

공연한 순간이동으로 머릿속이 번잡해지는 것을 알았다. 응교가 밤이슬에 젖은 머리칼을 쓸어내리며 대답했다.

"먼 길을 온 터라 피곤해 보였다. 일단 숙직실에 재웠다. 날이 밝는 대로 비변사에서 데려갈 것이다."

전령에 대한 심문은 예문관이 아닌 비변사 소임이므로 그전까지 안전하게 데리고 있어야 했다. 비변사 관료들이 일일이 장계에 찍힌 낙인을 확인하고, 사헌부 감찰들이 고변의 출처와 의도에 대해 캐물을 것이다. 전령은 아는 대로 답할 것이지만, 알면 아는 대로 모르면 모르는 대로 문초를 당할 게 분명했다. 고변의 중한 정도에 따라 문초의 강약도 달라질 것이다.

숙직실 지붕 위로 별똥별 하나가 기울어갔다. 북쪽 끝에서 뻗어온 유성이 머리 위를 지나갔다. 끝이 날카로운 빛이 남산 너머로 기울었다. 피곤한 새벽이었다.

일어서는 물칼

 사흘 전.
 해가 머리 위에 오를 무렵 임금은 병조판서 유성용에게 축문을 띄우도록 했다. 늘 유성용 곁에 붙어있던 정경세는 보이지 않았다. 한 몸, 하나의 그림자 같던 자들이 떨어져 있을 때는 외로워 보였다.
 축문을 올릴 때, 명나라 임금을 향한 하례는 생략했다. 보름마다 명왕의 궐패에 올리는 망궐례를 임금은 명분 없는 의례로 여겼다. 정월 초하룻날 신하와 더불어 팔을 벌려 올리는 하정례를 나라와 나라가 정한 예의로 보았다. 축문을 읽어 내려가는 유성용의 목소리가 떨렸다.
 "조선의 기상을 기억하라. 기나긴 혼란을 종식하고, 태조 강헌지인계운성문신무대왕太祖康獻至仁啓運聖文神武大王께서 조선을 열었다. 갈 길 없는 고려의 혼들을 쓸어안고 불굴의 충을 합쳐 대륙의 어깨 위에 국호를 새겼다. 조선은 활과 기마와 공후의 나라 고구려의 기상을 받들고, 요동 최북단 고주에서 국경 너머 하슬라에 이르는 발해의 영토를 잊지 않는다. 가야와 신라와 백제의 문물을 보듬고, 저 높고 아름다운 나라 고려까지 천년을 이어온 나라의 박동을 추억하며 다시 천년을 기약한다. 조선의 개국을 기념하는 자리에 임금과 신하와 백성들이 함께 나아가길 축원한다."

 유성용의 축문은 무겁고 단단한 문장으로 채워져 있었다. 임금은 두 팔을 벌려 돌고 돌았다. 임금의 망궐례는 조선에서 돌고 있으므로, 명나라 임금을 향한 하례보다 조선을 돌아보고 조선의 문물과 백성을 향한 염원이 크고 우람하게 보였다. 임금의 망궐례는 하루치 의례보다 앞날의 화평을 싣고 일생의 질량으로 밀려올 때가 좋았다.

 두 팔을 벌려 자리를 돌면서 임금은 발해의 기약을 생각했다. 고구려 유민들이 건설한 나라는 신라와 함께 대륙 땅에 살아남은 것도 알았다. 임금은 발해의 오랜 역사를 생각했다. 사라지지 않은 전통과 질긴 유전을 생각했다. 임금의 머릿속에 발해는 통나무 같은 근성으로 자라고 있었다.

… 발해는 물에 비쳐든 조선의 반영反映이다. 밝은 날에도 흐린 날에도 조선을 떠난 적이 없는 나라다. 국경 너머 대륙에 잠겼어도 그 기상은 지울 수 없다. 물처럼 고요한 나라의 기맥은 조선이 다하는 날까지, 다시 천년이 흐를 때까지 이어져야 한다. 내 나라 발해는…….

발해는 곧고 우람하며 끈기로 채워진 나라였다. 대륙 한곳에서 특출한 변이를 딛고 태어난 아이들이 많았다. 돌연변이 아이들은 버림받지 않고 저들 끼리 모여 살았다. 물과 바람과 별을 다스리는 아이들이 소출에 힘쓰며 살다 갔다. 불을 다스리던 아이는 돌궐과 거란의 침략을 무춤거리게 했다. 구름을 다스리던 아이는 손끝으로 번개를 불러 적들을 쓰러뜨렸다. 적들은 사지를 떨며 뒹굴었다. 나무를 지배하던 아이는 국경 너머 적들이 가장 두려워한 존재였다. 이 아이는 산골마다 흔하게 자란 대나무를 순간에 자르고 깎아 화살보다 날카로운 병기로 둔갑시켰다. 눈 깜짝할 사이에 아이는 수천 개의 대나무 화살을 적들에게 쏘았다. 아이는 시시때때 전쟁에 불려갔다. 셀 수 없는 많은 적들에게 치명적인 상처를 주거나 목숨을 빼앗았다.

아이는 살생과 상처에 회의를 느꼈다. 스스로 적에 대한 적대감정을 버리면서 아이는 자연으로 돌아가고자 했다. 적대감정을 버린 아이는 적에게도 아군에게도 위험했다. 나무를 다스리던 아이는 오래 살지 못했다. 아이는 맑은 날 수백 겹을 나무 울타리를 치고 밖으로 나오지 않았다. 그 뒤 아이를 본 사람이 없었다.

 발해 땅에는 수공의 천재도 많았다. 손바닥보다 작은 바둑판과 깨알 같은 바둑알을 만드는 아이가 있었다. 사물보다 더 정교하게 조각을 하는 아이도 있었다. 천년에 한번 나올 듯 영롱한 색채와 고운 자태의 도자기를 빚는 아이도 있었다. 살을 파고드는 선율의 피리를 만드는 아이도 있었다. 물을 담은 항아리에 휘황한 무지개를 만드는 아이도 있었다.

 정교하고 뛰어난 머리를 가진 아이도 많았다. 수數에 수를 더하고 빼고 나누고 곱하는 암산에 능한 아이가 있었다. 별과 별 사이 거리를 계산하는 아이도 있었다. 그림 속을 넘나들며 생의 절반을 그림 안에서 보내는 아이도 있었다. 곤충과 은밀하게 소통하는 아이도 있었다.

 저마다 사연과 이유를 안고 아이들은 발해 땅에서 나고 자랐다. 그 모두 뚜렷한 흔적을 남긴 발해의 아이들은 성장하면서 고려에 건너와 살았다. 자손들은 조선으로 넘어왔다. 혼자 살다 가지 않은 이상 특출한 아이들의 능력은 유전되었다. 시대마다 조선의 임금들은 발해를 되찾고자 요동 정벌을 구상하고 북벌을 계획한 까닭도 거기 있었다. 발해 땅에 박힌 물과 바람과 나무와 별과 산들의 가호가 세상과 내통하는 특별한 이유 때문이었다.

*

  임금의 춤사위 너머로 이글거리는 해가 보였다. 흔들리는 그림자를 따라 바람이 동에서 서로 불어갔다. 해는 하나였으나 바람은 나고 드는 자리가 흔했다. 망궐례를 마친 임금이 한숨 쉬었다. 임금의 숨결은 조용하고 청명했다.
  유성용이 단전에 힘을 주었다.
"조선의 개국은 모두와 새로운 삶을 기약하고, 모두가 기억할 수 있는 터전을 물려주기 위함이라……."
  임금이 짧게 화답했다.
"모두가 화평할 수 있다면 이것보다 더한 일도 마다 하지 않을 것이다. 임금이란 모두에게 베풀고 모두와 함께 나누는 것 아니겠는가."
  모두가 허리 숙였다. 신료와 친인척들이 숙인 허리를 새우고 임금을 바라봤다. 민가에서 올라온 노인과 기로耆老들이 오래 전 죽은 임금들을 향해 절을 올렸다. 임금이 모두를 힘주어 바라봤다. 오늘 만큼은 근심을 지우고 신하와 백성 사이에 가까이 다가가고 싶었다. 그것이 모두에 대한 배려이자 온건함이 되지 싶었다.

명나라 사신들이 임금께 절을 올렸다. 바다 건너 일본에서 건너온 사신들이 임금께 절했다. 사신들은 조용하고 소리가 없었다. 임금이 말했다.

"먼 곳에서 조선을 기억하니 고맙소. 돌아가거든 감사하다고 전해주시오. 머무는 동안 불편함 없이 지내시오."

임금이 소탈하게 웃었다. 신료와 친인척들이 소리 없이 웃었다. 민가의 노인들과 기로들이 고개를 끄덕였다. 사신들이 뒷걸음질 치며 물러갔다. 임금이 어좌에 앉아 모두를 바라봤다. 바람이 순하게 불어갔다. 날이 적당해서 그런지 기분이 좋았다. 임금이 웃자 유성용이 기침 없이 우렁우렁한 목소리로 말했다.

"축제를 시작하라. 오늘만큼은 모두가 즐기길 원한다. 체통과 신분을 허물고 모두 즐기시라."

개국을 기념하는 자리는 풍요롭고 차분했다. 조정에서 해마다 이 즈음에 개국연을 열어 백성을 위로하고 모두의 무병장수를 빌었다. 나라의 화평을 다지고 성대를 얻고자 했다. 전

염병과 가뭄과 흉년을 극복하고 모두에게 넉넉한 나라의 향기를 베풀고자 했다. 주술을 버리고 현실의 안목으로 백성과 나라의 기복을 더하고자 했다.

  축제는 무르익어갔다. 장악원에서 여령女伶과 무동舞童들이 가야금 연주와 군무를 공연했다. 광화문 밖에서 병사들의 사열할 때, 높이 솟은 창마다 붉은 깃발이 펄럭였다. 기마가 지날 때 말발굽 소리가 한 가지로 들렸다. 창끝에 빛의 치어들이 일제히 쇠를 갈아 대며 빛을 더했다. 빛이 조용하고 순했다. 운집한 백성들이 한 목소리로 개국을 기념했다. 축의는 순조로웠다.

점성술의 대가

 서녘 하늘에 노을이 비껴들자 낮에 빛나던 것들이 하나둘 돌아갈 채비를 했다. 빛이 서편으로 몰려가면서 붉은 노을이 비쳐들었다. 해거름이 경복궁을 에워싸면서 축제도 막을 내렸다. 비원에 자란 석류나무 잔가지들이 바람에 흔들일 때 임금은 편전으로 돌아갔다.
 임금이 편전으로 유성용을 불러들였다. 유성용은 어좌에서 다섯 걸음 떨어진 자리에 무릎을 꿇고 허리를 숙였다.
"전하, 축의가 막을 내리고 모두 돌아갔사옵니다. 신 또한……."
 물러갈 줄 아는 게 신하된 도리였다. 임금이 조용히 내려봤다.
"병조판서에게 긴히 전할 말이 있어 불렀다."

유성용은 고개를 들고 허리를 곧추세웠다. 이토록 가까이에서 홀로 임금을 대한 적이 없었다. 임금의 얼굴에서 어두운 근심이 비쳐들었다. 근심을 쫓기 위해 사사로이 신하를 부를 임금이 아니었다.

의중을 살폈다. 임금의 마음은 읽을 수 없는 골짜기에 내려가 있는 듯했다. 곁에 그림자처럼 붙어 있어야 내시부 누구도 보이지 않았다. 내시부 최고 서열 상선까지 물러가게 한 것이 독대의 엄중을 말했다.

임금과 단독의 응대가 유성용에겐 부담 그 이상이었다. 부담이어도 신하된 자로서 임금의 입장을 읽는 것은 불미이며 불충이었다.

임금이 나직이 말했다.

"정여립이 벼슬을 버리고 낙향했다고 들었다."

임금의 말이 느닷없진 않았다. 울먹임 없이 임금은 차분했다. 야윈 어깨 너머로 흔들리는 세상이 보였다. 정여립의 낙향은 한순간 찬물처럼 밀려왔어도 울먹이는 것보다 순하고 진솔하게 들렸다. 유성용이 대꾸했다.

"전주와 진안을 오간다고 들었사옵니다."

정여립의 낙향은 동인과 서인으로 갈라선 조정을 오랫동안 불에 달구었다. 서인의 축에서 오랫동안 지내온 그가 이조전랑 자리를 놓고 동인으로 돌아섰다는 말은 믿을 수 없었다. 정오품 정랑과 종육품 좌랑의 소임으로 나뉜 전랑은 사직에 적합한 인물을 천거하는 직책에 불과했다. 이권을 개입할 여지가 많았고, 직권남용과 판단의 불찰에 따른 여백이 많았으므로, 명망 있는 중견 관료가 맡아야 했다.

  객관의 시각과 합리의 판단으로 볼 때, 정여립은 이조전랑의 자격이 넘쳤다. 살아온 연대기에 비추어 정여립의 이조전랑 명함은 적정했으나 이이는 반대를 무릅썼다. 정여립은 끝내 이조전랑 자리에 오를 수 없었다. 명분과 제도와 경험의 수치로 봐서 이해되지 않는 구석이 많은 인사였다.

  서인의 인재로 떠오른 정여립을 서인의 핵심인 이이가 반대를 무릅쓴 이유는 이이만이 알 것이었다. 그 때문에 서인과 결별하였다는 정여립의 변절은 어디가 진실이며, 어디가 허위인지 알 수 없었다. 정여립을 둘러싼 진실 싸움은 쉽게 사그라들지 않았다. 동인 사이에 정여립은 큰 파장으로 왔다. 서인 사이에 역류를 일으키며 한동안 소란했다.

  임금은 정여립의 본관이 경상도 동래東萊이며 자는 인백仁伯인 것을 알았다. 부친이 종사품 첨정을 지낸 정희증이란 것도 알았다. 전주에서 태어났고, 즉위 3년 되던 해 대과 문과에 급제한 것도 알았다.

정여립은 젊은 나이에 조정에 발을 디뎠다. 스물네 살부터 하위직을 거쳐 서른 중반에 육품 예조좌랑이 되었다. 이듬해 오품 홍문관 수찬에 오른 것도 알았다. 순탄한 길을 함께 걸어온 인물은 이이와 성혼이었다. 정여립은 한때 서인의 촉망을 한 몸에 받은 인재 중에 인재였다. 이이의 배척은 어디에서 시작되었는지 알 수 없었다. 물어도 말해줄 것 같지 않았다.

임금이 넌지시 말했다.

"정여립의 어미가 비단에 수를 놓는다고 들었다. 그 솜씨가 조선을 넘어 최상이라고……."

"한갓 장인에 지나지 않을 것인데, 사람들이 부풀렸을 것이옵니다."

유성용의 말은 허랑하게 들렸다. 근거 없는 소문만으로 정여립의 어미를 평가하는 것도 알았다. 정여립의 어미가 흔한 장인들 가운데 하나라는 소문을 소문으로 덮으려는 유성용의 의도는 보이지 않았다. 임금이 고개를 갸웃거리며 유성용을 내려 봤다.

"극사실의 자수를 비단에 새긴다고 들었다. 빈 비단에 무엇이든 수를 놓으면 마치 살아 있는 듯이 보인다고 했다. 그 능력이 탁월하다 못해 사람으로서는 오를 수 없는 경지에 올랐다고 했다."

 임금의 말은 사실이었다. 임금은 부풀리지 않고 정직하게 정여립의 어미를 평가했다. 그 어미의 수는 손끝에 혼신을 실어 집중할 때 나왔다. 오랜 시간 몸이 부서지는 고통 끝에 살아있는 작품으로 세상에 나왔다. 오색실을 꿴 바늘을 쥐고 석 달하고도 열흘 동안 진을 뺀 뒤에라야 하나의 작품은 탄생했다. 바늘과 실의 사투는 임금과 중전의 옷을 짓는 상의원에서 가장 먼저 알았다. 인체의 의술을 집행하는 내의원에서 그 다음 알았다. 알아도 말할 수 없는 능력은 신비와 주술을 벗고 사실 그대로를 평가할 때 비기에 감춰질 것이었다.

*

 실제 모습보다 더 사실의 그림은 있을 수 없었다. 인물이든 사물이든 뚜렷이 실감할 수 있는 그림은 볼 수 없었다. 시대를 스쳐간 수많은 화가들도 생긴 그대로를 재현하지는 못했다. 하물며 규방 아녀자의 자수가 극사실의 그림처럼 수를 놓는 능력은 믿기 어려웠다. 바느질 하나로 정밀한 그림을 그리는 일은 다른 시간대의 다른 질량으로 밀려왔다.
 이해할 수 없는 초월의 능력은 임금의 마음 한곳에 천천히 떨어져 내렸다. 떨어진 자리에 거센 소용돌이가 돌았다.
"오래전 붓을 허공에 띄워 자유자재로 문장을 다룬 자가 있었다. 병판도 비기에서 보았을 터, 그 비범한 능력이 지금도 은밀히 떠돌고 있지 않은가?"

임금은 왕가의 비기에 숨겨진 태조 선왕의 다섯 번째 아들을 생각했다. 그 아들은 붓을 띄워 종이와 머릿속에 떠도는 사유를 문장으로 채웠다고 했다. 생각과 사유만으로 붓을 자유자재로 다룬 그 아들은 스스로 초월의 능력을 유폐시켰다고 했다. 칼이 아닌 붓으로는 조선을 일으킬 수 없다는 그 아들의 판단은 결국 세상을 움직이게 했다. 붓을 버리고 칼을 쥐면서 그 아들은 피바람 부는 언덕에서 세상을 통찰하는 붓의 정밀과 광활한 종이의 바다를 바라보며 울먹였다고 했다. 그 말의 가벼움은 임금의 머리에서 오는 듯했다. 그 말의 무거움은 과거 저편의 왕가의 비기에 새겨져 있었다.

"어찌 그런 말씀을, 누구라도 듣게 되면……."

그 말의 주인이 태종 임금이란 걸 모르지 않았다. 유성용도 알았을 것이다. 궁성의 바람은 은밀한 밀담에서 오가는 것을 임금은 수없이 보았다.

유성용은 눈을 돌려 주위를 두리번거렸다. 누구든 임금과 단독의 대화를 엿들을 수 있으므로, 주의를 기울여야 했다.

임금과 독대는 사관조차 기록하지 않았다. 누구도 모르게 임금과 저녁을 맞이하는 경우는 드물었다. 내시부 최고 서열 상선에게 통고하여 사전에 시간을 요구하는 엄중한 행위였다. 독대는 세 식경을 넘길 수 없었다.

유성용을 내려 보는 임금의 눈은 캄캄해 보였다. 임금의 시선은 보이지 않는 곳을 바라보는 것 같았다. 정여립의 어미를 놓고 임금은 다른 가능성을 모색하는 것 같았다. 한 땀 한 땀 수를 놓다 보면 비단 위에 세상이 들어서고, 그 너머 광활한 우주가 펼쳐질 것만 같았다.

임금이 나직이 말했다.

"이곳은 너와 나 둘 뿐이다."

"하오나 궁은 어디라도 안전하지 않사옵니다. 누구라도 듣게 되면……."

"의심치 말고, 개의치 마라."

임금은 침착해 보였다. 유성용은 대꾸하지 않고 임금의 말을 기다렸다. 장담할 수 없는 일을 의심하지 말라하니, 그렇게 할 수 있을지 의문이 들긴 했으나 기다릴 줄도 알아야 했다.

유성용은 임금의 눈에 고인 캄캄한 바다를 바라봤다. 임금은 이미 알고 있는 듯했다. 숨길 수 없는 피바람이 먼 곳에서 기획되어 조정으로 달려오고 있다는 것도 아는 눈치였다. 유성용이 소리 없이 한숨을 내쉬었다.

 임금이 단호하게 물었다. 목에서 오래 묵은 감정과 울분이 섞여 있었다.

"지금 안팎에서 무슨 일이 일어나고 있는 것이냐?"

 더 이상 숨길 수 없다는 것을 알았다. 유성용은 망설이고 망설였다. 입에 머금을 수도, 입을 닫을 수도, 입 밖에 뱉을 수도 없는 말은 입속 허공을 돌고 돌았다. 유성용이 대답했다.

"동인과 서인들 간 분탕질이 이 순간에도 이어지고 있사옵니다. 패악이 극에 치닫고 있사옵니다."

 임금이 고개를 끄덕였다. 죄다 알고 있는 일을 떠올리는 것조차 번잡했다. 임금이 물었다.

"사직의 위태와 소란을 모르는 바 아니다. 계획이 있는가?"

"황해도 현감들이 도모하고 있다고 들었사옵니다. 관직을 벗고 떠난 정여립이 동인과 서인 사이 붕당의 볼모가 될 것이라 하였사옵니다."

 붕당의 최악은 사직의 해체이며 임금의 탄핵이 될 것이었다. 유성용도 알았고, 임금도 알았다. 국경 너머 명나라가 조선을 넘보지 말란 법이 없었다. 바다 건너 일본이 조선을 향해 뛰어오르려 조아리고 있는 것도 알았다. 붕당을 가라앉힐 때 조선이 살아남는 것도 알았다.

 유성용의 말은 곱씹지 않아도 알 것 같았다. 황해도 현감들의 계획은 임금의 마음과 같을지 모를 일이었다. 황해도 현감들이 무엇을 구상하고 있는지는 알 수 없으나 어디로 튈지 임금은 아는 것 같았다. 임금이 물었다.
"누구의 머리에서 나온 계획인지 아는가?"
 그 답을 임금은 이미 알고 있는 듯했다. 답할 수 없는 임금의 물음은 사전에 준비된 것 같았다.

    … 임금은 정여립의 희생을 기다리는 것인가?

 알 수 없는 생각이 꼬리를 물고 이어졌다. 임금의 생각을 앞질러 갈 수 없는 상황에 유성용의 뒷말은 두려운 용기로 들렸다.
"황해도 현감들의 장계가 올라올 것이옵니다. 의도가 무엇이 됐든 최악은 막아야 하옵니다."
 임금은 대꾸하지 않았다. 정여립을 붕당의 볼모로 삼는 계획은 임금 자신도 속일 수 없는 철저한 구상에서 시작되고, 치밀한 기획 아래 준비되고 있었다. 임금이 아는 한 거기까지였다. 동인과 서인 사이 오가는 무수한 말들 가운데 정확한 건 어디에도 없었다. 추정과 유추와 판단과 해석을 쥐고 임금은 무엇을 가려내고 무엇을 들추어야 할지 알 수 없었다.

이조전랑 吏曹銓郎

  임금은 시국에 무엇을 버리고 무엇을 선택할지 그마저 알 수 없었다. 임금과 불화한 이유만으로 정여립을 버릴 수는 없으나 큰 것을 얻으려면 큰 것을 버려야하는 까닭을 모르지 않았다. 임금의 뜻이 아니어도 정여립은 모반의 핵이 될 것이라고, 서인들 사이에도 동인들의 기획과 조작설이 들끓었다.
  정여립이 모반의 핵이 된 까닭은 따로 있었다. 정여립은 어미의 돗바늘 같은 자수의 능력에 뒤지지 않는 징후를 몸에 지니고 다녔다. 모두의 눈은 속여도 임금과 유성용과 예문관 응교의 눈은 비켜갈 수 없었다. 비변사 정보원도 알아내지 못한 정여립의 숨겨진 비밀은 높고 거룩했다. 별을 다루는 천문天文과 길흉을 예언하는 도참圖讖은 신비에 가까웠다. 별의 운행을 손바닥 보듯이 바라보는 정여립의 초월은 신비 그 이상이었다. 나라의 흥망을 예언하고 임금의 쇠락을 점치는 능력은 극도의 위험을 안고 있었다. 정여립은 살아남을지 알 수 없었다. 죽더라도 이름에 박힌 별의 노래는 잊힐 것 같지 않았다.

점성술의 대가는 밤마다 하늘을 올려 보며 별과 마주하고 별을 노래했다. 정여립이 맑고 깨끗한 대동 세상을 원한 것을 알았다. 별이 인도하는 은하의 삶을 바란 것도 알았다. 정여립은 별에서 왔다고 했다. 죽은 뒤 별로 돌아가길 바라는 마음은 가호가 될지 징벌이 될지 알 수 없었다. 정여립은 어느 별에서 왔는지 임금도, 유성용도, 예문관 응교도 알지 못했다.

임금이 나직이 말했다.

"과인이 임금의 자리에 오른 지 스무 두 해가 지났다."

"그러하옵니다."

"대를 이어 즉위한 것에 무리가 없던 것은 아닌 줄 안다."

시름은 분명해 보였다. 변방을 다스리던 용기와 기백은 사라지고 없었다. 쟁의 인내를 이끌던 기백이 임금의 용기일 것인데, 임금의 얼굴에선 과거의 용기가 보이지 않았다. 무엇을 생각하는지, 알다가도 모를 임금의 시름은 깊어 보였다.

유성용이 말을 받았다. 목에서 비척거리며 날개를 늘어뜨린 쇠기러기가 낡은 기억을 물고 날아들었다. 유성용은 임금을 안타깝게 바라봤다.

"전하는 조선의 임금이시며, 대륙의 한 자락을 총괄하는 제왕이옵니다."

"결과는 내 편이 아니었다. 선왕께서 선선히 자리를 내주었다면, 지금까지 수군거리는 소리가 들릴 리 있겠는가?"

"당시 선왕께서는 순회세자順懷世子를 잃은 뒤 오래 슬퍼하셨사옵니다."

"자식을 잃었으니 그럴 만도 하셨겠지. 허나 선왕은……."

임금의 말 속에 왕위를 놓고 갈등하는 왕가의 모순보다 동인과 서인으로 갈라선 붕당의 패악이 보였다. 선왕은 붕당의 치졸함과 더러움을 내다보았는지 알 수 없었다. 유성용은 사지를 죄어오는 기억을 누르며 말했다.

"선왕께서는 인재를 고르게 등용하여 선정을 펼치려 하였으나 그 뜻을 이루지 못하고 요절하셨나이다."

그로 이해 나라의 기둥들이 지금까지 흔들리고 있다고, 임금은 말하지 않았다. 임금은 걸어온 길을 놓고 번민하는 듯했다. 앞날을 바라보며 가시나무 같은 고뇌에 휩싸여 있는 듯했다. 임금의 울분은 임금만이 아실 것이었다.

"어쨌든 이 자리가 선왕을 따르던 자들과 그 후손들에겐 비겁과 반역의 명분을 주고 있질 않느냐?"

"당시 비선과 실세들의 횡포가 드세었다고 들었사옵니다. 암암리에 백성을 수탈했으며, 뇌물을 받아 관직을 팔았사옵니다. 압록강가 고을을 다스리는 수령의 여식을 넘보았으며, 이를 협박과 매수로 입을 막는 통에 장계가 끊이지 않았사옵니다. 그때의 실세들이 파직되었어도 비선들의 전횡은 여전히 이어지고 있사옵니다."

그 모두 모르지 않았다. 어디서부터 시작되었으며, 무엇이 잘못되었는지 뚜렷이 알았다. 알아도 당장 갈아엎을 수 없는 게 비선이었다. 승정원, 의금부, 한성부, 비변사, 사헌부, 사간원 할 것 없이 죄다 깔려 있는 게 비선이고 실세였다. 임금은 알고 남았다. 알았으므로 임금은 답답했다. 치밀어 오르는 조급증 누르고 임금이 말했다.

"지금 그것을 들추자는 게 아니다. 선왕께서 물러나면서 당시 썩은 자들을 데려가지 않은 것이 문제이지 않은가?"

"그 후손들이 물러나지 않고 거듭 요직을 차지하고 있다는 건 사대문 밖 동냥아치도 다 아는 사실이옵니다."

가지지 못한 것에 대한 갑질이 하늘을 찌르는 것을 모르지 않았다. 말할 수 없는 자에 대한 억압이 바닥까지 드러내는 것을 모를 리 없었다. 그 모두 끝을 봐야 할 때가 된 것도 알았다. 임금은 갑질의 유명을 끊어내고 지금까지의 민본을 달리해야한다는 것도 아는 눈치였다. 임금의 목에서 성마른 푸성귀가 떠갔다.

"도리가 없지 않으냐? 모두 잡아 가둘 수도 없고, 적당히 해먹으면 많이 해먹은 비선들보다야 낫지 않겠느냐? 한적한 곳에 머물게 한 것도 소박하게 해먹으라는 배려였다. 그것을 까맣게 잊고 도가 지나치지 못해 넘치고 있어. 그것만큼은 병판도 알고 있지 않은가? 따지고 보면 다 나의 불찰이다."

임금은 어디까지 밀고갈 수 있을지 알 수 없었다. 유성용은 목이 타들어가는 것을 알았다. 들출수록 불미하고 불리해지는 처사를 임금은 무슨 생각으로 홀로 덮어쓰려는지 알 수 없었다. 끝을 바라는 마음은 한결 같아도 끝나지 않을 전쟁에서 임금은 외로워 보였다. 깨끗한 세상을 바라는 마음은 처음과 같아도 깨끗한 세상은 어디에도 없다는 것을 임금은 망각한 모양이었다. 유성용은 조용히 대꾸했다.

"허나, 명확히 알 수 없고, 뚜렷이 보이지 않는 일이옵니다."
"병판의 말은 자존을 묵살하듯 들린다. 눈을 가린다고 보이지 않는가? 눈에 보일 때면 이미 늦은 것이다."

임금의 얼굴에 낙망한 그늘이 비쳐들었다. 편전 안으로 밀려온 바람이 임금과 유성용 사이를 불어갔다. 유성용이 낮게 대꾸했다. 목젖이 떨렸다.

"반역의 명분은 차고 넘치는 것이라야 하옵니다. 반역은 설득할 수 없고, 윤허할 수 없는 것이라야 하옵니다. 추상과 유추가 아닌 명백한 것이 반역이옵니다."

"병판의 말이 옳다. 허나 현실이 그러한가? 눈에 드러나지 않는다고 오활한 신하들 앞에 한없이 작아져야만 하는가?"

임금의 시름은 쉽게 갤 것 같지 않았다. 썩은 것은 도려내야 하는데, 이럴 수도 저럴 수도 없는 현실이 안타까웠다. 임금은 동인 비선과 서인 실세를 버리고 깨끗한 세상으로 나아가고 싶어 했다. 부박한 현실을 으깨고 무르익은 사직을 걸어가고 싶어 했다. 임금의 눈동자 안으로 눈보라가 불어갔다. 오늘 따라 어깨가 무거워 보였다.

유성용이 젖은 눈으로 임금을 올려 봤다. 임금이 짓무른 눈으로 내려 봤다.

"하오나 전하만이 결정할 수 있사옵니다. 바라보는 모든 것들이 조선의 번영과 평탄을 내다보는 것이라면, 능히 신료와 백성들의 살갗에 맞닿을 것이옵니다. 긴장과 조급증을 버리소서. 느슨히 바라보시고 강고히 매듭지으소서."

유성용의 눈에 알 수 없는 물방울이 고여 들었다. 물방울 너머 임금의 자리는 깊지도 얕지도 않아 보였다. 임금을 바라봤다. 무거운 정적이 흘렀다. 임금의 생각은 읽히지 않았다.

읽을 수 없는 임금의 생각은 종묘와 사직과 왕가의 비기를 안고 멀리 바라보는 것 같았다. 하루하루 견디는 수모보다 멀리 깨어 있는 날들을 예감하면서 임금은 좋은 날이든 흐린 날이든 말하기 좋은 날을 생각하는 것 같았다.

편전 너머로 총총한 별이 세상을 내려 봤다. 축제의 끝은 허전하고 쓸쓸했다. 젖은 바람이 편전 앞뜰을 쓸며 불어갔다. 동편 하늘 모서리에 유난히 빛을 내는 별이 보였다. 금성이었다.

벼랑의 신화

 알 수 없었다. 장계에 박힌 고변을 놓고 비변사 일품 아전들과 예문관 당상들의 설전이 아침 길을 뚫고 어디로 번져 갈지. 내다 볼 수 없는 미래는 막막하고 서글펐다. 함경도 현감들의 심리전은 어디까지 먹혀들지……. 알 수 없는 생각은 응교의 머릿속에 돌고 돌았다.

 정여립의 죄상은 공화의 사상에서 시작되고 있었다. 공화는 세상의 공물을 공평하게 나누어 모두가 평등한 삶을 살자고 했다. 공평과 평등은 한 가지로 사유되었으나 어느 것이 클지 생각해본 적은 없었다.

 반역의 정점을 찍고 있는 정여립은 장계 안에서 이마를 찧었다. 거친 문장으로 채워진 고변은 정여립을 벼랑으로 몰았고, 벼랑 끝에서 다시 세상을 정화하려 했다. 고변의 진실은 정여립만 알 것인데, 지금쯤 전주와 진안을 오가며 장계가 올라온 것도 모르고 있을 것만 같았다.

판단할 수 없는 의문을 던져 놓고 정여립은 늦은 새벽에 편안할지 알 수 없었다. 공화를 품고 동인과 서인 사이 사상의 쏠림을 근심할지 그 마저 알 수 없었다.

대교가 곯아떨어진 전령을 바라보며 혀를 찼다. 탁자에 앉으면서 묻지도 않은 말에 답했다.

"천지도 모르고 자고 있습니다, 응교 형님."

새벽나절 나으리에서 그새 형님으로 바뀐 모양이었다. 언제까지 대교의 응석을 보아줄지 알 수 없었다. 밉지도 곱지도 않은 예문관 말단의 치기는 감정이 섞여 있지 않으므로 편할 때가 많았다.

"꿈이라도 꾸더냐?"

"배가 부른지 쩝쩝거리기는 했습니다."

"항아가 가져온 인절미를 내주었다. 급히 먹는 걸 보니 어지간히 시장했던 모양이다."

대교가 물끄러미 응교를 올려봤다. 할 말이 있는 것 같았다. 미덥지 않은 〈몽유도원도〉 꿈은 아니길 바랐다. 대교가 겨우 입을 열었다.

"응교 형님, 실은 복숭아 밭 너머에 다른 꿈이 보였습니다."

"구름을 경작하고 여인네를 보았다고 하지 않았느냐?"
"그보다 더 강렬한 꿈이었습니다."

 응교의 눈이 흔들렸다. 대교의 표정이 아득했다. 복숭아 밭에서 손짓하던 여인을 아쉬워하는 것 같지 않았다. 놀랍지도 않은 대교의 꿈이 눈앞에 어른거렸다. 심장에서 다시 쿵-, 눈곱 떨어지는 소리가 들렸다. 복숭아만큼이나 달콤한 꿈 너머 또 다른 꿈을 꾸었다는 대교의 말은 새롭게 들렸다. 바람 부는 언덕에서 대숲만큼이나 흐드러진 대교의 꿈이 새벽 밀물로 밀려왔다.

 응교가 조용히 물었다.
"무슨 꿈이더냐?"
"잠, 잠깐 만요. 생각 좀 정리하고……."

 응교가 침을 삼킨 뒤 헛기침 했다. 속이 타는 얼굴로 대교를 노려봤다. 이번에도 허튼 꿈이면 가만 두지 않을 마음으로 눈을 깜빡였다. 대교가 눈동자를 한 바퀴 굴린 다음 입을 열었다. 덧붙일 때 대교의 눈알은 수레바퀴 같았다.

"꿈속의 여인과 정반대쪽에서 저를 부르는 소리가 들렸습지요. 응교형님이 깨우는 소리가 들렸습니다. 헌데, 돌아보니 형님은 안 보이고 웬 계집아이가 저를 바라보며 손짓 했습니다. 따라오라고……."

대교의 꿈이 어디까지 이어질지 알 수 없으나 끝나는 시점에 멍석말이를 하거나 하다못해 주리를 틀어도 괜찮을 것 같았다. 그 정도는 참고 기다려 주어야 개꿈에 대한 대가가 혹독하다는 걸 대교가 알아줄 것 같았다.

응교가 손가락 마디를 꺾으며 말했다. 뼈끼리 부딪히는 소리가 들렸다.

"여인은 어떡하고 딴전이냐? 아무리 꿈이라고 해도 그렇지……."

"그게 저도 좀 이상했습니다요. 그 아이를 따라 한참을 걸었는데, 엄청나게 큰 성에 당도 했습니다. 성문은 까마득한 벼랑처럼 보였습니다. 문을 열고 들어가니 모든 것이 황금으로 되어 있었습니다."

응교의 눈이 다시 흔들렸다. 머리에서 떠돌던 복숭아밭 여인은 어느새 지워지고 없었다. 응교가 물었다. 목소리가 다급하게 들렸다. 무엇을 알아서도 몰라서도 아니었다. 분명하게 짚고 넘어가야할 것 같았다.

"황금으로 지은 성이라고? 성문에 어떤 글자가 판각되어 있더냐?"

"궁극의 땅이라고 씌어져 있는 것 같았고, 궁극의 문이라고 씌어져 있는 것 같았습니다. 틀림없는 건 글자 하나가 사람

키보다 훨씬 커 보였습니다."

 대교의 꿈은 뚜렷해 보였다. 지어낸 이야기라면 이처럼 눈에 본 듯이 말하기 어려울 것 같았다. 응교의 등줄기에서 식은땀이 났다.

"잠깐 기다려 보거라."

 응교가 벼루 옆에 놓인 붓을 쥐었다. 먹물에 스치듯 담근 뒤 종이에 휘갈겼다. 일필휘지의 글귀는 한 눈에 알아보고 남을 만큼 정직했다.

*

窮極之門궁극의 문.

 응교가 붓을 놓고 대교 앞으로 종이를 디밀었다. 대교의 얼굴이 움찔거렸다. 손바닥으로 탁자를 내리칠 때 거북 연적이 뒤집히면서 먹물이 쏟아졌다. 그러거나 말거나 대교는 허겁지겁 말을 맞추느라 여념이 없었다.

"맞습니다. 궁극의 문이라고 씌어 있었습니다."

 쏟아진 먹물이 많지는 않았다. 먹물 위로 응교와 대교의 얼굴이 비쳐들었다. 검은 먹물 속에 잠긴 세상은 캄캄하고 어두워 보였다. 대교가 파지를 가져와 엎질러진 먹물을 닦아냈다. 응교가 생각에 잠겼다가 입을 열었다.

"죽은 자들이 그곳을 지나쳐 다음 생으로 걸어간다고 했다."

궁극의 전당을 알리는 초입이었다. 그곳에 들어가기 전에 반드시 지나야 하는 문을 가리켰다. 죽은 자의 혼령이 저승길을 가기 전에 거쳐야 하는 문이었다. 죽음은 저마다 거룩하므로, 이승을 떠나는 혼백들이 저 살아온 연대기를 돌아보거나 흔적을 지우는 곳이기도 했다.

대교가 조용한 눈으로 응교를 바라봤다. 이해만으로는 부족할 것 같은 연민과 정서가 응교의 눈에 보였다. 대교가 응교의 말을 곱씹다가 물었다.

"세상에 존재하는 성입니까?"

"한때 존재했다고 들었다. 오래전 고대 임금들이 전쟁에서 죽은 장군들과 병사들을 기념하고 그들의 혼백을 달래주기 위해 지었다고 했다. 짧든 길든 살아온 생과 결별하려면 시간이 필요한 법이지."

응교가 눈을 들어 들창 너머를 바라봤다. 밤하늘을 가로지르는 별똥별이 보였다. 이 시간에도 기우는 생과 떠오르는 생이 교차하느라 하늘은 분주해 보였다. 갈치 꼬리 같은 별똥별이 지나간 자리에 달이 홀로 기울어갔다. 응교의 몸뚱어리 위로 흰 달이 차올랐고, 그 너머 검은 들녘에서 새들이 모여 울었다.

　응교가 풀죽은 대교의 어깨를 두드리며 서둘렀다.

"이러나 늦겠네. 얼른 이것부터 필사하게."

　응교가 탁자 위에 빈 종이를 깔고 그 위에 장계를 펼쳤다. 종이 가장자리에 서진을 올려 말리지 않도록 고정시켰다. 대교가 소리 없이 장계를 바라봤다. 문장을 읽어 내려가던 대교가 딸꾹질을 했다. 생각보다 훨씬 위험한 장계라는 것을 알은 모양이었다. 놀라움은 크고 작은 것이 문제가 아니었다. 고변의 무게로부터 새벽나절 대교의 어깨를 눌러오는 부담은 이루 말할 수 없었다. 결국 반역에 관한 비준으로 판명될 것이지만, 판단은 임금만이 내릴 일이지 싶었다.

"다 읽었으면 한 글자도 빼먹지 말고 옮겨 적도록 하게. 아침에 당상들이 출근하면 돌려가며 읽어봐야 하니 붓을 흘리지 말고 또박또박 필사하게."

　대교가 빈 종이를 가져와 장계를 옮겨 적었다. 반듯한 정자正字로 써내려갔다. 문장 속에 늙은 나무가 보였다. 문장과 문장 사이에 거친 눈보라가 보였다.

　　… 정여립과 대동계 무리가 황해도와 전라도에서 일시에 봉기하여 병권을 장악하기 위해 반역과 음모를 꾸미고 있나이다.

서른 해 저편에 임꺽정이 반란을 일으킨 황해도에서 다시 반란을 도모하고 있나이다. 전라도의 인재를 학식으로 달구고, 진안 죽도에서 칼과 창과 활로 무예를 다져 반란을 예비하고 있나이다. 속히 출정하여 역도를 제거하고 나라의 기강을 바로잡을 때이옵니다.

 장계는 울먹임 없이 건조하고 메마르게 보였다. 혼탁한 세상을 더 큰 혼란으로 들끓게 했다. 임금을 앞에 놓고 말하듯 거침없이 써내려간 고변은 틈 없이 정교하면서도 냉정해 보였다.
 임금의 성정으로 가벼이 넘어가진 않을 것 같았다. 긴장된 칼의 전율이 문장 속에 빼곡했다. 전라도 지성들이 합세하여 무를 연마하고 있다는 대목은 더욱 위험해 보였다. 사전에 철저히 준비되어 있지 않은 이상 쓸 수 없는 말과 문장들이 종이를 메우고 있었다.
 응교는 고변의 진실이 무엇을 말하든 고통만은 알 것 같았다. 밀려오는 피바람을 뚫고 정여립은 살아남을지 알 수 없었다. 누구라도 예감할 수 있는 반역의 징후는 황해와 전라를 잇는 외연만으로 넘치도록 찰랑거렸다. 내면의 진실은 볼 수 없으나 볼 수 없으므로 반역은 더 짙어 보였다.

펄떡이는 문장을 놓고 응교는 오래 숨죽여 지켜봤다. 돌이키기엔 너무 멀리 왔다는 것도 알았다. 고목 나뭇가지마다 까마귀가 내려앉아 지친 날개를 쉬었다. 어디로 날아갈지 정하지 않은 새들은 문장 속에서 세상을 바라봤다. 새들은 저마다 외롭게 울었다.

궁극의 전당

 필사를 맡기고 숙직실을 나왔다. 그때까지 전령은 일어나지 않았다. 간밤 대교가 다녀온 꿈속 어지러움이 어금니 안쪽에 걸려 넘어가지 않았다. 〈몽유도원도〉를 지나 계집아이가 손짓하는 곳에서 당도한 궁전은 생각보다 무거운 질량으로 밀려왔다. 생을 걸어도 갈 수 없는 곳, 그곳은 흰머리산 깊은 계곡을 뚫고 지나야 갈 수 있다는데, 어디에 지어진 궁전인지 도무지 알 수 없었다.
 궁극의 전당.
 한 번 가본 자는 끝내 돌아오지 않았다. 혼돈의 삶을 버리고 죽음의 질서를 받아들이는 궁극의 전당은 높고 가파른 곳에 있었다. 산 자의 힘으론 오를 수 없는 궁전은 문장으로 임할 수 없는 곳이기도 했다. 삶과 죽음의 중간 계곡에서 많은 사람들은 궁극의 전당을 원했다. 생의 기억을 지우고 망각을 원하는 자는 죽은 뒤 궁극의 전당을 향했다. 세상에서 사라지기 위한 유일한 목적지는 아니어도 그곳은 죽은 자의 권리로 갈 수 있는 최상의 영예였다.

죽음의 이상향을 품은 궁극의 전당은 허균의 율도보다 멀고 아득해 보였다. 죽은 자를 배려한 최후의 궁전은 안타까움이 지어낸 허구가 될지 몰랐다. 그럼에도 사람들은 살아온 날의 연대보다 죽은 뒤 허구의 여생을 원했다. 꼭 그 길이 아니어도 좋았다. 고대 임금들은 탁자에 둘러앉아 삶을 이야기 했고, 죽음을 슬퍼했다. 살아가고 죽어가는 흔한 것을 놓고 임금들은 부정을 씻고 희망과 긍정으로 매듭짓길 원했다.

죽음의 이상향은 하나로 모아졌다. 궁극의 전당은 계곡을 낀 바위 지대에 팔각으로 지어졌다. 궁극의 문을 지나 아흔아홉 개의 계단을 오르면 죽은 짐승들을 위한 궁전이 나왔다. 짐승들의 궁전은 구백 개의 기둥과 아홉 문으로 지어졌다. 죽은 뒤 짐승들은 종과 색깔과 형상을 묻지 않고 아홉 문을 지나다녔다. 세상 위에 밭을 갈거나 고기를 내주거나 날아다니거나 짖어대던 것들이 죽은 뒤 서로의 이름을 부르며 혼을 달래주었다.

짐승들의 궁전을 지나 구천 개의 계단을 지나면 궁극의 전당에 당도했다. 살아서 끝내지 못한 천대와 누명과 울분과 질곡과 설움과 억울함으로 버려진 자들이 이곳에서 새 이름을 얻었다. 가혹한 삶들이 저마다 명예로운 이름으로 갈아타면 새로운 감성으로 저승길 원정을 기약했다.

살아 돌아갈 수는 없어도 죽은 뒤 깨끗한 혼백으로 잠시 머무르며 어디로 갈지 스스로 정했다. 전생을 망각하고 깨끗한 별이 되는 자들이 많았다. 전생에 두고 온 것이 많은 자들은 윤회의 삶을 택했다. 사람과 축생과 새와 곤충과 거미와 나비로 분화된 윤회의 삶은 무엇을 얻든 후회하지 않고 사십구 일이 지나면 세상으로 내려갔다. 바람과 구름과 나무와 물로 다음 생을 선택한 자도 많았다.

궁극의 전당은 살아온 날의 기념으로 채워졌다. 주술의 의미는 없었다. 죽은 뒤 위로와 축복의 의미는 각자의 몫이었다. 수백 점에 이르는 고대 임금들의 초상 앞에 고개를 숙이든 말든 강요하는 자가 없었다. 모두는 평등의 원칙 아래 새 이름을 얻었다. 둥근 천당과 기둥마다 박힌 금은보화 장식을 가져가는 자도 없었다. 죽은 뒤 모두가 누릴 수 있는 궁전은 모두에게 공평했다. 죽은 뒤 평등할 수 있으리란 믿음은 말해주지 않아도 저절로 알았다.

응교의 머릿속에 그려진 지도를 따라 당도한 궁극의 전당

한곳에 우두커니 서 있었다. 지금까지 계측 가능한 궁극의 전당은 좌표를 찾지 못했다. 다만 그 형상만큼은 좌표를 찾지 않아도 머릿속에 그려졌다. 실제와 상상은 다를 수 있으나 고대 임금들이 산 자와 죽은 자의 중간지를 건축하였다는 말의 잠재성은 상상만으로 벅차올랐다.

> … 고대 임금들은 무엇을 위해 궁극의 전당을 흰머리산 깊은 곳에 감추어 두었을까? 내세의 삶이 그리 중한가? 전생을 망각하고 새로운 생을 소환하길 원했을까?

 풀 수 없는 수수께끼가 응교의 머릿속을 돌았다. 생각할수록 궁극의 전당은 더 깊숙이 밀려들어갔다. 망각의 잔을 놓고 죽은 자를 기다리는 흰머리산 신화는 죽은 자의 위치를 한 차원 높은 곳에 이르게 했다. 궁극의 전당은 산 자에게 삶의 희망을, 죽은 자에겐 안식의 평화를 남기려 한 것은 아니었는지. 삶과 죽음을 갈라놓은 이상세계는 고대 임금들이 피로 닦아낸 자리이므로 거룩했다.

*

궁극의 전당에 관한 생각은 쉽지 않았다. 그 위엄과 오묘는 작년 대보름 먼 곳을 순간이동으로 다녀온 뒤에 얻은 결과였다. 응교는 보았으므로 상상하고 그려낼 수 있었다. 그곳은 신화가 되어 전해오는 궁극의 전당과 너무나 흡사했다.

발할라.

대륙을 가로질러 거대한 빙벽을 뚫고 지루한 산맥 끝에 자리한 궁전이었다. 조선과 무관한 신들의 세계 아스가르드에 건설된 발할라는 오백사십 개의 문과 문마다 팔백 명의 전사가 한 번에 들어갈 수 있을 만큼 크고 넓었다. 하늘에 닿을 듯 높은 천정은 금빛 방패로 장식되어 있었다. 기둥과 대들보는 무수한 창들이 꽂혀 있었다. 전사자戰死者의 큰 집으로 불리는 발할라의 이름은 높고 찬란했다.

발할라는 시의 『에다』에 실려 집요하고 우람한 신화로 들려왔다. 신화의 궁전에는 날마다 잔치가 열렸다. 전사들의 끼니를 위해 궁전의 주인 오딘은 날마다 죽여도 되살아나는 멧돼지 세흐림니르로 저녁 식탁을 달구었다. 오딘은 발할라 지붕을 덮고 있는 위그드라실 나뭇가지에 열린 암산양 헤이드른으로 전쟁에서 죽은 전사들을 위로했다.

오딘은 포도주를 즐겨 마셨다. 남은 음식은 발끝에 웅크리고 있는 두 마리의 늑대에게 던져주었다. 전사자를 고르는 싸움의 처녀 발키리는 오딘을 수호했다. 발키리는 전사한 군인들을 데려와 낮에는 세계 종말의 결전에 대비해 훈련했다. 밤에는 산해진미를 즐기며 죽은 자를 위로했다. 병이 나거나 늙어서 죽은 사람들은 발할라에 들어올 수 없었다. 오직 전사戰死의 명예를 짊어진 전사戰士들만이 올 수 있었다.

발할라는 조선 끝에 자리 잡은 궁극의 전당과 유사했다. 죽은 자의 권리를 앞세운 동질한 질감의 이상향이 묻혀 있었다. 죽은 뒤 모두는 평등한 신분으로 갈 곳을 물었다. 단 한 번 다녀오지 못한 궁극의 전당은 생각할수록 신비와 의미가 더했다. 그것만은 사실이었다. 대교가 꿈속에서 복숭아밭을 지나 궁극의 전당 초입을 다녀왔다는 것만으로 응교의 머리는 끓어올랐다. 문 앞에 이를 즈음 깨웠다는 대교의 말도 가슴을 두근거리게 했다. 필시 꿈속에서 누군가의 도움을 받았을 것인데, 응교의 머리에서 핑그르-, 한 아이가 떠올랐다.

꿈속을 걷는 아이.

왕가의 비기에 빈번하게 등장하는 아이였다. 임금들의 꿈속을 걸어와 앞날의 예지를 들려준 아이는 날마다 꿈속을 뛰어다닌 것 같았다. 죽거나 살아 있는 임금들과 노회한 신하들과 숱한 사람들을 만나 예지와 암시를 남기고 돌아가는 데는 이유가 있지 싶었다. 그 아이가 대교의 꿈속을 다녀간 것도 무언가에 대한 암시였을 것이다. 코앞에 닥친 정여립의 일만으로 어지러운 판에, 꿈속의 아이는 다른 차원의 고뇌를 불러왔다.

응교의 머릿속에 검고 어두운 공간이 떠갔다. 혼잣말을 뱉을 때 들창 너머로 희붐한 새벽이 동터왔다.

… 무엇 때문에 대교의 꿈속을 다녀간 것일까? 대교에게 무엇을 보여주려 했을까?

머리에 떠오르는 게 없었다. 생각과 짐작만으로 달려갈 수 없는 대교의 꿈은 실상과 허상이 한곳에 모여 있었다. 궁극의 전당은 죽음이 모여든 곳이므로, 좋은 쪽보다는 어두운 암시가 먼저 보였다. 그럼에도 관여할 수 없었고, 개입할 수도 없었다.

응교가 한숨을 내쉬며 하늘을 올려 봤다. 흐린 달이 서편 모서리로 기울어갔다. 동편 끄트머리에 솟는 여명은 꿈결 같았다. 숙직실로 들어서자 필사를 끝낸 대교가 붓을 씻고 있었다. 씻은 붓을 탁자 위에 놓으며 대교가 말했다.

"응교 형님, 날이 밝아오는 게 두렵습니다."

"아직 드러나지 않은 일이다. 멀리 바라봐야 하는 일도 있는 것이야."

대교가 조용한 눈으로 응교를 바라봤다. 대교의 눈 속에 새벽 은하가 떠갔다.

"하지만, 장계에 박힌 고변이 말해주고 있습니다."

"무고가 될 수 있고, 조작했을 수도 있네. 동인과 서인의 다툼이 어디 어제 오늘 일인가?"

"……."

대답대신 대교는 장계에 눈을 가져갔다. 문장을 읽어 가면 시기상조의 고변이 감지되는 것을 알았다. 대교는 이번 장계가 정여립 하나로 끝나지 않을 것을 내다봤다. 끝이 어디로 이어질지 알 수 없었다.

대교가 한숨을 내쉬었다. 한숨 끝에 숯덩이 같은 고뇌가 떨어져 내렸다. 응교를 바라보는 대교의 시선은 차갑고 냉랭했다. 응교가 말했다.

"괜한 일에 말을 보태지 말게. 필사한 종이를 비단에 붙이고 당상들이 쥐고 읽는데 불편함이 없도록 양 끝을 마무리하게."

"이런 날엔 예문관 대교의 소관이 한심스럽기 짝이 없습니다요."

"쓸 데 없는 말……."

대교가 풀죽은 눈으로 바라봤다. 대교의 눈 속에 비가 내리는 모양이었다. 오래도록 멈추지 않을 빗줄기는 대교의 눈빛을 타고 가슴속 저 아랫녘까지 조용히 번져갔다. 대교의 감정은 소심한 것이 아니라 오히려 대범해 보였다. 말 속에 떠오른 예문관 대교의 소임은 정여립의 죄상을 감추고 오활한 자들의 음모를 세상에 들추어내고 있었다.

대교의 목소리가 젖은 풀잎처럼 흔들리며 밀려왔다.

"외방에서 올라온 장계를 필사하고 있으니 하는 말입니다. 임금께 아뢰는 고변의 주역이나 추려내고 있으니······."

"이 사람, 말을 삼가게. 예문관의 소임이 한낱 실세와 비선들의 꼭두각시놀음에 동원된 게 한두 번 일인가? 탐욕이 탐욕을 부르고, 음모가 음모를 부르는 것이네. 반역 또한 반역을 부르는 것이네."

필사된 장계 속에 정여립은 홀로 서 있었다. 문장 속에 잠긴 정여립의 눈빛은 외롭거나 가벼워 보이지 않았다. 어디를 바라보고, 무엇을 움켜쥐든 정여립을 둘러싼 장계는 가혹하고 쓰라렸다.

장계 안에서 정여립은 목을 걸고 문장을 이끌며 새벽나절 세상 밖으로 걸어 나왔다. 언제까지 이어질지 알 수 없으나 정여립은 조선의 낡은 문명을 쥐고 공화의 불을 지피고 있었다. 먼 거리에서도 유효한 정여립의 대동사상은 여덟 가지 강령으로 새겨진 『예기』보다 실천의 가능성이 높아 보였다. 정여립은 대동으로 집중된 자리에서 조선의 세상을 분할하고, 평등의 세상을 원했다. 실천이 까다로운 대동은 조선의 현실에 절박했으나 정여립의 사상으로 일어설 때, 생애 하루는 버려도 좋을 것 같았다.

손에서 책이 떨어지는 순간 응교는 알았다. 나눌 수 있는 현실은 시간이 아니라 속도의 가능성이라고. 갈빗대 사이로 허한 바람이 밀려왔다. 바람 속에 거친 눈보라가 불어갔다. 사지를 적시는 축축한 비가 내렸다. 젖은 옷자락이 칼날처럼 흔들렸다.

문장을 딛고 걸어 나온 정여립은 외로워 보였다. 종이의 바다에서, 황해도 현감들의 고변은 임금의 정면을 찌르며 달려왔다. 붉은 벼슬을 세운 장닭처럼 주저 없이 적의를 드러냈고, 물안개 자욱한 바람 속으로 살기를 감추며 밀려왔다.

현감들의 살기는 보이지 않아서 더 영롱하고 분명했다. 깨끗한 적의와 찬란한 살기로 치장한 장계만으로 정여립은 극좌의 사지로 밀려갔다. 돌이킬 수 없는 시대가 오기도 전에 권력의 허기와 병든 붕당의 실세가 달빛에 실려 왔다. 바람에 펄럭이는 정여립의 대동 세상은 뜨겁고 맹렬해 보였다.

쓰러지는 빛

 전각에 번진 노을은 단청마다 금빛이 돌았다. 임금은 아침나절 어전회의에서 보고 받은 장계를 생각했다. 국경 너머 여진과 바다 건너 왜적의 낌새가 심상치 않았고, 황해도에서 들려온 고변은 어지럽고 소란했다.
 끝이 아득한 직설의 변고는 임금을 흔들어놓기에 충분했다. 임금에게 이로울 것이 없는 장계였다. 넘치는 반역을 저쪽에서 아뢰었고, 끓는 불충을 이쪽으로 끌고 왔다. 흩어진 국론을 하나로 집중할 기회가 될지 알 수 없었다. 더 이상 나뉘거나 꺾이지는 않을 것 같았다.
 장계는 비변사 당상회의를 거쳐 어전회의에 올라왔다. 사헌부 대제학이 아침부터 얼어붙은 얼굴로 어명을 기다렸다. 임금은 아무 결정도 내리지 않았다. 고변의 출처를 묻지도 않았다. 말을 아끼라는 유성용의 당부가 아니었어도 임금은 할 말이 없었다. 말을 삼키면 장계를 의심할 것이고, 명을 내리면 정여립이 죽을 것도 내다봤다. 정여립뿐만 아니라 전라도와 황해도 일대가 쑥대밭이 될 것도 임금은 내다봤다.

 어명은 급하지 않았다. 내리는 즉시 의금부에 통고되어 비변사 장교와 내금위 무사들이 움직일 것이다. 소리가 있든 없든 칼과 창과 활과 투구와 갑옷으로 무장한 무사들이 갈색 말에 오를 것이다. 길어도 이틀이면 정여립이 낙향한 전주에 닿거나 진안에 닿을 것도 알았다.

 장계를 받아든 자리에서 임금은 생각했다. 난바다처럼 일렁이는 생각은 어렵고 두려웠다. 생각은 겉이 단단하고 속이 빈 대나무 같았다. 무엇을 떠올리든 생각은 생각일 뿐이었다.

   … 정여립의 세상은 임금이 필요치 않은 세상인가? 세상 이치가 번연한데, 어떻게 모든 백성이 동등한 세상이 올 수 있단 말인가? 공화의 세상은 예부터 공상으로 여겨왔다. 높은 자의 몽상일 뿐. 그 세상의 임금은 백성과 다르지 않은 글을 짓고, 옷과 밥을 지어 평등하게 살아가는 것이라고…….

어깨를 눌러오는 문장은 이해되지 않았다. 이해되지 않는 문장으로 정여립은 임금 앞에 불충을 아뢰며 견디었다. 내줄 수 없는 조건을 걸고 정여립은 임금을 목매어 부르는 것 같았다. 임금이 부르기 전에 정여립은 고변의 어려움을 안고 아침나절 당상들과의 중신회의를 얼어붙게 만들었다.

 유성용은 말이 없었다. 올 것이 온 것이라고 생각하지도 않았다. 이산해는 말없이 임금과 정여립의 관계를 떠올렸다. 무엇도 보이지 않았다. 성혼은 입을 다물고 고변을 곱씹었다. 정여립의 모반은 이치에 맞지 않을 뿐더러 지금의 정세에 도무지 있을 수 없었다. 정철은 말을 삼켰다. 머릿속에 떠오른 생각의 줄기를 따라가면 이발과 백유양이 보였다.

 이발과 백유양은 천민 출신 송익필의 일가친척 일흔 명을 환천還賤시키려 했다. 서인의 참모로 활약한 송익필에게 일가의 환천은 치명의 상처였다. 이발과 백유양은 송익필에게 최악의 조건이었고, 정철에게 지울 수 없는 고통이었다. 동인과 서인의 갈등이 기어이 모습을 드러내는 것이라고, 임금은 장계를 떨구며 생각했다. 기다릴 줄도 알아야 하는데, 모두가 드러내기만 하니 정여립의 마음을 알 것 같기도 했다.

 문장 안에서 정여립은 외로운 길을 걸어갔다. 나눌 수 없는 공화의 짐을 홀로 지고 오래 걸었다. 종이의 바다에서, 임금이 감당할 하루치의 질량은 무겁고 답답했다. 종이마다 홰치는 젊은 닭들의 성토는 깊고 요란했다. 반역의 골짜기에서 정여립은 뜨거운 세상을 걸어가느라 고단해 보였다.

 황해도 현감들의 장계는 임금의 머리를 쑤시듯 밀고 들어왔다.

> … 머지않아 겨울이 닥치면, 정여립과 대동계 무리들이 얼어붙은 한강을 이용하여 황해도와 호남을 동시에 입경할 것이옵니다. 때를 기다려 훈련을 마친 군사를 몰아 관계官階를 허물고, 계통을 통솔하여 나라를 마비시킬 것이옵니다. 함경도 북병사北兵使 신립과 병조판서를 살해하고, 병권을 장악하기로 했다는 흉흉한 고변이 돌고 있나이다. 황해도관찰사 한준, 안악현감 이축, 재령현감 박충간, 신천현감 한응인이 근자의 사리를 뚫어 직관 끝에 내린 결론이옵니다. 역도들의 반란에 대비하소서.

 임금은 속에서 요동치는 얼음길을 따라 휘청이며 걸어갔다. 마른자리에서 일어서는 요의를 견디며 황사비 내리는 강둑을 비틀거리며 걸어갔다. 임금이 당도한 길은 세상 너머 까마득한 곳으로 이어져 보이지 않았다. 길은 또 다른 길을 내어 앞이 어딘지 분간할 수 없었다. 치유할 수 없는 정여립의 길을 임금은 무엇으로 받아들여야 할지 알 수 없었다.

사유私有를 지우고 공화를 개척하는 정여립의 대동사상은 임금의 세상을 뒤집고 새 세상을 기약하느라 고단해 보였다. 문장 속에서 정여립은 뚜렷한 반역으로 소유所有를 버리고 사유의 세상을 갈아엎고 있었다. 백성의 군주를 세우고, 병든 세상의 임금을 지우느라 억울할 건 없어 보였다. 그 세상이 얼마나 깨끗할지 알 수 없으나 정여립은 임금의 정서로 이해할 수 없는 언덕을 바라보며 울먹였다. 평등과 상생을 조건으로 병든 세상을 씻어내고 새 세상으로 건너가는 정여립의 시작은 은밀하며 거셌다. 권력과 재물에 눈 먼 자들의 탐욕을 베어내는 것이 정여립의 대동이었다. 대동은 백성들에게 눈부셨으나 임금에게 눈물겨웠다.

아침나절 임금의 머리는 생각할 수 없는 곳으로 건너가 오래 울먹이며 숨을 죽였다. 임금은 하늘을 바라보며 소리 없이 울었고, 아래를 굽어보며 눈물을 훔쳤다. 임금의 머릿속에 정여립의 어미가 수놓은 호랑이 자수가 떠올랐다.

*

오색실을 바꿔가며 바늘을 쥐고 여섯 달을 넘긴 자수는 발색과 윤곽이 뚜렷했다. 바늘과 실의 사투가 생의 전부였을 정여립의 어미는 극사실의 수를 놓은 뒤 흔한 규방 아녀자로 돌아갔다.

 바느질 하나로 사실보다 더 정교한 그림을 그리는 일은 다시 없을 것 같았다. 믿을 수 없는 능력은 임금의 눈과 속을 나누지 않고 마음 한곳에 맺혀 들었다. 그 어미의 수는 손끝에 혼신을 실을 때 한 올 한 올 태동했고, 눈과 머리와 손으로 집중할 때 세상에 나왔다. 몸이 부서져나가고 혼이 사무치는 고통 끝에 수공의 힘은 작품이 되어 세상에 나왔다. 상의원에서 불러도 어미는 가지 않았다. 내의원에서 그 어미의 눈과 손의 비술을 알아내려 했으나 끝내 알 수 없었다.

 임금은 정여립의 자와 본관을 기억했다. 부친의 이름을 잊지 않았다. 태어난 곳도 알았다. 즉위 3년 대과에 급제한 것도 알았다. 젊은 나이에 조정에 발을 디딘 정여립이 이조전랑 자리를 놓고 물망에 오른 것도 알고 있었다. 서인의 영수 이이가 반대하여 전주로 낙향한 것이 이번 고변과 무관할 리 없다는 것도 알았다. 그 까닭이 동인의 영수 이발과 한때 어울린 것도 모르지 않았다. 수찬에 오른 뒤 정여립은 이이·성혼·박순과 결별하면서까지 동인으로 돌아섰다는 소문은 아직 확인되지 않았다.

 임금은 입안이 타 들어가는 것을 알았다. 단상에 놓인 물그

릇을 집어 들고 목을 축인 뒤 이산해와 정철을 바라봤다. 임금이 이산해에게 물었다.

"좌의정부터 이번 장계에 대해 논해보라."

임금의 눈빛이 가늘게 떨렸다. 목소리는 이산해의 어깨를 타고 등줄기를 따라 내려갔다. 이산해가 사지를 조아렸다. 이산해는 침착한 목소리로 말했다.

"설령 정여립이 전라도로 내려가 대동계를 조직했다고 해도 반역은 만고에 있을 수 없는 일이옵니다. 정여립은 엄하기로 이름난 자이옵니다. 누구보다 조선의 기강을 잘 아는 자이옵니다. 사치와 향락에 물든 자들이 저들 몸을 보존하기 위해 지어낸 허구일 가능성이 높사옵니다."

눈썹 하나 흩트리지 않고 이산해는 말을 맺었다. 동인의 몸과 서인의 머리를 지닌 이산해는 정여립의 고변을 논하는 자리에서 철저히 객관을 고수했다. 정여립과의 친분을 생각한 것이 아님을 임금은 알았고, 정철도 알았으며, 유성용도 알았다.

임금이 고개를 끄덕였다. 이산해의 말을 알아듣는 것 같기도 했고, 의문을 품은 눈빛이기도 했다. 임금이 정철에게 물었다. 임금의 목에서 색깔을 알 수 없는 짙은 우울이 보였다.

"이조좌랑은 어디까지 진실이며, 어디가 거짓인 것 같은가?"

임금을 올려 보며 정철은 잠시 생각에 잠겼다가 대답했다. 정철의 눈은 멀리 바라보는 듯했다. 목에서 느릅나무 꼭대기를 스쳐가는 바람이 들렸다.

"전하, 이번 장계는 진실과 거짓의 경계가 중한 것이 아니옵니다."

"허면 무엇이 중하단 말인가?"

　임금이 묻고 정철이 대답했다. 정철의 답은 미리 준비된 듯이 들렸다.

"황해도 현감들의 장계는 참이거나 거짓이거나 둘 중에 하나일 것이옵니다. 중요한 것은, 정여립의 모반을 뒷받침하는 단서들이옵니다. 첫째, 정여립이 평소 새긴 문장 중에 천하공물설天下公物說이 있사옵니다. 천하는 모두가 가질 수 있고 나눌 수 있는 공물公物이므로 주인이 없다는 것이 정여립의 생각인데, 만물은 저마다 주인이 있기 마련이옵니다. 둘째, 사유私有가 사라지면 삶의 근간이 흔들리며 생의 의욕도 사라지는 것이옵니다. 가장 위험한 생각은, 백성이 원하는 자라면 누구를 섬기던 임금일 수 있다는 하사비군론何事非君論이옵니다. 이 말은 누구나 나라의 임금이 될 수 있다는 것이며, 조선의 태동을 부정하고 왕조의 질서를 갈아엎는 모반이옵니다. 결국 정여립의 대동 세상은 사사로움을 넘어 반역의 위험을 말하고 있사옵니다."

 임금의 표정이 좋지 않았다. 선왕의 선왕, 그 선왕의 선왕을 거슬러 계통을 허무는 일은 왕가의 비기를 세(世)에 들추어내는 것과 다르지 않았다. 임금이 깊이 숨을 들이마셨다가 뱉었다.

"대동 세상? 그런 게 있기나 한 것이오?"

 궁금해서 묻는 것 같지는 않았다. 임금이 임금답지 않으면 섬기지 않고, 백성이 백성답지 않으면 다스리지 않았다는 백이(伯夷)의 몸가짐을 모르는 바 아니었다. 누구를 섬긴들 임금이 아니고 누구를 다스린들 백성이 아닐 수 있겠느냐던 이윤(伊尹)의 가르침을 망각한 것도 아니었다. 맹자의 제자 공손추(公孫丑)가 퍼뜨린 길이 정여립의 길과 다른 것도 알았다.

『예기』에 전해오는 공화의 임금과 백성들 사이에는 의분과 굴욕과 배반과 모반이 사라진 듯이 보였다. 그 세상이 있다면, 임금은 옷자락을 여미고서라도 가고 싶어 했다. 그런 세상은 과거에도 없었고, 앞날에도 없을 것 같았다. 임금의 눈에, 신기루 같은 나라의 백성을 앞세워 임금을 어렵게 만드는 일은 어디로 보나 민감하고 가혹해 보였다.

 정철이 표정 없이 대답했다. 목에서 긴 여름과 잎 지는 가을이 떠갔다.

"대동 세상은 머릿속에 건설된 세상일 뿐이옵니다. 물속에 박힌 반영의 그림자를 바라보며 실체와 혼돈하는 것과 같사옵니다. 보이지 않는 것이 더 간절해지고, 가질 수 없는 것이 더 절실해지는 법이옵니다."

 정철의 말이 맞는지 알 수 없었다. 가을 지난 자리에 눈보라를 뚫고 대동 세상은 임금 앞으로 밀려왔다.『예기』의 조용한 자리에 새겨진 대동 세상이 헛것이 아님은 예문관 관료와 당상들이 먼저 알았다. 그 사상은 멀리 있지 않았으나 사람의 생태는 글로 규정하기 까다로웠다.

 땅 위에 자라는 사람과 짐승과 나무는 하나의 하늘을 이고 평등한 조건 아래 살아가야 했으나 생각만큼 쉽지 않았다. 나고 자라며 죽어가는 모든 것은 생명을 뿌리로 하여 사랑 받고 나누는 그 세상이 대동 세상이었으나 때로는 미움과 멸시와 억압을 견디는 것이 세상 이치였다.

 대동 세상은 단순했으나 실천의 어려움이 많았다. 매번 사욕私慾이 넘치는 것이 세상이며, 시시때때 사리私利를 바라는 것이 세상이라는 것을 모르지 않았다. 그 때문에 실천할 수 없는 대동 세상은 헛것과 다르지 않았다.

 갈 수 없는 세상이 임금의 마음으로 번져왔다. 해가 서편 기슭으로 기울어 갔다. 바람과 시간이 쉬어 가는 모양이었다.

솔직과 정직

 해가 기울어갔다. 임금이 남은 해를 바라보며 긴 한숨을 내쉬었다.
 한숨 끝에 정여립의 생각을 읽을 수 없다는 것을 알았다. 솔직과 정직은 다를 것인데, 정여립은 너무 솔직한 것 같았다. 때로 감추고 삼키며 아껴야 하는데, 정여립은 스스로 대범한 길을 택해 그곳으로 오라고 손짓하는 것 같았다. 실천하기 어려운 일은 함께 나누며 가야하는데, 정여립은 홀로 그 모두를 짊어지고 걸어가는 것 같았다.
 임금이 말했다. 임금은 정여립의 어려움을 아는 듯했다.
 "세상 물건은 제각기 주인을 찾아가는 것이다. 이것을 모두와 나누려하니 어렵다. 이미 가져간 것을 도로 내놓으라는 것과 무엇인 다른가? 가지지 못한 자는 옳다고 말하고, 가진 자는 허물려하니, 정작 외세와 맞서는 다급한 때에 우리끼리 다툼이 일고 대립하는 것 아니더냐? 갈등으로 흩어지는 것이 대동 세상이라면 없는 것만 못하질 않느냐?"

임금은 썩고 멍든 자리를 생각했다. 세상 어디에도 완벽한 곳은 없으므로, 썩은 자리는 도려내고, 멍든 자리는 치유하는 게 도리였다. 임금은 세상 끝나는 곳의 바다를 생각했고, 조건 없이 나눌 수 없는 평등을 생각했다. 바다와 평등은 한 곳에서 출몰하는 것 같았다.

정철이 임금의 말을 받았다. 기침 없이 임금의 눈을 바라볼 때, 정철은 정여립의 세상을 다녀온 듯이 들렸다.

"정여립의 대동계는 서인 비선과 동인 실세 사이에 조율되지 못한 게 화근이옵니다. 스스로 신분을 벗었다고 차별을 막을 수는 없는 것이옵니다. 세상의 공물을 모두와 나누자는 공화는 세상을 망각한 것과 다르지 않사옵니다."

정철은 어디까지 정여립을 데려갈지 알 수 없었다. 세상 끝나는 곳까지 기어이 정여립을 끌고 가 죽는 순간까지 문초를 내릴지 몰랐다. 정철은 정여립의 입에서 기어이 대동 세상의 빛을 보게 하려는 모양이었다.

임금은 답답했다. 답답한 마음은 먼 바다로 나가 홀로 흔들렸다. 가파른 전통과 긴 역사를 이끌고 임금은 부서지고 흩어진 물 위에 세상을 건져 올리려 했다. 그 세상은 대동과 무관해도 좋았다. 빛이 흔해도 상관없었다. 그 흔한 빛의 세상 위로 노을이 덮이면 임금은 몸을 눕힐 수 있는 자리에서 오래 쉬고 싶어 했다. 만고에 불어가는 바람을 붙잡고라도 정여립을 살려서 그 세상의 임금으로 살아가길 바랐다.

임금이 나직이 말했다. 임금이 말할 때 뱃속 허기가 잔바람을 내며 불어갔다.

"정여립은 이이와 다툰 문제로 서인의 미움을 받았다고 들었다. 이이가 정여립의 어미에 대해 의심과 의혹을 눈을 보냈다고 들었다."

이산해가 임금을 올려 봤다. 이산해의 얼굴에 그려진 근심이 누구의 것인지 임금은 판단할 수 없었다. 정여립의 것인지, 임금의 것인지 알 수 없는 근심으로 이산해는 임금의 말을 받았다.

"이이 대신과 정여립은 서로 사유가 달랐고, 그릇이 달랐사옵니다. 다른 것과 틀린 것은 명백히 다르옵니다. 사사로이 정여립의 어미를 끌어들일 자리가 아니옵니다."

임금이 정색한 표정으로 이산해의 말을 받았다. 임금은 정여립의 어미를 아끼는 것 같았다. 임금의 목에서 가느다란 퉁소소리가 들렸다.

"그 어미의 자수가 세상에 없는 것을 담을 것이라고, 세속을 뛰어넘는 재주로 임금을 멀리하고 나라를 갈아엎을 것이라고, 모두가 정여립 모자를 시기하고 질투했다고 들었다. 정여립이 내 눈에서 멀어진 까닭도 그 일과 무관하지 않다고 들었다. 허풍이 될지 장담이 될지 알 수 없는 말로 나를 현혹시킨 자, 누구인지 모를 것 같은가?"

"고정하소서. 사소한 것에 의미를 두지 마소서."

정철이 사지를 조아렸다. 임금의 표정이 어두웠다. 이미 저버린 일을 되돌리기엔 역부족인 것도 알았다. 젖은 눈으로 모두를 바라볼 때, 임금의 눈에서 사금 같은 별무리가 보였다. 별무리 속에 임금의 어려움이 보였다.

"이조전랑 자리를 놓고 정여립의 낙향을 결정한 자가 누군가? 바로 이 자리에 앉은 과인이지 않은가?"

"당시 서인과 동인의 분열이 극에 이른 때였사옵니다. 전하만이 결정하실 일이었사옵니다."

당시 이산해는 부친의 질환으로 관직을 접고 병간호에 몰두했다. 부친의 병세가 악화되자 종남산(남산) 기슭에 오막살이 한켠에서 아비를 간호했다. 이산해의 간호에도 아비는 차도를 보이지 않았다. 을해년(乙亥年, 1575) 사월 이지번은 세상을 떠났다. 이산해는 아비의 무덤 가까운 자리에 초가를 짓고 시묘를 살았다. 오랜 시묘살이를 끝내고 복귀했을 때는 이미 늦은 것을 알았다.

그 무렵 정여립은 관직을 벗고 서인도 동인도 아닌 호젓한 선비로 살았다. 고향으로 내려갈 채비를 마친 정여립은 서두르지도 않았다. 많은 것을 내려놓은 자의 눈빛은 차분하고 고요했다. 이산해는 정여립의 낙향을 말리지 못했다. 뜻을 세운 정여립은 단호하고 매워 보였다. 곁에 두고 오래 함께 가야할 동지를 보내는 마음은 서글펐다.

이산해의 말이 거슬렸으나 이해할 줄도 알아야 했다. 임금은 이산해를 다독여 주고자 했다. 마음에 맺힌 아쉬움을 덜어내고자 했다. 임금의 목에서 다시 가느다란 퉁소소리가 들렸다.

"정여립의 낙향이, 그때는 옳았으나 지금은 헛되지 않은가?"

정여립은 오품 수찬에 오른 뒤 이이와 성혼과 박순과 결별하고 동인의 역천力薦을 받았다. 임금은 정여립의 천거를 거부했다. 서인들 사이에 밀려오는 험담과 밀고와 모함은 정여립을 관직에서 밀어낼 조건으로 왔다. 서인의 미움을 받은 정여립을 동인이 천거한 사실만으로 사안은 무겁고 중했다.

정여립은 관직과 이름과 욕망을 내려놓고 고향으로 돌아갔다. 어미가 남긴 극사실의 자수는 비변사 창고에 들어갔다. 그 어미의 능력은 조만간 왕가의 비기에 새겨질 것이다. 임금만이 결정할 사안이므로, 신중히 탐색하고, 각별히 조율해야 했다. 아직은 때가 아닐 뿐이었다.

*

 고향에서 정여립이 택한 길은 서인들의 복수가 아닌, 대동 세상이었으나 그마저 서인들의 미움을 샀다. 관직에서 물러났어도 정여립 곁에는 많은 사람들이 모여들었다. 모여든 사람들과 함께 정여립은 그 세상에 임하기를 원했다.
 정여립이 대동 세상이 아닌 복수를 택했다면 어떠하였을지, 알 수 없었다. 정여립이 이조전랑의 관직을 받았으면 어떠했을지, 그마저 알 수 없었다. 지금처럼 최악은 아니었을 것이다. 부정에 부정을 더한 생각은 임금의 머리에서 멀어질 뿐이었다. 끝을 짐작할 수 없는 생각이 이산해의 머리를 지나 임금의 머릿속에 떠갔다.
 이산해가 조용한 눈으로 말했다. 이산해의 어조는 물기 없이 차분하고 맑았다.
 "정여립의 명망은 작지 않사옵니다. 그렇다는 것은, 그의 연대기가 말해주고 있사옵니다. 정여립은 전주를 반경으로 전라도 일대를 글과 사상의 신념으로 물들이고 있사옵니다. 진안 죽도에 서실을 짓고 대동계를 조직한 것은 나라가 외세에 짓밟힐 때를 대비하여 자강의 위엄을 살피려 한 까닭일 뿐이옵니다."

정철이 헛기침했다. 이산해의 말을 가로막는 정철의 목에서 비늘을 세운 물고기가 보였다.

"이산해의 말은 정여립을 두둔하는 것에 불과하옵니다. 얕은 말로 감추려 해도 죄상은 사라지지 않는 것이옵니다. 군사를 모아 나라가 어려울 때를 대비한다는 그 말의 실체는 헤아리기 나름이옵니다."

정철이 깊이 숙일 때, 담장 너머에서 부엉이 울음이 들렸다. 이산해가 눈을 감았다가 떴다. 이산해는 정철의 정면에서 정여립을 옹호했고, 임금을 바라보며 다시 정여립을 두둔했다. 정여립의 누명을 헤아리는 이산해의 목소리는 떨렸다.

"전하, 정철의 말을 뚫어보소서. 정여립은 서인의 볼모가 아니며, 동인의 전향자도 아니옵니다. 붕당의 패 가름으로 정여립을 보아서는 아니 되옵니다. 정해년(丁亥年, 1587) 가을을 잊으셨나이까? 전라도 해안가 손죽도에 섬나라 해적이 침략했을 때, 전주 부윤 남언경의 요청으로 정여립은 대동계 조직을 이끌고 적과 대치하였나이다. 적을 소탕하고 백성을 구한 자가 바로 정여립이옵니다."

　정해년 가을의 어려움을 임금은 모르지 않았다. 전라도 해안가를 급습한 해적 무리는 오백 명에 불과했으나 막지 못했다면 전역을 휩쓸 기세였다. 임금은 전주에서 말을 몰아 적을 소탕한 남언경과 정여립의 공을 잊지 않았다. 그때 정여립을 다시 불러들였어야 했는데, 어수선한 때에 정여립은 임금의 머리 한곳에 묻힌 모양이었다.

　대립각을 세운 두 가지 말이 임금에겐 어려웠다. 하나의 장계에 조선을 뒤엎는 반역의 삶이 들려왔고, 조선을 살리려는 무훈의 삶이 밀려왔다. 제각기 또렷한 삶의 진정이 임금을 더 어렵게 했다. 벅찬 저녁을 예감할 때 하루치 질량으로 밀려오는 부끄러움을 임금은 털어내고 싶어 했다.

　정여립의 여생을 몰아가는 판단은 깊고 오래갈 것 같았다. 이럴 수도 저럴 수도 없는 생각이 하루치의 무게로 밀려올 때, 임금은 정여립의 국공을 생각했다. 그 너머 고변에 박힌 반역을 생각했다. 어느 것에 무게를 실어야 할지 임금은 알 수 없었다.

　임금이 이산해의 말을 받았다. 임금의 목에서 철지난 쓰르라미 울음이 들렸다.

"안다. 정해년에 전라도 해안가를 지킨 정여립의 공이 크다 할 것이다. 크게 바라보면 그 하나로 지금까지 조선이 온전하다 할 것이다. 대동계의 활약도 눈부시다 할 것이다. 허나 지금의 장계는……."

임금은 말을 잇지 못했다. 정철의 눈이 조용히 빛났다. 이산해의 눈은 캄캄한 우물을 들여다보는 것 같았다. 임금은 조율할 수 없는 정여립의 무훈과 죄상을 놓고 어느 것에 무게를 실어야할지 다시 망설이는 것 같았다.

   … 그때 추스르지 못한 정여립의 무훈과 전공이 지금에 와서 과인을 향한 복수가 아니길 바라마.

그 말을 삼키며 임금은 보이지 않는 정여립의 무훈보다 황해도 현감들의 장계에 더 많은 무게와 값어치를 실어야 하는 까닭을 알았다. 적을 부순 정여립의 무훈은 조선의 백성으로 당연한 것이며, 이것을 업신여긴 계통은 조정의 공적 소임에 불과한 것이라고, 임금은 생각했다.

정철이 임금의 말을 받았다.

"맞사옵니다. 정여립의 공이 없다 할 순 없으나 황해도 현감들의 장계는 정여립의 전공과 무관한 것이옵니다. 두려운 말들이 전공에 묻혀 사라질 순 있어도 정여립의 죄상은 감추어지지 않는 것이옵니다. 전하, 지금은 장계에 주목할 때이옵니다. 앞날의 창망에 대비하여야 하옵니다."

임금이 통촉할 이유와 명분과 까닭은 임금에게 있을 것인데, 정철은 장계를 에워싼 계통을 임금에게 들이밀며 감당하라는 듯이 말했다. 임금은 좁혀지지 않는 장계의 실체에 유념하여 살피기를 바랐으나 이미 늦을 것을 알았다. 감당할 수 있을 만큼의 바람이 불어갈 것이고, 비바람이거나 피바람이어도 임금의 기대로 무마할 수 없다는 것도 예감됐다. 불길한 예감은 늘 현실로 드러나므로, 털어낼수록 더 짙어지는 예감에 임금은 한 차례 어깨를 떨었다.

*

답답하다.

임금은 그 말을 뱉지 못했다. 공세를 공세로 밀고 가는 정철의 다툼은 어디가 끝이 될지 알 수 없었다. 정철이 덧붙일 때, 목에서 파란 하루살이가 하루를 살다 강을 건너갔다. 하루를 연명하였으니, 죽어도 여한이 없는 하루살이의 생애는 저 만의 세상에서 평생이었을 것이다.

정철이 덧붙여 말했다.

"정여립의 무공이 조정에 논의되지 못한 까닭이 있사옵니다. 정여립의 대동계가 전라도뿐만 아니라 전국의 유생과 대가들을 불러들였사옵니다. 달마다 사회射會를 열어 사상을 논하고, 세상을 구할 논리를 내세워 세력을 넓히면서 강 건너에 번져갈 불을 전라도 앞마당과 황해도 뒷마당에 따로 놓았사옵니다. 나라의 기강을 흔드는 변괴를 전조하면서 역모의 징후가 싹트고 있었사옵니다. 무엇으로도 감출 길 없는 역도의 조짐은 해적으로부터 전라도 해안가를 수습하고도 그 전공을 이기지 못한 까닭이 더 컸기 때문이옵니다."

그때 이미 대동계는 전국적으로 확대되어 황해도 안악의 변숭복·박연령, 해주의 지함두, 운봉의 승려 의연 등의 기인을 모아서는 큰 세력으로 확대되었다. 설령 사람을 불러 모았다 쳐도, 그것만으로 반역을 비준하고 조선을 갈아엎을 기획으로 규정할 수는 없을 것 같았다. 너무 멀고 큰 조각을 가져와 맞지 않는 자리에 맞춘 것은 아닌지, 임금은 생각할수록 모호하고 아리송한 조각을 머릿속에 떠올렸다. 조합되지 않는 조각들이 서로 어긋나는 것을 두고 보기엔 하루가 짧은 것도 알았다.

이산해가 정철의 말을 받았다. 모호한 임금의 생각에 절묘

한 말이 되었을지 알 수 없었다.

"정철의 말은 극단이옵니다. 말이 말을 낳으면 못할 말이 없는 것이옵니다. 귀를 낮추어 무거이 가져가소서. 정여립의 명문을 시기하는 자들이 모함하는 것이옵니다. 그 아래 사람들이 모여드는 것을 질투하는 것이옵니다. 서인의 분열을 부추겨 동인의 기세를 몰아가기 위함이옵니다."

이산해의 말과 정철의 말이 무엇이 다른지 임금은 알 수 없었다. 말이 말을 낳을 때, 우국의 말과 무도의 말이 달라지는 이유를 임금은 이해할 수 없었다. 이 말과 저 말도 결국 입속을 지나 저 캄캄한 뱃속에서 시작될 것인데, 임금은 정여립을 놓고 갈등하는 말들이 답답하고 쓰라렸다.

임금은 한참이나 말이 없었다. 하루를 끌고 온 어전회의엔 우국의 감성만 보였다. 조선의 선비라면 누구나 갖추어야할 도리와 덕목과 윤리를 헤아린들 반역에 앞서지 못했다. 반역이란 두렵고 가혹한 것이라, 입에 올리고 글에 맺혀들수록 불리해지는 것이었다.

임금이 겨우 말했다. 입에서 해질 무렵 들녘을 따라 구불구불 이어지던 보리 피리소리가 들렸다.

"장계 하나로 국론이 흩어지는 것이 안타깝다. 나라의 기강을 근심하는 우의정의 마음을 안다. 징벌을 염려하는 좌의정의 마음도 안다. 허나 이 마음과 저 마음의 분열이 과인을 어렵게 한다."

"하오나, 결국 전하께서 판단하실 일이옵니다."

많은 것을 알고도 임금의 성정을 흔들지 않은 정철의 처세는 교묘하고 다감하게 들렸다. 아마도 정철의 속은 학도 까마귀도 아닌 것 같았다.

임금의 입에서 해거름 저녁 바람이 불어갔다.

"장계를 둘러싼 그 모두를 알 수 없으니 판단할 수 없다. 과인이 바람이 경들이 바람이길 바란다. 오늘은 그만 돌아가라."

임금은 정철의 마음을 다독이고 싶어 했고, 이산해의 마음을 쥐고 싶어 했다. 각자의 마음속에 떠오른 유심唯心은 각자의 것이라 임금의 마음으로 건너오는 데는 시간일 걸릴 것도 알았다. 단 한번 합쳐진 적이 없는 신하들의 마음은 답답했다. 답 없는 근심으로 하루를 소모하고 있는지는 않은지, 근심할수록 답이 멀어지는 것도 알았다.

저마다 합쳐지지 않는 마음의 전통과 몸의 체통은 어디에서 시작되며 어디로 가는지, 임금은 알 수 없었다. 이 밤에도 임금의 고뇌는 쉽게 가라앉지 않았다. 아침나절 시작된 어전회의는 저녁이 오는 시간까지 갈피를 잡지 못한 채 끝을 맺었다.

 수라간 담장 너머 굴뚝에서 밥 짓는 연기가 피어올랐다. 연기가 해거름을 딛고 멀리 밀려갔다. 임금이 앉은 자리까지 밥 짓는 자국이 밀려왔다. 저녁나절 모두는 배가 고팠다.

공화의 세상

 새벽나절 장계를 쥐고 떠올린 조각들은 선명했다. 생각의 파편들이 하나로 모여들면 새로운 그림으로 떠올랐다. 알 수 없는 조각들이 하나의 그림으로 그려지면, 그림 속에 허균과 정여립은 평행한 지평선을 이끌고 시류를 건너갔다. 그림 속에 떠오른 허균의 율도국과 정여립의 공화는 두 가지 이상이 합쳐져 하나의 나라를 일으키고 있었다.
 동시대 허균과 정여립은 동질의 이념과 사색을 안고 공화를 꿈꾸고 있을지 몰랐다.
 공화.
 그 세상은 어디에서 시작되며 어디로 이어질지 알 수 없었다. 응교는 볼 수 없는 먼 섬나라를 생각했다. 율도국은 세상 어느 좌표에서도 발견되지 않았다. 얼마 전 순간이동을 하면서 응교는 놀라운 사실에 전율했다. 율도국을 찾기 위해 너무 멀리 다녀온 것이 원인이 되었을지 몰랐다.

생애 처음 좌표를 찍은 곳에서 찾은 장영실의 흔적은 놀라웠다. 응교의 관점에서 장영실은 우연으로 규정할 수 없는 가파른 인맥으로 채워져 있었다. 단서들을 맞추어나갈 때, 장영실의 흔적은 철저한 구상 아래 계획된 실천으로 보였다. 우연을 가장한 장영실의 최후는 생각보다 먼 곳에 있었다.

멀거나 가까워도 장영실의 흔적만으로 응교는 가슴이 벅차오르는 것을 알았다. 그토록 찾아 헤맸으나 찾을 수 없던 장영실의 끝은 바다 건너 머나 먼 이국땅에서 종결되고 있었다. 수백 년 저편 바다 건너 조선과 무관한 남의 영토에서 장영실은 끓는 삶을 이끌고 외로운 죽음을 맞았다.

장영실의 역사는 개인의 삶보다 공화의 삶을 살아서 오히려 높고 외로워 보였다. 사직을 떠날 때 장영실은 예감한 것 같았다. 바다 건너 해풍에 맞서 길을 건널지, 대륙을 가로질러 멀리 히말라야 빙벽을 돌아갈지 결정하지 않았으나, 장영실은 동시대 거장을 찾아 나선 것만은 분명해 보였다.

레오나르도 다빈치.

장영실의 이상은 조선이 아닌 것 같았다. 그의 꿈은 조선 너머 세상의 공화를 생각한 것 같았다. 다빈치의 손을 잡고 장영실은 조선이 누리지 못한 꿈을 실현하고자 생의 나머지를 소진한 것 같았다.

장영실은 다빈치의 두뇌를 신뢰했고, 다빈치는 장영실의 총기를 신뢰했다. 두 사람의 극적 조우는 세계 공화의 기반을 일으키는 최초의 사건이었다. 두려운 사건은 드러낼 수 없는 시대의 불화 속에 감추어지고 숨겨져 은밀히 전해왔다.

역사 속에 장영실은 실종 상태였다. 왕가의 비기에서도 행적은 드러나지 않았다. 장영실의 종적은 끝내 보이지 않았다. 스스로 개척의 삶을 원한 장영실은 조선의 불꽃을 쥐고 먼 곳까지 걸어간 듯했다.

장영실은 바다 건너 이탈리아 피렌체 성당 벽화 한곳에 남아 있었다. 레오나르도 다빈치가 남긴 그림 한 켠에 장영실은 조용한 눈매로 세상을 바라봤다. 우연을 가장한 필연의 삶은 장영실에게 새로운 기회가 되었을지 몰랐다. 한줌 운명을 쥐고 장영실은 먼 나라까지 무엇을 타고 갔을지 알 수 없었다.

*

『승정원일기承政院日記』에서 찾아낸 장영실의 기록은 임술년(壬戌年, 1442) 일기를 끝으로 종적을 감추었다. 노비 출신이 종삼품 벼슬에 오른 사례로는 장영실이 최초였다. 업적은 넘치도록 많았다. 갑입년(甲寅年, 1434) 초가을 간의대簡儀臺를 경복궁 경회루 북편에 설치했다. 돌을 깎아 바닥을 쌓고 위에 돌난간을 둘렀다. 매일 밤 다섯 명의 서운관원書雲觀員이 입직하여 조선의 별자리를 살피던 천문관측기구로는 처음이었다.

조선의 별은 구슬처럼 맑고 깨알보다 많았다. 같은 해 빈 쇠가마에 해 그림자를 옮겨 조선의 백성이면 누구나 볼 수 있는 앙부일구仰釜日晷를 만들어 거리에 세워두었다. 누구나 볼 수 있는 해시계였다.

이듬해 여름 해와 달과 별의 운행과 긴 꼬리 혜성의 출몰을 기록해 남겼다. 일식과 월식의 생태를 추적하기 위해 혼천의渾天儀를 지어 임금 가까이 두었다. 병진년(丙辰年, 1436) 사월, 낮에는 해를 관측하고 밤에는 별을 관측하는 일성정시의日星定時儀를 만들어 별을 눈여겨보던 세종 임금의 관찰과 식견을 도왔다. 같은 해 김빈·이천·김돈과 함께 휴대할 수 있는 해시계[천평일구天平日晷]를 만들어 임금의 운신을 도왔다.

다음 연도에 제작한 정남일구定南日晷는 천문을 담는 그릇이었다. 이 그릇으로 별의 유용성과 이상향을 조선에 가져왔다. 그해 늦가을에 적도시반赤道時盤을 갖춘 현주일구懸珠日晷를 만들어 시반 양면 눈금에 떨어지는 실 그림자로 시간을 가늠하게 했다. 현주일구는 사계를 가로질러 고도로 정밀한 시계였다. 시반의 윗면은 춘분에서 추분까지 가리켰다. 아랫면은 추분에서 다음 해 춘분까지 가리키도록 했다. 해와 달과 비와 눈과 바람을 관측할 수 있는 장영실의 업적은 탑을 쌓고 남았다.

  장영실은 조선의 문명과 기술을 일으킨 기린아麒麟兒였으나 스스로를 낯선 땅에 유배 보내면서 그 신체는 흩어지고 조선의 과학은 멈추었다. 조선이 지켜온 과학과 전통과 운명을 쥐고 장영실은 너무 멀리 간 것 같았다.

『승정원일기』에서 사라진 장영실의 행적은 답답하고 막막했다. 행로를 따라 가다보면 길은 문장 속에 묻혀 들었다. 추적할 수 없는 길 끝에 장영실은 『시경詩經』 '빈풍豳風' 편에 홀로 울던 올빼미로 남아 있었다. 밤낮으로 세상을 살피던 올빼미는 눈동자 하나로 뜨거운 생을 살다 갔다. 장영실의 거취는 실종으로 처리되었으나 행방이 묘연한 것은 사실이었다.

> … 장영실이 더 이상 재주를 펴지 못하고 조선에서 사라진 것은 불경죄였을까? 불완전성의 미생을 끌어안고 완전한 세상에서 살고자 한 것은 아니었을까? 혹여…….

응교가 혼잣말로 읊조렸다. 들리지 않아도 응교의 말은 헛되지 않았다. 완전한 세상은 세상 어디에도 없다는 것을 장영실도 알았을 것이다. 그럼에도 장영실은 남의 땅 언저리에서 공화의 꿈을 지피기 위해 과학의 삶을 마감한 것 같았다. 그의 꿈은 정여립의 공화보다 거세거나 신기루처럼 가물거려도 허균의 율도국보다 멀리 있지는 않았다. 응교가 아는 한 그 하나만은 진실이었다.
　세종 임금은 장영실을 아꼈다. 먼 거리에서 종이를 뚫고 오는 세종 임금의 목소리가 들렸다.

> 　… 영실의 사람됨이 정밀한 재주와 정교한 솜씨에만 있는 것이 아니다. 그 성정은 사대부가 부러워하는 영민함으로 채워져 있고, 똑똑하기 이를 데 없이 뛰어나다. 매일 강연講筵에서 배우기를 원했다. 밖으로 나가 강무講武할 때 곁에 두고 내관을 대신해 명을 전하기도 하였다. 영실이 궁 한곳에 자격궁루를 만들었는데, 비록 나의 가르침을 받기는 했으나 영실이 아니었다면 결코 만들어 내지 못했을 것이다.

　세종 임금은 장영실을 오래 데려가고 싶어 했다. 임금의 자리가 끝나는 순간까지 장영실을 곁에 두고 싶어 했다. 그 바람이 욕심이라는 것을 세종 임금은 뒤늦게 알아차렸다.

임술년 늦가을 저녁에 갑인자甲寅字로 찍은 『시경언해詩經諺解』를 앞에 놓고 세종 임금은 후원으로 장영실을 불렀다. 장영실의 태도에 변화를 감지한 것은 세종 임금만이 아니었다. 속내를 캐물은 뒤에야 장영실의 뜻을 알았다. 『시경』과 무관한 답이 나왔다. 『예기』의 공화를 들먹이며 장영실은 멀리 떠나고 싶어 했다. 조선을 떠나 먼 곳에서 이국의 과학자를 만나 공화를 실천하며 살아가길 원했다.

『예기』의 공화란 옛 사람들이 지어낸 허구이며, 본래 대동 세상은 사람들의 머리에 건설된 세상이라고 못 박아도 허사였다. 장영실은 눈썹 하나 흐트리지 않고 세종 임금 앞에 오래도록 엎드려 울먹였다.

> … 전하, 천문의기天文義氣 절차가 모두 끝났나이다. 더 이상 천문 기구를 만들 이유가 없사옵니다. 이제라도 미천한 자가 나라가 내린 벼슬을 벗고 멀리 나아가고자 하옵니다. 까닭은 조선과 더불어 세상 모두의 공화를 앞당기려 함에 있나이다. 원컨대 미생의 신을 보내주소서.

사라지기 전 세종 임금은 장영실은 붙잡고 울었다고 했다.

조선의 불꽃같은 문명을 버려두고 어디를 가느냐고 호통을 내려도 장영실은 떠나기를 원했다고, 비기는 소략하게 전했다. 장영실의 꿈과 이상을 막아설 수 없다는 것을 세종 임금은 알았다.

정월대보름 날 종묘를 향해 운신할 때 가마 바퀴가 빠지도록 장치를 원한 것은 세종 임금이었다. 명분 없이 장영실을 보낼 수 없었다. 가마가 엎어져 길 가운데 임금을 내동댕이칠 수 없거든 떠날 수 없다고 엄포를 놓은 것도 세종 임금이라고 비기는 전했다. 세종 임금은 몸이 부서지는 고통을 안고 장영실을 보내고자 했다. 임금의 뜻은 단호했다.

장영실은 죄 없이 조선을 떠날 수 없다는 것을 알았다. 그리하도록 윤허한 임금의 뜻을 거스르는 것 또한 불경이며 불충이었다. 장영실은 숙고 끝에 임금의 가마에 정교한 틈을 주었다. 대보름 날 임금의 행차에 맞춰 가마가 길 위에 주저앉았다. 임금의 사지가 바닥을 굴렀다. 돌부리에 부딪힌 이마에서 피가 흘렀다. 놀란 대신들이 황급히 임금을 궁으로 이송했다.

장영실은 불경죄로 파면되었다. 의금부에서 장영실의 죄를 물어 곤장 백 대를 내렸으나 임금은 고작 스무 대를 감형해 주었을 뿐 더 이상 사면하지 않았다. 고스란히 곤장을 맞은 장영실은 비틀거리며 궁을 떠났다. 피로 물든 바짓단을 끌고 궁을 나설 때, 엉성한 가마로 임금을 다치게 할 장영실이 아님은 모두가 알았다. 있지도 않은 공화와 대동 세상을 찾기 위한 미필적 고의였으므로, 임금 앞에 유죄였고, 용서받을 수 없었다. 백오십 년 저편에서 세종 임금은 장영실의 뒷모습을 애끓는 눈으로 바라보았다고 했다.

*

궁에서 쫓겨난 장영실은 전라도 서쪽 바다에 떠있는 밤섬[栗島]으로 건너갔다고 했으나 실상은 국경을 넘어 대륙으로 발길을 돌렸다. 오랜 시간 장영실은 들과 강과 산맥을 넘었고, 얼어붙은 빙하와 빙벽을 건너 이탈리아 밀라노에 닿을 때까지 걷고 또 걸었다.

장영실의 여정은 하루치 질량의 생각만으로 당도할 수 없을 만큼 멀고 아득했다. 긴 여정 끝에 당도한 곳에서 장영실은 하루를 일생처럼 살았다. 이국땅에서 장영실은 태생과 신분과 이름을 버리고 오직 사람만을 위해 살았다.

장영실의 이상향이 대동 세상에 있는지는 몰라도 세상 가운데 사람을 가장 중하게 여겼다. 물과 바람과 별과 길을 끼고 도는 존재를 고귀한 것으로 보았다. 산과 강과 바다 건너에 이르는 모두의 죽음을 고결하게 바라봤다.

　세상 물정이 사람에서 시작되고 사람으로 끝나는 것도 알았다. 사람이 전부였고, 그 나중도 사람이 먼저였다. 제도와 신분과 가문과 재화도 사람 아래 불을 지피길 원했다. 사람으로 탑을 쌓지 않고, 사람으로 다리를 놓지도 않았다. 사람의 세상을 장영실은 과학으로 실현하고자 했고, 과학의 삶을 사람들에게 되돌려주고자 했다. 그 삶의 진정이 사람과 사람 사이 벽을 허물고, 대립과 마찰과 음모와 배신과 수모와 치욕을 밀어내고자 했다. 그 세상에서 장영실은 평등한 삶을 원했다.

　응교가 아는 한 여기까지였다. 이탈리아 피렌체 예배당 한 곳에서 보았으므로, 응교는 알았다. 벽화로 남은 장영실은 실존과 허상 사이에서 스스로 존재를 감추고 조선의 삶을 망각한 듯이 보였다. 임금과 가족과 이웃을 잊은 채 장영실은 낯선 이국의 동지와 함께 이방인의 자격으로 여생을 살았다.

파우스트 폴

 먼 이국땅에 비 내리고 눈 내려도 장영실의 삶은 덧없지 않았다. 조선의 문물이 외세에 짓밟히거나 사소한 바람에 조금씩 허물어져 가더라도 오래 애도할 일이었다.
 그 오래 전 장영실의 눈에 이국의 동지는 외로워 보였다. 이방인의 눈으로 가려낼 수 있는 과학의 조건은 넘쳤다. 그 자의 이름은 다빈치였다.
 이탈리아 빈치라는 마을에서 태어나 지명을 이름으로 새긴 그는 장영실을 단번에 사로잡았다. 다빈치는 의학과 그림과 조각과 과학과 천문의 수재였다. 다빈치의 천재성이 장영실을 끌어당겼고, 장영실의 과학에 다빈치는 이끌려 왔다. 서로는 서로의 재주와 능력과 안목을 원했는데, 가까운 자리에서 서로는 하나의 세상을 다듬어갔다.

장영실은 오래 전 꿈속에서 다빈치를 만났다고 했다. 꿈속을 걷는 아이가 데려간 곳에서 장영실은 다빈치와 오래 이야기를 나누었다고 했다. 역관도 필요치 않은 교감만으로 서로는 서로를 원했다고 했다. 하늘을 날고 싶어 했던 두 사람은 설계부터 실물까지 깊이 관여하고 공유했다.

 다빈치는 하늘을 날아다니는 이상을 그림 속에 실현했고, 장영실은 원반 모양의 비행체를 설계했다. 두 사람은 한 뜻으로 비행체를 발명했다. 오랜 시간 장영실과 다빈치는 비밀결사의 운명을 쥐고 백오십 년 저편에서 하늘을 나는 비행체를 타고 세상 먼 곳까지 날아다녔다.

 파우스트 폴.

 장영실과 다빈치의 비밀조직은 은밀하며 무거웠다. 파우스트 폴은 소리 없이 세상을 누볐다. 흔적 없이 세상 곳곳에 출몰했다. 달빛 아래 문장紋章을 새긴 칼과 방패와 석궁을 쥐고 운명을 소환해 밤을 건너가면 세상의 선악은 극명하게 갈라섰다.

> … 해가 떠있는 낮 동안 소멸하라. 달이 떠오르는 밤마다 은밀하라.

파우스트 폴은 악의 천지와 오래 다투었다. 선의 집행으로 병든 세상을 치유하느라 고단했다. 부패와 악취와 더러움을 세상 밖으로 밀어내느라 지치는 날이 많았다. 해가 오르면 깊이 자취를 감추어 어디에도 드러나지 않았다. 누구도 비밀결사 조직을 찾을 수 없었다.

파우스트 폴은 프리메이슨과 동떨어져 세상을 움직였다. 프리메이슨에서 갈라져 나온 일루미나티와도 무관한 조직으로 살았다. 장미십자단의 가혹한 결의와 행동과 신앙과도 무관한 삶을 맞이했다.

무거운 비밀결사는 함부로 죽지 않았다. 덧없이 살지도 않았다. 이름 없이 죽거나 정처 없이 떠돌지 않았다. 파우스트 폴은 일생을 더러움과 결별하고, 추함과 등지며, 욕망으로부터 외따로 맞이하는 자유로운 죽음을 가장 큰 명예로 알았다. 평등을 실천했고, 자유를 원했으며, 모두와 함께 나누는 대동세상을 무겁게 새길 줄 알았다.

비밀결사의 시작은 장영실의 특별한 능력에 의해 채택되고 선별되었으며 조직되었다. 다빈치의 눈부신 지성과 뛰어난 논리는 장영실의 뇌리를 무르익게 했다. 다빈치의 미래를 바라보는 안목과 인체해부의 정교한 그림은 장영실의 감각을 초현실과 이상향을 분할하여 다른 차원의 세상으로 이

끌었다.

 장영실은 음파의 돌연변이였다. 소리로 물과 바람과 쇠를 다루었다. 선율로 풀과 나무와 짐승과 소통했다. 소리로 교감하지 못할 것이 없었다. 선율로 변형시키거나 만들어내지 못할 것이 없었다. 장영실은 천둥의 효력을 소리에서 찾아냈다. 극세極細의 소리로 쇠를 주무르며 자르고 변형시킬 수 있었다. 원하는 무엇이든 소리가 일으키는 파장으로 만들어냈는데, 세상에 존재하지 않는 물건을 만들 때는 극세의 선율로 유일한 물物의 존재를 세상에 내놓기도 했다.

 장영실의 소리는 전두엽에서 나왔다. 돌고래 머리에서 생성되는 고주파와 동일한 원리를 지녔어도 생성과 창조의 산물은 무한했다. 소멸과 파괴의 염력은 돌고래보다 수천만 배에 달했다.

*

 오래전 장영실의 아버지 장성휘는 명나라 궁중기술자로 악기를 만들었다. 주로 현악기를 만들었는데, 줄을 튕기면 소리가 휘황하고 소리 속에 빛이 무궁했다. 명왕은 장성휘를 아꼈다. 오래도록 나라의 선율을 쌓아갈 인재였으므로 눈여겨보는 것도 잊지 않았다.

 홀어미를 모신 탓에 장성휘는 늦도록 혼인하지 못했다. 잎지는 가을날 어미는 세상의 소리를 장성휘에게 남겨주고는 소리 없이 눈을 감았다. 어미를 땅에 묻은 뒤 장성휘는 오래 울었다. 늦도록 악기를 다듬고 선율을 조율하면 세상은 물속 깊은 곳으로 가라앉는 것 같았다. 어미를 그리워하는 마음은 가야금이거나 비파이거나 아쟁에 실려 아득한 선율로 번져 갔다. 장성휘의 선율은 슬픈 세상을 잊게 했다. 우울한 현실을 망각하기에도 좋았다.

 어느 날부턴가 장성휘를 지켜보는 아이가 있었다. 명왕의 수라를 짓던 아이는 이따금 담장 너머에서 들려오는 선율에 몸이 이끌리는 것을 알았다. 달이 움푹 잘려나간 이슥한 밤에 아이는 선율을 더듬어 장성휘를 찾아갔다. 장성휘는 무엇도 묻지 않았다. 아이는 선율에 이끌려 왔다고 했다. 아이의 눈매는 신기루 같았다. 살결은 희고 눈부셨다. 아이의 눈에 비친 세상은 달빛보다 천하지 않았다. 물속보다 아늑하지 않아도 그 세상에 장성휘는 살고 싶어 했다. 그 밤에 장성휘는 아이를 돌려보내지 않았다. 아이는 울지 않고 장성휘의 품에 안겼다. 장성휘와 아이는 하나가 되는 것 같았다.

 새벽에 아이를 돌려보면서 장성휘는 가슴이 무너지는 것을 알았다. 오래도록 아이를 바라보며 눈에 새겨 넣었다. 아이가 자꾸 돌아봤다. 돌아보며 소리 없이 웃었고, 아이가 웃자 세상이 멈추는 것 같았다. 멈춘 세상은 소리가 없었다. 향기마저 나지 않았다.

 아이를 볼 수 없는 날 장성휘는 어미를 묻고 돌아올 때만큼 허전함을 느꼈다. 백일이 지나도 아이는 보이지 않았다. 장성휘는 심장이 멎어가는 것을 알았다. 꺼져가는 불꽃을 선율에 실어 멀리 보냈다. 구름 너머로 달이 숨어들던 시간에 아이가 다시 찾아왔다. 아이는 입덧을 했다. 부른 배를 감추며 아이는 장성휘의 품에 들어왔다. 아이는 집 잃은 작은 새 같았다. 심장이 다시 뛰었고, 휘황하고 찬란한 선율이 다시 살아났다. 그리웠다고 아이가 말했다. 마음이 갈 곳을 몰라 아팠다고 했다. 신기루 같은 눈매로 아이는 한참이나 장성휘를 바라봤다.

 그 밤에 장성휘는 아이와 함께 가야금을 등에 메고 궁중에서 도망쳐 나왔다. 쫓기는 몸으로 국경 근처에서 배를 타고 조선 땅으로 넘어왔다. 부산 동래산 아래 허름한 초가를 짓고는 가야금을 만들어 생계를 이어갔다. 열아홉 살 아이가 아이를 낳았다. 이름을 영실이라 짓고는 장성휘와 아이가 함박꽃처럼 웃었다. 세상이 덩달아 웃어주는 것 같았다. 영실은 자라면서 손재주가 좋았다. 가야금을 만들기 시작했고, 악기

속에 선율을 심어갔다.

*

 아홉 살 되던 해 영실은 석상오동石上梧桐을 구하기 위해 산에 올랐다. 가야금으로는 최상의 재료였다. 그 소리가 신비롭고 아늑하며 천년을 간다고 했다.
 산속을 뒤지며 한나절을 돌았다. 비가 내렸고, 날이 시렸다. 나무 밑에서 비를 피하는 동안 주먹밥을 먹었다. 천둥과 번개가 산자락을 에워쌌다. 순간 하늘이 무너지는 우레 소리가 들렸다. 영실의 몸을 뚫고 수천만 개의 바늘이 지나갔다. 그 자리에 영실은 쓰러졌다. 발바닥에서 연기가 피어올랐다. 얼마나 지났을까, 알 수 없는 소리가 귀에 들렸다. 정체를 알 수 없는 소리는 영실의 머리에서 나왔다. 눈과 머리에 힘을 주는 순간 눈앞에 보이는 석상오동이 잘려나갔다. 톱으로 자른 것보다 더 깨끗한 단면이 보였다.
 머리에서 소리가 나오는 것을 알기까지 며칠이 걸렸으나 소리를 다루기는 데는 더 많은 날을 보내야했다. 처음에는 서투르고 무지했다. 극세의 소리는 갈수록 견고하고 정밀해졌는데, 그 어떤 장비보다 뛰어났다. 영실은 머릿속에서 나오는 극세의 소리로 가야금을 만들었다. 수레와 방아와 베틀을 지었다. 쇠를 다루기 시작하면서 칼과 창과 활을 만들어갔다.

 소리가 소리를 에워싸고 돌 때 고도의 음파가 전두엽에서 생성되는 것을 알았다. 소리의 강약은 마음으로 조율했는데, 마음과 머리는 하나의 계통으로 연결되어 있었다. 직관의 판단에 따라 소리의 영역은 크고 높거나 작고 낮은 것으로 분할되었다. 극세의 소리로 쇠와 나무와 바위를 자르면서 영실은 사람들 앞에 보여서는 안 될 능력이라는 것을 알았다.

 영실은 초월의 능력을 깊이 감추었다. 궁중기술자로 입궁하여서도 단 한번 극세의 소리를 밖으로 보이지 않았다. 엄격한 사물의 조합과 형상과 본성을 깨트리는 능력은 세상에 나올 수 없었다. 드러나는 순간 세상이 뒤집힐 것을 내다봤다. 임금은 격노할 것이고, 초월의 능력을 훔치려 사방에서 날 뛸 것이었다.

 장영실은 세종 임금으로부터 명을 받들어 간의대에서 대소간의, 앙부일구, 일성정시의, 천평일구, 정남일구, 현주일구를 만들었으나 임금의 명 없이는 무엇도 만들지 않았다. 갑인년(甲寅年, 1433)에 금속 활자본[甲寅字]을 만들 때도 장영실은 임금의 시력을 생각하였을 뿐 무엇도 보태지 않았다. 경자년(更子年, 1420)에 만든 활자본 서체가 가늘고 빽빽하여 임금의 눈에 보는 데 어려움이 많았으므로 임금은 이보다 더 큰 활자를 원했다. 갑인자는 임금의 명이었고, 임금의 노안에서 시작된 활자본일 뿐이었다.

이천·김돈·김빈·이세형·정척·이순지와 두 달에 걸쳐 대자大字·중자中字·소자小字로 크기로 분화된 서체를 만들어 올렸다. 갑인자는 정교하고 매우 해정(楷正 : 글씨체가 바르고 똑똑함)했다. 부드러운 서체로 진晉나라 위부인자체衛夫人字體와 비교해도 무방했다.

갑인자를 만들면서 장영실은 한 순간도 염력을 사용하지 않았다. 활자본 제작에 참여한 공인들의 능력만 가지고도 충분히 가능한 일이었으므로, 염력은 필요치 않았다. 장영실은 궁중기술자의 기술과 능력으로 이룰 수 없는 이상을 생각했다. 그것은 인간의 한계이기도 했다.

*

하늘을 날 수 있는 자.

장영실의 생애 최대 목표는 하늘을 날아다니는 것이었다. 스스로 날개를 달든, 날 수 있는 기계를 만들든, 하늘을 날아다닐 수만 있다면 무엇이든 할 수 있을 것 같았다. 장영실은 조선을 떠나기 전 하늘을 날 수 있는 비행체의 설계도를 그렸다. 머리에서 들려오는 극세의 파장을 그림으로 옮겨놓으면서 장영실은 세상 끝에서 밀려오는 좌절과 절망을 내다봤다. 만고에 있을 수 없는 일이 조선에서 일어나고 있었다. 비행체 설계도가 세상에 나오는 순간 세상이 뒤집힐 것을 장영실은 예감했다.

설계도를 바라보며 장영실은 오감을 죄어오는 것을 알았다. 조선 땅에서는 하늘을 날아다닐 수 없다는 생각이 들었다. 크고 원대한 설계 앞에 장영실은 절망했다. 감추어야 하는 까닭은 절망보다 크게 왔다. 임금의 지위와 자리를 배려한 까닭이 먼저였고, 민본을 생각하지 않을 수 없었다.

땅과 하늘이 뒤집히는 비행체 하나로 장영실은 조선 땅에 묻히기 두려웠다. 모든 꿈이 물거품처럼 사라지는 허상을 바라보며 장영실은 깊이 울었다. 조선을 떠나는 길밖에 없었다. 궁에 쫓겨난 뒤 장영실은 오래 걸었다. 대륙을 가로질러 빙하 너머 빙벽을 오르면서 수차례 죽을 고비를 맞았다.

마음이 이끄는 자리에서 장영실은 태생과 신분과 소속을 버리고 다빈치와 조우했다. 장영실의 설계도와 다빈치의 기술은 절묘하게 들어맞았다. 둘은 하늘을 날아다닐 수 있다는 것을 확신했다. 파우스트 폴의 이름과 가치와 명예를 걸고 장영실과 다빈치는 언약했다.

　… 세상에 드러나지 말아야 하며, 죽는 순간까지 입속에 감추어져야 한다.

세상 어디든 사람이 하늘을 나는 것은 두려운 일로 왔다. 아직은 때가 아니라고, 다음을 기약한 것은 다빈치였다. 둘의 언약은 유효했다. 언약을 딛고 장영실은 죽은 순간까지 높고 가파른 하늘을 다빈치와 공유했다. 하늘은 공평하고 평등하며 누구든 날아다닐 수 있는 새로운 영토였다. 주인이 없으니, 가는 곳마다 자유롭고 광활했다. 공화와 대동 세상은 땅이 아닌 하늘에 있다는 것을 장영실은 알았다.

새끼 멧돼지

 해가 기울어 갔다. 서편 능선 위로 노을이 번져갈 때, 둥지를 떠난 새들이 돌아갔다. 새들은 울지 않았다. 새들은 천하게 살아도 하늘에서 만큼은 평등해 보였다. 장영실은 하늘에서 대동 세상을 찾아내었으니 온전히 살다 갔을 것이다.
 비변사에서 전령을 데려갔다. 장계의 출처를 물어 고변의 진위를 밝히는 것은 비변사 의무였다. 황해도 현감들의 직인이 박혀 있는 장계이므로 탈 없이 끝날 것 같았다.
 대교와 함께 예문관 당상회의에 올린 필사본 장계는 숨 가쁘게 논의되었다. 당상들이 고변을 정리하여 비변사에 알리고 어전회의에 들고 들어갔다. 임금이 중신들과 논할 것이고, 임금의 뜻에 따라 정여립을 추국推鞫하여 고변에 대해 캐물을 것이다. 정여립은 대동 세상을 앞당기고자 했으니 할 말이 많을 것 같았다. 공화의 세상을 원했으므로, 삶의 진경과 죽음의 명분은 모순 없이 깨끗할 것도 응교는 내다봤다.

동인과 서인의 마찰이 극도로 예민한 때에 황해도 현감들의 장계는 불을 들고 화약고를 뛰어든 것과 같았다. 저녁나절 응교의 머릿속에 실팍한 시구가 떠올랐다.

彼茁者葭　저 질기고 무성한 갈대밭을 가로지르는
壹發五豝　화살 하나에 새끼 멧돼지 다섯 마리 꽂히다니⋯⋯

『시경』'추우騶虞'에 정여립의 대동 세상은 날카로운 예언으로 각인되어 있었다. 동인들의 끓는 감성과 정여립의 찢긴 고뇌도 『시경』은 들려주고 있었다.

멧돼지를 몰아가는 사냥꾼의 전술은 가느다란 화살 하나가 고작이었으나 화살 끝에 꽂힌 새끼 멧돼지가 다섯 마리에 이르는 비유는 새벽이 오기 전 당도한 장계와 절묘하게 들어맞았다. 임금의 사냥터에서 산 짐승을 염려하는 몰이꾼은 서인이 될지 임금이 될지 알 수 없었다.

끓는 고변으로 정여립을 몰아가는 황해도 현감들의 전술은 갈대밭을 가로지르는 하나의 화살에 집중되어 있었다. 화살과 멧돼지의 관계를 생각하면 『시경』에 박힌 정여립의 위기는 눈앞으로 당겨왔다. 위기를 딛고 정여립은 『예기』의 본보기가 되어주길 바랐다.

*

 정여립의 삶은 별에 있는지 물에 있는지 알 수 없었다. 정여립의 죽음은 별과 별 사이 단절을 불러올지 물과 물의 분할을 가져올지 알 수 없었다. 나눌 수 없는 존재를 나누려하는 까닭이 공화이므로, 대동의 뜻과 사상과 이념과 의미에는 문제가 없는지, 응교는 생각했다. 모두의 삶은 시작이 아니며 모두의 죽음은 끝이 아닌 것도 알았다. 저마다 태동의 전통을 딛고 삶은 지속되는 것이므로, 살아온 날을 버리고 무無로 돌아가는 소멸의 생태로 이어지면 그 죽음만은 아름다울 것 같았다.
 '추우'의 시편은 삶을 강요하거나 죽음을 요구하지 않았다. 그 하나로 공화는 실체로 왔다. 휘갈긴 시구를 바라보는 대교의 눈은 떨렸다. 대교는 장계가 지나간 뒤 불어올 예문관의 사찰과 감시를 아는 듯했고, 두려운 후문과 조치도 아는 것 같았다.
 "형님, 위험합니다. 시국이 어지러운 때 하필이면 이런 시구를 생각하십니까?"

"위험한줄 안다. 허나 눈에 보이는 것을 어쩌란 말이냐?"

화살 하나로 꼬치 꿰듯 줄줄이 꿰인 멧돼지의 일생을 생각하면 응교의 가슴은 먹먹하고 답답했다. 응교는 눈 덮인 산자락을 돌아 언 강을 건너는 정여립을 생각했다. 정여립과 얽혀 있는 무수한 서인들의 저항을 생각했다. 치사량의 단죄로 몰아오면 모두는 혼자가 아닌 떼죽음으로 맞설지 알 수 없었다. 저녁 별무리 속에 떠오른 장계는 조선을 피로 물들 것이고, 가혹한 역사로 남을 것도 내다봤다.

예문관 응교의 안목은 죽음이 두렵지 않은 정여립의 감성을 생각할 때 뚜렷해졌다. 응교가 덧붙였다.

"며칠 내가 보이지 않을 것이야. 누구라도 묻거든 몸살로 누웠다고 전하게."

"응교 형님……. 기어이 먼 곳의 정여립을 보려하십니까?"

전라도 땅 한곳에 풀뿌리처럼 박혀 있을 정여립을 생각하면 손끝이 떨렸다. 기름진 김제 지평선을 가로질러 모악산에 오르면 발아래 사람 사는 형세가 보인다고 했다. 풍남문 너머 장터에서 아문들이 일과를 끝내면 비빔밥과 콩나물국밥으로 하루의 피곤과 허기를 달랜다고 했다. 경기전에 모신 태조 선왕의 어진을 향해 당번과 숙직들이 배례하면 아침과 저녁나절 기침소리가 풍남문까지 들린다고 했다. 오목대와 이목대가 터를 잡은 승암산 능선을 따라 오르면 발아래 푸른 물길이 사람들마다 응어리진 시름을 달랬다고 했다. 토하듯 솟는 기린봉 달빛은 세상을 삼키는 적막과 미명으로 사람들의 가슴을 파랗게 물들인다고 했다.

전라도의 서경과 감성은 이해가 아니라 사무치는 것이라고 응교는 생각했다. 순간이동으로 다녀올 때마다 응교는 한 주먹씩 알 수 없는 감정을 싣고 왔다. 전라도의 감성은 중독성이 짙었다. 손과 머리와 마음에 닿을수록 점점 떼어놓기 힘들었는데, 지리와 풍광과 바람과 물의 순도가 다르기 때문이었다. 별자리의 형과 결이 다른 것도 같은 이유에서였다.

대교의 입에서 날숨이 들렸다. 대교의 눈이 젖은 것을 알았다.

"목숨이 걸린 위험한 일이입니다."

"가서 확인할 것이 있다."

"바람의 사제들이 들끓는 자리이며, 기운이 막힌 자리라고 떠들어대고 있습니다."

대교도 검은 존재들을 알고 있는 듯했다. 예문관 직계에서 모르는 게 오히려 이상하지 싶었다. 왕가의 비기는 언제까지 감추어져야 하며 어느 날까지 유효할지 알 수 없었다. 언제까지 이어지며 어느 후대에 가서 드러날지 알 수 없었다. 금기의 말임에도 대교의 말은 응교의 감정을 흔들며 밀려왔다. 바람의 사제들이 품은 어려움은 예나 지금이나 변하지 않고 은밀히 돌고 돌았다.

"허니 더 가보려고 하는 것 아니냐."

예문관 응교의 자격이 아닌 사람의 본성으로 바라보고 알아볼 것이 있었다. 만져보고, 맛보고, 듣고, 맡을 수 있는 오감으로 확인하는 일은 필수였다. 신화가 된 궁극의 전당과 다른 무언가 있을 것인데, 그 세상에서 정여립은 무엇을 꿈꾸고 있는지 알아야 했다.

대교가 망설이다가 겨우 대꾸했다.

"오실 때는 그 모두 버리고 오셔야 합니다. 그래야 살아남을 수 있습니다."

대교의 말이 무겁게 들렸다. 그 모두를 들과 산과 강가에 자란 풀뿌리처럼 버리고 올 수 있을지 알 수 없었다. 대교의 입에서 그 모두의 버림은 버릴 수 없는 조선의 산하처럼 분명하고 또렷했다. 이 밤에 모두의 삶과 죽음은 국경 너머에 걸 수 없는 사실 하나로 실체로 왔다.

구름 뒤에 숨은 달빛이 둘을 내려 봤다. 바람이 동에서 서로 불어갔다. 밤이 길 것 같았다.

내부의 적들

 임금은 장계 하나로 국론이 분열되는 것을 염려했다. 동인과 서인 사이 내부자의 음모이거나 소행으로 봤으나 아직은 드러난 것이 없었다. 쉽게 단정할 수 없는 시점에 임금은 성급히 결론을 내릴 수 없었다. 게으르게 판단을 미룰 수도 없었다.

 임금이 돌아간 뒤 유성용은 비변사를 찾았다. 문무합의기구인 비변사는 비국備局·주사籌司라고도 불렀다. 명칭이 분분한 만큼 업무도 단일하지 않았다. 적의 침입 후 소집된 협의체는 대처가 늦어지므로, 남쪽 해안과 북쪽 국경지대에 대한 국방대책을 사전에 마련하기 위해 가동되었다. 그때가 중종 12년(1517) 되던 해였으나 계통과 체제를 세우는 데는 많은 시간과 지혜를 더해야 했다.

임금의 명을 집행하는 일이 순탄하지 않으리란 것을 유성용은 알았다. 비밀리에 정여립의 모반을 알아내야 하는데, 유성용이 내릴 수 있는 판단은 결국 삶과 죽음 가운데 하나일 뿐이었다.

유능하면 유능한대로, 무능하면 무능한대로 누군가 살거나 죽을 수밖에 없는 까닭은 정해져 있지 싶었다. 사활을 걸어도 결정된 치정은 단순할수록 불리했고, 복잡할수록 더 불리했다. 정확하고 신속하게 처리해야 할 것인데, 일이 순조로울지 유성용은 알 수 없었다. 모든 일을 제쳐둔 급선무였다.

명부에 내방자 인명을 표기할 때, 비변사 칠품 고직庫直은 유성용의 수결手決을 오래 바라봤다. 글씨가 잘 보이지 않는 지 유성용의 표식인 '格격'자를 한참동안 뜯어보고서야 알은 체했다. '格'자의 '나무[木]'를 길게 뻗혀 처마 끝의 서까래를 받히는 기둥으로 형상했다. 나랏집 전각을 받치는 하나의 기둥이면 무난한 표식이었다.

고직은 말없이 열쇠를 내밀고 자리에서 일어섰다.

"병판 대감께서 찾고자 하는 문서는 저 안쪽에 있습니다. 여명이 비칠 때 장고를 나가셔야 합니다."

늙은 고직과 유성용의 눈빛이 허공에서 부딪혔다. 눈빛 하나로 살아온 내력을 다 알 수는 없을 것이지만, 그를 알기 전에 그가 먼저 유성용을 알아본 것 같았다. 유성용이 고개를 끄덕이며 열쇠를 받았다. 고직은 조용히 덧붙였다. 목에서 가다란 피리소리가 들려왔다.

"들어가면 예문관 응교가 있을 것입니다."

"응교가……. 무슨 일로?"

유성용이 눈을 들어 물었다. 놀라는 것 같지는 않았으나 당혹감이 보였다. 고직이 대꾸했다. 다시 가느다란 피리소리가 들렸다.

"황해도 올라온 장계 때문에 찾아볼 문서가 있다고 했습니다."

예문관 응교는 유성용과 같은 생각으로 비변사 장고를 찾은 것 같았다. 사품 예문관의 소임을 쥐고 무엇을 생각하든 병조판서의 자리와는 무관했다. 오히려 공적인 업무로 보자면 병조판서의 비변사 장고 출입은 월권에 해당되었다.

유성용이 기침 끝에 말했다. 목에서 실바람 소리가 들렸다.

"응당 예문관 소임이니 방해가 되지 않도록 할 것이네. 염려하지 말게."

"응교보다 먼저 나가시는 게 탈이 없을 것이고, 병판 대감께 유리한 운신이 될 것입니다."

비변사의 엄격과 장고의 엄중이 무엇인지 말하지 않아도 알았다. 왕가의 행실과 유적과 소통과 의상은 철저한 기밀이었다. 왕가의 전모는 엄격한 율과 법과 규범으로 정해진 것이므로 아무리 사소해도 문제 삼으면 헤어날 수 없었다. 기록은 옷차림 하나에도 감성을 삼키고 있었다. 머리부터 발끝까지 소용되는 재료부터 방법에 이르는 모든 계통과 출처를 문서로 새겨 엄한 격으로 묶어 둔 것도 그 때문이었다.

고직의 입에서 왕가를 둘러싼 무거운 서정과 엄한 격률이 전해왔다. 유성용은 왕가의 기나긴 사연과 서정을 짧은 말로 대꾸했다.

"고직의 말, 유념하고 조심할 것이네."

고직이 허리를 숙이고는 밖으로 나갔다. 중한 격으로 쌓은 서적과 문서를 관장하는 늙은 고직이 선왕을 거쳐 온 내관이라는 것을 모르지 않았다. 엄한 비변사 한 곳에 오래된 내관을 세운 것은 업무상 비밀이 많기 때문이지 싶었다. 출신부터가 고뇌로 응어리진 내관들을 상대하는 것은 벅찰 때가 많았다. 오랫동안 임금 가까이 머물러 있었고, 비변사 한 곳에서 인생을 마무리해 가는 것도 알았다.

고직이 돌아서자 탁자 위에 놓인 호롱 심지에 불을 붙였다. 해가 지는 터라 호롱이 제 빛을 낼 수 있도록 심지를 돋우었다. 불은 춤추듯 소리 없이 피어올랐다.

장고 안으로 발을 내디뎠다. 조용한 곳이었다. 서편 창문 틈을 비집고 들어온 노을 속에 은은한 빛과 향이 돌았다. 안으로 발을 내디디며 유성용은 간밤의 어명을 상기시켰다. 임금은 모두가 돌아간 뒤 유성용을 따로 불러 명을 내렸다. 임금의 육성이 환청이듯 장고 너머에서 불어왔다.

··· 장계의 정합整合을 의심하고, 면밀히 검토하라. 비변사 장고에서 기밀을 뒤져서라도 사례를 찾아내라. 내일이면 황해도 현감들의 고변이 정여립을 죽게 할 것이다. 시간이 없다. 살리려는 마음은 병판도 같을 것이니, 어떡하든 살릴 방도를 가져오라.

정여립을 살리려는 임금의 마음을 알 것 같았다. 정여립 하나로 국론의 분열을 근심하는 임금의 마음은 결국 동인과 서인이 일으키는 붕당에 있었다. 한쪽이 일어서면 한쪽이 무너지는 것을 임금은 심히 염려하였다. 붕당의 패악으로 겨우 버티는 조정이 왈패들의 손에 넘겨줄 수 없는 노릇이었다.

임금은 동인의 집권을 원하지 않았다. 서인의 조정도 바라지 않았다. 양극의 팽팽한 접전으로 서로 밀고 당기는 극도의 긴장을 임금은 바랐다. 임금은 극좌의 편에도 서지 않을 것이고, 극우의 편에도 기대지 않을 것이다. 비록 치졸하고 옹색하며 비겁한 붕당이라도 외세가 들끓는 시점에 조선을 지탱하는 양 갈래 기둥이라는 것도 임금은 알았다.

＊

 바다 건너 풍신수길이 자국의 분열을 통일시키기 위해 바깥으로 전략을 돌리는 것을 임금은 일본의 기회로 보았다. 일본의 기회가 조선의 위험이 될 것도 내다봤다. 임금은 수길의 전술을 이해하기에 앞서 조선의 분열은 악수惡手 중에 악수라고 생각했다. 붕당의 괴멸이 조선의 분열을 의미하며, 붕당의 좌초가 조선의 쇠잔을 입증하는 것이라고, 임금은 생각했다. 전초를 기회 삼아 조선을 넘볼 기회를 일본에게 줄 수 없는 까닭과 명분은 확고했다.
 그 시작이 정여립이 될 것을 임금은 깊이 우려했다. 일어나지 일을 서둘러 단정할 수는 없으나 정여립의 죽음은 서인의 멸족과 다르지 않으리란 것도 알았다. 정여립 하나로 전라도와 황해도가 조선에서 사라질 것을 임금은 직감했다. 그 때문에 정여립의 죽음은 조선의 기둥을 허무는 불미였다. 조선을 지탱하는 심줄을 끊어내는 불구의 지략이므로, 정여립을 살려야 한다는 것도 알았다.

 임금의 예감은 틀린 적이 없었다. 임금의 직감은 다른 적이 없었다. 임금은 붕당의 시작부터 괴멸의 긴 여정이 편 가르기의 사적 암투가 권력으로 드러난 결과라고 믿어 의심치 않았다. 지금까지 이어져온 동인과 서인의 접전만 봐도 정여립의 모반은 전라도와 황해도의 운명을 뒤엎을 만큼 드센 명분으로 올 것도 내다봤다.

 임금의 마음을 쥐고 정여립의 구명을 위해서라면 무엇이든 해야 했다. 당장 내일이면 비변사에서 의금부로 통고할 것이고, 의금부에서 군사를 몰아 정여립의 근거지로 내려 보낼 것이다.

 유성용은 정여립의 추국을 무마할 수 없다는 것을 알았다. 반역과 내란과 선동으로 모자라 조선의 임금을 갈아치우려는 고도의 도참圖讖은 무엇으로도 정여립의 운명을 가릴 수 없었다.

  … 올 것이 오고 갈 것이 가는구나. 붙잡을 수 없는 혁명은 불을 지피기도 전에 사라질 운명에 처해 있구나. 살려야 하는가, 죽여야 하는가?

임금의 명을 받을 때 유성용은 무엇도 입에 머금지 않았다. 마음속에 끓어오르는 근심은 임금 앞에 들이 밀기 쑥스럽고 보잘 것 없었다. 드러낼 수 없는 이유만으로 불충이었으나 드러낸들 마음만 다칠 것도 알았다. 임금만이 결정할 일을 머리에 떠올리는 것만으로 불경이었고, 눈과 귀와 손에 담는 것만으로도 불온이었다.

안타까웠으나 정여립의 생사를 쥐고 깊이 우는 임금을 생각하면 이럴 수도 저럴 수도 없었다. 어명을 떠올리며 유성용은 다시 한 차례 전율했다. 마음을 따라가면 깊은 자리에서 소용돌이가 일었다. 시리거나 뜨거운 물길 가운데 정여립은 어깨를 떨며 밀려왔다. 입 밖에 담을 수 없는 마음은 흔한 마음일 뿐이었다. 이 순간에도 속이 타들어가는 임금을 생각하면 외람되고 황망했다.

*

기침 없이 장고 안으로 발을 내디뎠다. 호롱불은 적당했다. 불꽃에서 와글거리며 기름이 끓어오를 때, 비변사 밖에서 새 울음이 들렸다. 새 울음을 따라 높다란 책장 너머로 희미한 불빛이 비쳐들었다.

예문관 응교가 혼자 중얼거리며 서적을 넘기고 있었다. 소리 없이 가까이 다가갔다. 응교는 왕가의 비기 팔 권 세종 임금 대에 씌어진 곳을 펼쳐놓고 있었다. 유성용이 어깨 너머로 내려 볼 때까지 응교는 알아차리지 못했다.

유성용이 기침했다.

"바쁜가 보구나. 볼 것이 많으냐?"

책장을 넘기던 응교의 등판이 순간 앞을 바라봤다. 시간이 끊겼다가 흐르는 듯했다. 유성용의 눈빛이 흔들렸다. 응교의 본능은 유성용의 태생과 무관한 저만의 사연과 우월한 능력이 절충된 고도의 수수께끼로 밀려왔다.

유성용의 신분과 무관한 곳에서 응교는 저만의 사연과 능력을 넘어 풀 수 없는 초월의 까닭을 안고 왔다. 짐작만으로 알 수 없는 응교의 움직임에서 유성용이 느꼈을 부담은 하루치도 되지 않았으나 이목을 끄는 것만큼은 분명했다.

응교의 눈빛은 차분하고 침착해 보였다. 한참을 바라본 뒤 응교가 허리 숙였다. 몸가짐이 서로 모르는 사이 같지 않았다. 허리 숙일 때, 멀지 않은 곳에서 부엉이가 울었다. 울음이 처량하고 울적하게 들렸다.

응교가 조용히 문안했다.

"늦은 밤입니다. 비변사 장고엔 어인 일로……."

엄중한 곳을 홀로 발을 디뎠으니 이상할 만도 했다. 병조판서가 비변사 장고까지 들어올 일은 평생에 한번 있을까 말까 한 일이었다. 유성용은 개의치 않고 대꾸했다. 대꾸할 때 비변사 담장 너머 측백나무 언저리에 다시 부엉이가 울었다. 울음이 속절없고 둔하게 들렸다.

"잠들 수 없는 시간이다. 엄중한 곳이라도 찾아야 할 것 같았다. 풀리지 않는 실타래를 머릿속에 담아 둔 것 같아 도무지 잠이 오질 않는구나."

장계 하나로 병조판서가 느꼈을 무게를 생각할 때, 유성용의 머릿속을 불어가는 눈보라를 예감했다. 눈보라 속에 시작이 날카롭고 끝이 가혹한 화살이 보였다. 치명의 화살들이 겨누는 과녁은 동인과 서인 사이 정여립을 향해 파란 샛길로 뻗어 있었다. 응교가 숨을 들이키며 대답했다.

"너무 많은 것을 담아두지 마십시오. 멀리에서 바라보시면 모든 것은 하나의 점에 불과할 뿐입니다."

점에서 시작되어 점으로 끝나는 일생을 안다 말할 수 있는 날이 얼마나 될지 알 수 없었다. 응교의 말 속에 밀려오는 공허와 맞설 때, 삶은 점과 점들의 꿈에 불과할 것이란 추측은 쓸쓸하면서도 처량하게 들렸다.

유성용은 무리 없이 저녁을 가로질러 가는 별무리를 생각했다. 도처에서 별을 이마에 이고 새 세상을 기약하는 정여립의 도참은 공화 사상으로 접근할 때 타당하며 아름답기까지 했다. 이 밤에도 별들은 정여립의 이마 위에서 공화의 강을 내고는 지천을 동경하는 모양이었다.

유성용이 나직이 말했다. 목에서 사마귀 한 쌍이 고단한 소리로 울었다.

"치사량의 응분이 서인을 중심으로 궁성 안팎에 번져가고 있다. 무엇으로 반역을 덮고, 무엇으로 죄상을 가려야 하며, 무엇으로 형량을 낮출지 근심이다."

잠들 수 없는 유성용의 넋두리는 몽롱하지 않고 선명한 색채로 밀려왔다. 응교의 신분으로 듣기 어려운 말이 머리 위에서 와글거리며 끓어올랐다. 유성용의 푸념은 실오라기 같았다. 자신에게도 정여립에게도 아무 도움이 되지 않는 것을 알면서도 응교는 유성용의 말을 곱씹었다.

"생각을 늦추십시오. 밤이 깊어 아무 말을 뱉어도 될지 모르나 삼키는 미덕으로 장계를 바라보는 게 대안이 될 것입니다."

"그러한가? 정여립은 전하를 능멸하고, 세상을 기만하고 있는 것인가? 정여립은 그런 인물인가? 그럴 수 있는 사람인가?"

쿵—. 심장이 내려앉는 소리가 들렸다. 유성용의 말 속에 정여립은 가시로 채워진 존재 같았다. 응교가 겨우 대답했다.
"예문관 응교에게 물을 일이 아닙니다."
"안다. 허나 정여립을 놓고 최선을 구하는 길이 조선을 위하는 길인 것은 너도 알지 않느냐?"
"모든 것은 전하만이 결정할 것입니다. 머릿속을 비우고 멀리에 놓인 점을 바라보면 될 것입니다."

말끝에 응교는 망설임 없이 유성용의 머릿속을 걸어 들어갔다. 여백 없이 정여립으로 가득한 유성용의 머릿속에서 응교는 단번에 문제의 정면을 바라봤다. 응교의 목에서 두려움 없이 임금의 교지를 다루는 예문관 관료의 언어가 들렸다.
"황해도 현감들의 장계로 하여 근심이 많을 줄 압니다. 고변의 출처를 놓고 진실을 가늠하는 것도 어려운 일로 압니다."
"예문관 숙직들이 고변의 핵을 짚어 올렸다고 들었다. 정여립이 과연 반역을 비준하고 임금을 갈아치울 역모를 도모한 것으로 보이는가? 정녕 그러한가?"

유성용의 목에서 날선 바람이 불어갔다. 응교가 침착한 눈으로 유성용을 바라봤다. 응교의 목에서 시린 바람이 불어갔다.
"그 말의 실체는 혁명이 더 가까울 것입니다. 모든 것을 갈아엎은 뒤 새로 시작할 수 있다는 믿음은 사욕이 아니라 철저한 공화에서 비롯될 수 있는 것입니다."

 응교의 말에서 천년 저편의 신화가 떠올랐다. 무엇을 상상하든 그 이상의 실체로 신화는 밀려왔다. 유성용이 짧게 신음했다. 응교를 바라보는 눈은 날카로우면서도 우울해 보였다.

*

 들려온 말에 천년 저편의 신화는 노아의 방주라고 했다. 상상 그 이상의 상상으로 밖에 그려낼 수 없는 신화는 응교의 말을 곱씹지 않아도 머릿속에 그려졌다. 구약의 기록에 전하는 방주는 혁명과 징벌과 공화를 의미했다. 말할 수 없는 낮은 자들의 혁명과 가장 높은 곳의 징벌은 상상만으로는 닿기 어려운 공화의 실체였다.

 노아의 존재는 실존에 가까웠으나 증명할 수 없는 한계 앞에서는 허구로 왔다. 실존과 허구의 간극은 한없이 멀어보였다. 신화는 믿음으로 승화될 수 있어도, 신화로 믿음을 강요할 수는 없었다. 유성용은 신화와 신앙의 간극을 놓고 번민하지 않았다. 실존과 허상을 두고 고뇌하지도 않았다. 혁명과 징벌 앞에 말할 수 없는 자들의 공화가 결국 세상을 갈아엎는 그 한없는 단순성이 유성용의 머리를 뜨겁게 할 뿐이었다.

유성용은 천년이 넘도록 사그라들지 않는 노아의 방주를 모르지 않았다. 조선과 무관한 나라의 신화와 전설과 신앙의 기록이었으나 정여립의 공화로부터 다시금 떠올릴 수 있다는 것만으로 혜택이 될지 불경이 될지 알 수 없었다. 유성용은 노아의 예견과 방주의 유용성을 잊지 않았다. 망각할 수 없는 조건 아래 노아의 방주는 소환되었어도 타락한 악의 천지를 개벽하는 데는 그보다 더 적절한 혁명이 없다는 것도 알았다. 악의 축을 잘라내는 데는 그보다 가혹한 징벌이 없다는 것도 알았다. 모두를 갈아엎은 뒤 새로운 세상을 열어가는 데는 그보다 유용한 공화가 없다는 것도 알았다.

거기까지 떠올려놓고 유성용은 조선의 임금만이 누릴 수 있는 충의 조건을 생각했고, 응교와 나눌 수 있는 정을 떠올렸다. 모두 마땅하지 않았다. 혹여 응교를 데리고 너무 먼 곳까지 밀려나간 것은 아닌지. 돌이킬 수 없는 까닭은 유성용의 연민도 응교의 감정도 아니었다. 먼 자리의 부엉이 새끼를 둥지에 데려온 것은 유성용 자신이므로, 한 마리 부엉이 새끼로 인해 질긴 유전과 혈육을 저버린 것은 아니었는지. 유성용은 늦은 밤에 철지난 관계를 생각했다.

밖에서 새가 울었다. 새 울음이 멀고 요요했다. 밤 자락이 혼곤한 새벽길을 따라 휘청거리며 밀려갔다.

불멸의 인연

 공간을 뛰어넘는 아이.
 유성용은 응교의 능력을 오래전부터 알았다. 아홉 해 전, 수해복구 현장에서 유성용은 처음 아이를 만났다. 물살에 휩쓸려 떠내려가는 요람이 보였다. 금방이라도 뒤집힐 듯 위태로운 요람에서 울음소리가 들렸다. 모두는 발을 동동거렸다.
 물밖에 줄지어 선 사람들 가운데 아이 하나가 유성용의 눈에 들어 왔다. 열 살은 되어 보였다. 눈에 들어온 순간 아이는 눈앞에서 사라졌다. 잘못 본 것은 아닌지 의심할 틈 없이 아이가 요람을 건져왔다. 모두는 요람이 물에 휩쓸린 줄 알았으나 유성용은 틈 없이 아이의 순간이동을 지켜봤다.
 유성용의 눈에 띈 아이의 순간이동은 헛것이 아니라 눈앞의 실제였다. 누구도 볼 수 없는 일은 가슴을 요동치게 했다. 벌떡이는 가슴을 누르며 유성용은 말을 삼켰다.

> … 세상을 발아래 둘 아이구나. 드러나면 살아남지 못할 것이다.

 냇가에 터를 잡은 아이의 집은 수해로 흔적 없이 사라졌다. 부모와 형제가 물살에 휩쓸려 생목숨을 잃었다. 가족을 잃은 대신 요람에 든 남의 아기를 구하고는 아이는 서럽게 울었다. 아이의 슬픔은 깊게 들렸다. 아이의 고통을 외면할 수 없었다. 식지 않은 가슴은 아이를 원했다. 유성용은 아이를 거두었다. 아이를 위해서라면 무엇이든 할 수 있을 것 같았다. 아이를 만난 것은 천운이 될지 악연이 될지 알 수 없었다.
 데려온 아이를 가르쳐 예문관 하위 자리에 심어둔 것은 비선을 원해서가 아니라 아이의 능력을 인정하였기 때문이었다. 유성용은 실세들의 횡포와 비겁과 탐욕을 조선에서 멀리 떠나보내고자 예문관 한 곳에 아이를 심어두었다.
 세상에 드러나기 전에 데려온 것은 순전히 아이를 위해서였다. 드러나는 순간 의금부 지하 어두운 독방에 감금될 것을 알아봤다. 고문 끝에 소리 없이 죽을 것도 내다봤다. 순간에 사라지면 그마저 허사가 되리라는 것도 직감했다. 아무도 알게 하지 말라고 당부한 끝에 아이를 집으로 데려왔다. 아이 스스로 다른 삶과 다른 운명을 원했으므로, 그 일만은 잘 한 것이라고, 유성용은 생각했다.

응교의 순간이동은 볼 때마다 놀라웠다. 순간에 위치가 바뀌는 현상을 이해하기까지 유성용은 많은 날을 흘려보냈다. 직관을 따를 때 응교는 위험하고 어려운 존재로 왔다. 버려두면 조선을 허물 아이이므로 차라리 가까이 두는 것이 모두에게 이로울 것도 내다봤다. 끊을 수 없는 인연은 언제까지 이어질지 알 수 없으나 버려둘 수 없는 이유는 분명했다.

때가 되면 유성용은 임금 앞에 고백할 것이다. 아직은 때가 아닐 뿐이다. 공간을 뛰어넘는 아이를 놓고 유성용은 가문과 숨통을 걸고 어려운 날의 대의를 떠올렸다.

*

오래 전 부모와 형제를 잃은 아이를 거두면서 유성용은 글을 가르쳤다. 세상을 돌리는 수레와 바람개비의 원리를 알려주었다. 세상의 모순을 바라보고 그것을 부수고 뭉개야 하는 이유와 방법을 알려주었다.

나라를 좀 먹는 비선들의 전횡도 순간에 바라보도록 했다.

실세들의 권력과 협착과 흡혈의 생리를 있는 그대로 실상을 목격하도록 하여 세상이 어지러운 것을 알게 했다. 어지러운 세상을 정화하는 건 비겁을 누르는 정의이므로, 누구도 볼 수 없는 곳에서 순간에 골을 찔러 평생 허수아비처럼 허세로 살아가게 해야 하는 당위도 깨닫게 했다.

영특한 아이는 하나를 알려주면 다섯을 바로 깨우쳤다. 나머지 다섯은 스스로 알아갔다. 아이는 숨을 쉬듯 세상을 받아들였다. 숨을 뱉듯 선악의 기준을 찾아갔다. 아이는 사심이 없고 탐욕이 사라진 마음으로 유성용이 이끄는 자리에서 소리 없이 조용히 살아가길 원했다. 본래 아이의 마음이 내홍 없이 깨끗한 삶을 바라는지, 속내는 알 수 없었다. 모두를 숨길 수 있어도 순간이동만은 숨길 수 없다는 것을 알았을 때, 아이의 운명이 보였다. 아이에겐 오직 순간이동만이 삶의 목적이거나 죽을 때까지 가져갈 욕망으로 보였다.

김의몽金義夢.

아이에게 새 이름을 지어준 것도 유성용이었다. 김의몽은 검열의 까다로움과 기록의 신중함과 필사의 어려움을 안고 예문관에 응시하여 합격했다. 필력이 중후했고, 서체가 바르며 곧았다. 문장을 읽고 해석하는 사유가 좁지 않았다고, 시험을 본 뒤 감독관은 합격의 이유를 전했다. 감독관은 예문관 관직에 적합한 인재상을 갖추었다고 덧붙여 유성용에게 전했다. 세 해가 지난 일이었다.
 유성용이 나직이 말했다. 목에서 시작을 알 수 없는 시름이 묻어왔다.
"너의 말 속에 혁명이 들렸다. 위험한 말 인줄 모르느냐?"
"장계의 핵심을 짚고 종이에 필사할 때, 그 모두를 보았습니다. 황해도 현감들의 음모가 보였고, 고변에 적힌 세상은 두 갈래였습니다. 하나는 사대부의 탐욕으로 멍든 세상이었고, 다른 하나는 혁명으로 일으키는 대동 세상이었습니다. 두 세상은 사적 욕망과 공화를 놓고 서로 엉키며 뒤틀려 있었습니다."
 유성용이 손바닥으로 이마를 짚었다. 어디까지 응교를 데려가야 할지 알 수 없었다. 버릴 수 없는 까닭이 더 가깝고 분명한 것도 알았다. 유성용이 대답했다.
"노아의 방주를 떠올렸다. 혁명과 징벌을 놓고 무엇을 결정해야할지 망설였다."
"방주의 실체를 증명하자면 저와 함께 가서 볼 수 있습니다. 산중에 얼음으로 덮여 있어 분간하기는 어려울 것입니다."
"천년이 훌쩍 지난 일이다. 지금까지 방주가 썩지 않고 남아 있는 게 이상하지 않느냐?"

응교는 순간이동으로 방주가 있는 곳을 다녀왔다고 했다. 구약의 기록에 따라 예루살렘 산기슭에서 출발한 방주를 추적한 끝에 높은 히말라야 산맥에서 발견되었다고 했다. 눈 속에 덮인 방주는 낡고 허물어져 골격만 남아 있었으며, 그마저 얼마 가지 않을 것 같았다고 응교는 전했다.

중요한 건 방주의 실체가 아니나 정여립을 둘러 싼 대동 세상이었다. 그 세상을 목표로 한 혁명과 징벌이었다. 탐욕과 권력에 눈 먼 자들을 앞세워 누가 살아남고 누가 죽어갈지 알 수 없었다. 공화의 논리는 노아의 방주 같은 혁명과 징벌의 의도를 깔고 왔다. 한쪽에서는 반역과 전복과 내란의 비준이라고 떠들어댈 만도 했다. 음모와 조작일 가능성을 놓고 고심하더라도 걷잡을 수 없는 피바람은 예고되었다.

유성용이 물었다. 밤이 늦어도 유성용의 눈은 매를 닮아 있었다.

"정여립의 도참이 고변의 핵심이다. 알아봤느냐?"

응교가 주저 없이 대꾸했다. 목에서 문장을 해독하는 예문관의 날카로운 추론과 원관념을 짚어내는 검열의 직관은 정직하게 들렸다.

"장영실의 대간의에서 시작된 별자리 관찰이 정여립의 도참으로 이어졌을 것입니다. 장영실과 정여립은 각기 살던 시대는 달라도 대동 세상을 생각하는 마음은 같아 보였습니다."

 왕가의 비기에서 정여립에 관한 단서를 찾을 수 없었다. 장영실의 기록을 들추어도 정여립과 연관된 흔적은 보이지 않았다. 왕가의 비기는 사실됨의 정직과 돌연한 삶들의 단면들만 솔직한 감성으로 기록할 뿐이었다. 정여립이 별을 관장하는지 그마저 비기에는 들어 있지 않았다.

 기침 끝에 유성용이 말했다. 유성용은 정여립을 빌미로 조선 땅에 들이닥칠 외세를 두려워하는 것 같았다.

 "장영실과 정여립을 대동 세상 하나로 묶을 수 있는가? 그래야 하는가?"

 문제의 핵은 장영실도 아니며 정여립도 아니었다. 황해도에서 기획된 장계가 품고 있는 고변의 진실이었다. 알 수 없고 볼 수 없는 반역을 미리부터 재단하여 사직에 올린 것은 반역을 막으려는 취지보다 조선을 불구덩이에 밀어 넣으려는 의도가 더 크게 보였다.

 응교가 대답했다. 목에서 더운 바람이 불어가는 것을 알았다.

 "고변의 두려움은 누가 죽고 사는 것이 문제가 아닙니다. 동인과 서인으로 갈라선 붕당이 괴멸되면 그나마 둘로 나누어진 것이 몇 갈래로 흩어질 수 있으므로 위험한 것입니다."

불멸의 인연

유성용이 고개를 끄덕였다. 멀리에서 보면 점에 불과한 것을, 무엇에 견주어도 보풀보다 못한 붕당을 지켜야하는 까닭을 알 수 없었다. 답답하고 막막했다. 풀 수 없는 실타래가 희끗한 먼지를 일으키며 머릿속에 굴러다녔다.

*

 보풀의 선택에서 점들의 집중으로, 점들의 집중에서 색깔의 갈등으로, 색깔의 갈등에서 국가적 분열로 이어지는 붕당의 최선은 늘 최악이었다. 괴물들이 세상을 갉아먹는 시점에 유성용은 강녕전의 임금을 생각했고, 정여립의 머릿속에서 걸어 다니는 공화의 임금을 떠올렸다. 두 임금이 머리를 맞대고 조선을 다독이면 좋으련만, 천년이 지나도 그런 일은 일어날 것 같지 않았다.
 유성용이 한숨 끝에 말을 뱉었다. 답답한 마음이 숨소리에 섞여 나왔다.
 "세상의 분열, 이것이 가장 두려운 까닭이다. 황해도 현감들의 장계는 사직을 지탱하는 붕당을 불구로 만들고, 어지러운 때에 바다 건너 일본에게 기회를 줄 수 있기 때문에 위험한 것이다."

붕당의 괴물을 지지할 수밖에 없는 현실이 안타까웠다. 외세를 견디기 위해서라면 그보다 더한 괴물도 끌어들여야 할 것 같았다. 유성용은 시국의 위태를 머릿속 짐작이 아닌 전망과 직관으로 예감하는 것 같았다.

해안가 변방에서 올라오는 장계만 보더라도 예상을 뒤엎는 수위로 밀려왔다. 섬나라 해적들의 난입과 정규군의 출몰은 짐작할 수 없는 배후를 깔고 밀려왔다. 이를 바라보는 조정의 측도는 늘 한결 같았다. 해적의 숫자도 제대로 파악하지 못했고, 정규군의 숫자가 얼마가 되는지 그마저 알지 못했다. 해적과 정규군은 늘 동일한 적이었고, 동일한 적대감정으로 대했다. 비판과 대안 없이 설전으로 소모되는 붕당의 허점들은 보풀과 점들의 전쟁 이상 보이지 않았다.

점들의 전쟁에서 살고 죽는 건 의미가 없었다. 현실적인 대안을 찾는 것이 시급했다. 유성용이 덧붙였다.

"무어가 됐든 절제와 수습이 불가피한 사건이다. 비변사에 발을 디딘 것도 『풍비록蠱秘錄』을 보기 위해서였다."

응교의 짐작과 다르지 않았다. 유성용은 응교의 직관과 동일한 곳을 바라보는 듯했다. 왕가의 비기 『풍비록』을 참고하여 정여립의 도참을 장영실에서부터 추적하는 응교의 사유를 유성용은 알았다. 도달할 수 없는 곳을 응교는 늘 한산한 바람을 타고 다녔으므로, 정여립의 도참이 별의 운행과 관련이 있는지는 응교만 알지 싶었다.

응교가 대꾸했다. 목에서 파란 하루살이가 떠갔다.

"왕가의 비기만으로 부족한 것 알았습니다. 그러잖아도 정여립을 보기 위해 떠나려던 참이었습니다."

고변의 두려움은 백성이 선택한 임금 아래 살아가는 세상일 것인데, 그 세상이 공화로 이룰 수 있을지 알 수 없었다. 알 수 없는 자리에 놓인 응교의 직관은 결국 대동 세상을 말하고 있었다. 혁명과 징벌을 생각할 때 황해도 현감들의 장계는 정여립 하나로 끝나지 않고 조선을 위협하는 일본에게 기회가 될 때 가장 위험한 것도 응교는 알고 있는 듯했다.

"이 밤에 떠나려 하느냐?"

"며칠 걸릴 것입니다."

유성용이 고개를 끄덕였다.

"뒷일은 감당하지 않아도 될 만큼 손을 써놓으마."

별자리의 위치를 바꾸고 별이 들어서는 자리와 별이 떨어지는 때를 관장하는 정여립의 능력은 어디까지 사실이며 어느 것이 허상일지 알 수 없었다. 정여립의 혁명은 별에서 시작되고 별자리의 취지에 따라 달라질 것이므로, 응교의 안목과 견해는 중했다.

응교가 말없이 유성용을 바라봤다. 유성용의 입에서 누구도 알아서는 안 될 금기가 들려왔다. 응교가 숨을 멈추었다. 눈빛이 한곳을 향할 때 유성용은 조용히 비밀을 입에 머금었다.
"가장 중한 것은 바람의 사제들이 품고 있는 정체이다. 정여립과 손잡고 있다고 들었다. 은밀하며 소리가 없는 자들이 찾아들었다가 사라진다고 했다."
 어디에서 시작되며 어디로 가는지 누구도 알 수 없었다. 단 한번 마주한 적이 없는 바람의 사제들이 품은 정체를 유성용은 응교에게 부탁했다. 유성용의 부탁은 명과 다르지 않았다. 금기 중에 금기를 입에 올리는 것부터가 목과 숨통을 거는 소임이었다.
"의몽아, 성씨는 달라도 너는 내 아들이다."
 …어디에서도 드러나선 안 된다. 드러나는 순간 죽은 목숨이다. 아들아…….
 유성용은 뒷말을 삼켰다. 시린 바람이 불어갔다. 응교의 눈에서 눈보라를 뚫고 오는 아이가 보였다. 아이를 보듬는 유성용이 보였다. 물살에 휩쓸려가던 아비와 어미와 형과 아우가 보였다. 모두는 한통속이 되어 응교의 눈 속에 남아 있었다.
 응교가 말없이 허리 숙였다. 비변사 전각 너머에서 부엉이가 울었다. 속절없는 새 울음이 허허벌판 같은 응교의 가슴을 찌르며 멀리 날아갔다. 유성용이 무거운 걸음으로 돌아섰다. 장고 안으로 바람이 불어갔다. 응교의 옷자락을 흔드는 빗소리가 멀리에서 들려왔다.

격정의 땅

 응교의 순간이동은 평면의 공간을 둥글게 구부려 출발 지점과 닿을 지점이 서로 닿는 게 핵이었다. 응교는 순간이동을 공간의 분할이라고도 말했다.
 순간이동은 빠르고 정확했으나 시간을 건너 뛸 수는 없었다. 시간과 공간은 별개의 것이므로, 어디를 찾아 가든 모든 순간이동은 동시同時의 공간상에서만 가능했다. 시간을 거스르거나 뛰어넘을 수 없는 한계가 오히려 좌표를 정하기 편했다. 정해진 좌표를 따라 서 있는 공간을 이탈하여 특정 공간으로 이동하는 것이었는데, 순간이동은 공간의 무한한 나눔에서 왔다.
 순간이동이 시작되면 머릿속에 집중된 힘이 사지로 뻗어갔다. 극도의 팽창과 전율을 싣고 떠나는 순간이동은 공간을 분할하는 신체의 속도에서 왔다. 머리칼이 일어서고, 팔뚝에 자란 잔털이 휘날리면 빛의 속도로 몸은 뻗어갔다. 원점과 이동 지점을 동시에 바라보는 관점은 몸이 나누어지지 않고서는 불가능한 일이었다.

통증 없이 원하는 곳으로 몸을 보낼 때는 한곳을 바라보며 이동해야 했다. 도중에 균형을 잃거나 좌표를 벗어나는 일은 없었다. 그만큼 짧은 시간에 이동하는 것이므로 한순간 잘못되면 수천수만 리를 벗어난 곳에 내려설 수 있었다. 그 때문에 수천만 개의 좌표를 숙지해야 했고, 이것은 책을 읽을 때 낱장을 넘기는 것에 불과했다.

정여립을 찾아 나선 순간이동은 순조로웠다. 찰나의 시간에 응교는 왕가의 비기를 생각했다. 순간이동에 관한 기록은 아직 진행되지 않았는데, 어떤 방식으로 서술해야할지 아득하고 막막했다. 순간이동의 정체는 해석의 문제가 아니라 공간과 공간의 분할에서 이동할 때의 속도와 얽힌 고차원의 문제를 안고 있기 때문에 까다롭고 어려웠다. 출발 원점과 도착 지점 간의 거리는 시간과 비례하는 것인데, 멀면 멀수록 많은 시간이 소요되는 것이 원칙이었으나 지상 어디를 이동해도 느껴지는 시간은 항상 무無였다. 시간과 거리가 무화된 순간이동은 논리로 성립되지 않는 비논리의 모순된 상황을 보여줌에도 언제나 원하는 곳으로 이동 가능했다.

  중력과 마찰력도 생각해야했다. 대기를 가르는 모든 사물은 중력에 장애를 받았다. 마찰력으로 데워지거나 달구어지는 게 정확했는데, 응교는 단 한번 순간이동을 하면서 몸이 뜨거워지는 것을 느끼지 못했다. 거친 바람을 느끼거나 거센 물길을 느낀 적도 없었다. 몸이 뒤로 젖혀지거나 손에 쥔 사물을 놓친 적도 없었다. 더 정확하게는 이쪽의 강아지를 안고 저쪽으로 이동할 때 강아지는 아무런 영향을 받지 않았다. 응교의 순간이동은 누구라도 손을 잡으면 함께 이동할 수 있었다.

  생각의 접점은 강아지를 데리고 순간이동한 자리에 닿아 있었다. 생각 속에 강아지를 서둘러 돌려보낸 뒤 응교는 정여립이 있을 만한 곳을 찾아다녔다. 좌표를 더듬어 눈 깜짝할 새에 당도한 곳은 전라도 금구$_{金溝}$였다. 일흔다섯 곳의 좌표 가운데 정여립이 서 있는 자리를 찾기란 손바닥을 바라보듯 쉬웠다.

*

  금구로 이어지는 만경강 물길은 조용하고 느렸다. 까마득한 지평선 끝으로 스며들 때, 물길은 흐르고 흘러 바다로 가는지

산으로 가는지 알 수 없었다.

 물길을 바라보는 정여립의 표정은 무겁고 싸늘했다. 갓을 쓰고 도포를 입었어도 정여립은 눈매가 날카롭고 키가 장대했다. 어깨가 넓고 팔뚝이 굵었으며, 주먹을 쥐면 아이 머리통만한 손아귀에서 솔바람 소리가 들려왔다. 머리에서 발끝에 이르는 체구는 다부지고 우람했다. 말할 때 무거운 퉁소 소리가 들려왔다. 곁에 변숭복이 서 있었다.

"황해도 현감들이 장계를 올렸다는 말이 사실인가? 무엇 때문에……."

 정여립은 숨이 차오르는 것을 알았다. 혈압이 머리끝까지 솟는 것을 느꼈다. 무엇이 잘못되어도 한참이나 잘못됐다는 기분이 들었다. 짐작할 수 없는 장계는 정여립의 직관을 타고 머리끝까지 올라왔다.

 변숭복이 대답했다. 변숭복은 긴장한 듯 말을 더듬었다.

"대동계가… 반란의 주모로 둔갑하여… 사직을 들끓게 하고 있다 합니다."

 말끝에 숨통을 죄어오는 것을 정여립은 알았다. 변숭복의 눈동자가 흔들렸고, 하늘이 무너지는 한숨소리가 들렸다. 정여립은 사지가 얼어붙는 것을 알았다. 전라도의 무사와 선비들이 모여 만든 대동계가 반란의 주모라니…….

어이가 없었다. 기가 막혔고, 어깨가 떨려왔다. 국경 너머 여진과 바다 건너 왜적이 언제 쳐들어올지 모르는 판국에 전쟁을 예비하는 것이 반란을 도모하는 것이라고 말하고 있었다. 변숭복의 낭보는 모두를 대역 죄인으로 만들고 악의 구덩이로 몰아넣고 있었다.

정여립의 목에서 끓는 소리가 새어 나왔다.

"어려운 때를 대비해 사람들을 모아 활쏘기를 한 것이 역모이며 반란이란 말인가? 왜적이 전라도 해안가를 휩쓸고 다닐 때, 누가 목숨을 내놓고 나가 싸웠던가? 기껏해야 천 명 안팎의 숫자로 반역을 들먹인단 말인가?"

변숭복이 붉은 눈으로 정여립을 올려 봤다. 변숭복은 울먹였다. 젖은 목에서 물기가 떨어져 내렸다.

"군정이 문란하고 재력이 탕갈되는 때에 민간에서 떠도는 항의를 무마하고자 전라도와 황해도의 대동계를 역도로 몰아가고 있습니다. 동서인 뿐만 아니라 항간의 현감들조차 두려운 눈으로 대동계를 바라보고 있습니다."

정여립은 왕조의 그늘 아래 신음하는 백성을 생각했다. 사대부들에게 땅과 토지가 집중되면서 몰락하는 양민과 농민들을 생각했다. 비선들의 실세와 권력 놀음에 흔들리는 사직을 생각했고, 천길 만길 낭떠러지로 추락하는 민심을 생각했다.

백성들에게 빼앗은 것을 되돌려주어도 모자랄 판에 모반이라니……. 비선과 실세들의 과오를 돌이켜도 부족한 판에 역모라니……. 지나가는 어린 아이가 웃을 지경이었다.

*

계미년(癸未年, 1583) 정월 여진족 장수 니탕개尼湯介의 반란을 실감한 정여립은 대동계의 당위를 조선의 땅과 백성에서 찾아냈다. 함경 경원부 아산보에서 우을지의 거짓 격문에서 시작된 니탕개의 난은 유혈이 흥건한 살육으로 끝을 맺었다.

준비 없는 전쟁은 그림자와 싸우는 것과 다르지 않다는 것을 머리에 새긴 것도 그 때문이었다. 준비하지 않으면 늦어질 수밖에는 없는 교훈을 정여립은 단 한번 잊은 적이 없었다.

바다 건너 해적들이 수시로 넘보는 상황에 대해, 정여립은 스승 이이의 십만양병설을 신뢰했다. 일찌감치 방비를 해야 한다는 것도 알았다. 정해년(丁亥年, 1587) 늦가을에 풍신수길이 규슈를 정벌하고 일본 전역을 평정했다는 소식은 불길하고 불안한 징조로 들렸다. 닌자忍者와 무사들이 득실거리는 섬나라가 한 명의 장수 아래 집결했다는 소식은 바다 건너 대륙 정복을 위한 전초전으로 들려왔다.

수길이 대마도 영주 요시시게를 사신으로 보내온 것도 염탐 이상 있지 않았다. 화친의 얼굴로 야욕을 품은 수길의 속셈을 읽으면서 정여립은 신묘(辛卯, 1591)와 갑오(甲午, 1594)년 사이에 조선을 침략할 것을 내다봤다. 임진년(壬辰年, 1592)이거나 계사년(癸巳年, 1593)이 될 것인데, 조선 사직에 통신사를 요청한 것도 전쟁 준비를 위한 시간 끌기에 불과했다.

정여립은 목이 타들어가는 것을 알았다. 목이야 타서 재가 되어도 상관이 없겠지만, 나라가 화염에 덮이고 백성을 불구덩이에 밀어 넣는 환란과 수모만큼은 사전에 방비해야 했다. 그것이 군신의 예를 지키는 신하된 자의 도리였다.

정여립이 말했다. 조선을 근심하는 말은 미움 받는 자신을 위로하는 말이기도 했다.

"스승이 주장한 십만 군사는 기르지 못할지언정 자강의 뜻을 쥐고 모여든 자들을 짓밟을 속셈인가? 때가 되면 목숨을 내놓고 적 앞에 나가 싸울 자들을 욕보여도 되는 것인가? 이것이 나라인가?"

정해년에 정여립은 일본의 야욕을 한 차례 경험했다. 그해 가을 전라도 손죽도를 침략한 일본 해적은 조선의 장정을 찌르고 아녀자를 베었다. 가축과 곡물과 살아남은 인력을 배에 실었다. 정여립은 전주부윤 남언경과 출정하여 해적 무리를 소탕하면서 멀리 내다봤다. 이번 침략으로 돌아갈 해적이 아님을 알았다. 더 멀리 본진을 둔 일본 영토에는 정규군이 속속 집결하고 있는 것도 직감했다.

스승의 십만양병설은 단순히 일본에 대한 적대감정이 아니라 구체적인 전술과 전략 차원에서 내다본 대안이었다. 오래전 스승은 꿈속을 걷는 아이가 꿈에 다녀갔다고 했으나 정여립은 그 말을 믿지 않았다. 그 아이는 세상을 뚫어보는 심미안의 아이와 함께 왔다고 했으나 정여립은 그마저 믿지 않았다. 스승은 심미안의 아이로부터 임진년 왜란으로 많은 백성이 죽어가며, 유물과 문화와 기록이 도난당하고 소실될 것을 전해 들었다고 했다. 정여립은 스승이 전한 꿈속의 예언마저 귓속에 삼키고는 입에 올리지 않았다.

정여립은 스승이 십만양병설의 당위를 꿈에 의존한 것이라면 그만큼 절박하지 않다고 판단했다. 꿈은 아무리 정교하고 사실에 가까워도 꿈일 뿐이며, 꿈속에 나타난 아이들의 말을 들어줄 만큼 정여립은 한가하지 않았다.

서인으로의 전향은 생각보다 큰 미움으로 되돌아왔다. 정략과 정계를 거슬러 동인에서 서인으로, 서인에서 동인으로 건너가는 사례는 허다하고 넘쳤다. 모두가 한 배에 오른 자들끼리 분당하여 서로를 옳다고 내세우는 것도 우스웠다. 꺾인 쇠 조각이 되어 돌아올 것을 예감하지 않은 것은 아니었으나 반역과 역모를 덮어 씌어 되돌아 올 줄은 조금도 생각할 수 없었다.

정여립이 낙향을 서두는 시점에 그 모두는 기획되었을 것이고, 이조전랑 자리를 놓고 다투는 것도 지겨웠을 때였다. 스승과는 뒤틀릴 대로 뒤틀린 감정으론 무엇도 소통할 수 없었다. 엉킨 실타래 같은 정서로는 스승과 결별을 결심할 수밖에 없었다. 정여립은 스승과 유대를 끊는 대신 현실에서 구국을 원했다. 심심산골에 백도라지꽃이 피든 말든 외세를 방비하고자 했다.

정여립은 깨끗한 마음으로 몸을 지탱하며 살고 싶었다. 대동이란 나누는 것이며, 공화란 남의 것을 탐내지 않는 순수를 말하므로, 태어난 자리로 돌아와 베풀고 나누는 삶을 살고자 했다. 그 이상 바라지 않은 것이 오히려 화근이 되었다면 해줄 말이 많았다.

정여립의 입에서 날숨이 새어 나왔다. 숨소리가 거칠고 말 속에 뼈가 들려왔다.

"대동계는 지금까지 단 한번 남의 것을 넘보거나 뺏은 적이 없네. 대동은 밤하늘 별처럼 평등하게 주고받으며 서로 나누자는 것. 대동 세상은……."

대동 세상은 휘황한 세상을 가리키거나 찬란한 세상을 말하는 게 아니었다. 가진 자 베풀고, 가질 수 없는 자 나누는 세상이었다. 아는 자 가르치고, 무지한 자 배우는 세상이었다. 말할 수 있는 자 그 세상의 언저리에서 살아가고, 말할 수 없는 자 그 세상으로 건너가야 할 까닭은 일천 가지 속박과 억압이 말해주었다.

 그 세상의 모두는 저마다 삶과 죽음의 감성을 쥐고 살아갈 것인데, 가혹하거나 시리거나 애틋하거나 뜨거워도 나눌 수밖에 없는 운명은 생존이 절박한 땅을 벗어나 대동의 뜻을 일구며 생장하길 바랐다. 말하는 자의 전통을 무마하고, 말할 수 없는 자의 누명을 하늘 높이 띄워 공화의 언덕에서 살아가길 바랐다. 그와 더불어 파란 여름 꽃을 틔우거나 얼어붙은 빙천의 하늘 아래 흰 누에 같은 삶이길 바랐다. 더러 잎 지는 가을을 견디며 겨울 너머 환한 봄날로 오면 그 또한 좋았다.

대동의 꽃

 대동은 혹한에 피는 겨우살이이거나 짧은 생의 하루살이가 아니라 긴 여정으로 이어질 해방이었다. 그 세상의 모두는 한나절의 꿈이 아닌, 사계를 가로질러 저마다 찬란한 해방으로 이어져갈 세상이었다.

 대동계는 전라도와 황해도를 거점으로 뻗어나갔다. 황해도 안악의 변숭복·박연령, 해주의 지함두, 전라도 운봉의 승려 의연이 합세했다. 정여립은 모여든 사람들과 함께 천하를 공유하고 나누기를 희망했다. 그 뜻을 이룰 임금을 섬기고자 언약한 것은 사실이었다.

> … 천하는 공공의 물건[天下公物]이며, 누구를 섬긴들 임금이 아니랴[何事非君].

국경 너머 전국시대 왕촉과 맹자의 발언을 인용하면서 정여립은 조선의 왕조를 부정하는 것이 아니라, 먼 후대 평등한 백성의 왕조를 건설하고 싶어 했다. 대동계는 혁명의 의미를 지녔다. 동시에 눈앞에 밀려온 외세를 방비하기 위한 책략이었다. 멀리 내다본 대안으로는 적정했다.

스승 이이의 십만양병설은 현실을 뚫고 실현하기에 어려움이 많았으나 말뿐인 주장은 허구에 지나지 않았다. 대동계는 그 자체로 구국의 실천이었다. 고작 천 명에 이르는 민간 조직에 불과했어도 구국을 기약한 연대였다. 이이의 십만 병력은 입속에 파묻히거나 허공에 흩어지는 무늬에 지나지 않았다. 대동계는 조선을 지키려는 결의와 대동의 뜻을 품은 동맹이었다. 스승과 결별하였어도 정여립은 대동계 하나로 스승과 뜻을 함께하고자 했다. 스승에게 버려졌어도 외세로부터 조선만큼은 지키고자 했다.

정여립이 조용히 물었다. 목에서 퉁소소리가 들렸다.

"장계에 무어라 적혀 있다던가?"

변숭복이 생각에 잠겼다가 말했다.

"정여립의 사기(事機 : 일이 되어가는 가장 중요한 기틀)가 자못 사람들 사이에 퍼질 것이 두려워 변란을 꾸미고 있다 합니다. 다가오는 겨울에 서남지방에서 일시에 군사를 일으킬 것이라 합니다. 여기에 한강이 얼어붙으면 한양으로 밀고 올라가 무기고를 불태우고, 강창(江倉)을 점거하려 준비하고 있다 합니다. 그것으로 모자라 도성에 배치한 심복으로 내응하고, 자객을 보내 대장 신립과 병조판서, 병마절도사와 방백(관찰사)을 살해하기로 약조하였다 합니다. 대사헌을 사주하든 어쩌든 전라감사와 전주부윤을 파직시키고 그 틈을 타 일제히 일어서기로 기획했다 합니다."

입에 올리기 두려운 말이 변숭복의 말속에 들렸다. 말의 시작이 임금과 삼정승과 육승지와 의금부 당상들의 귀에까지 들려갔을 것이다. 임금이 주재한 중신회의에서 가장 우선하여 논하였을 것이다. 임금은 말의 가벼움을 떨치고 무거운 의중으로 판단하였을 것이다.

생각은 생각을 밀고 멀리 임금이 있는 자리까지 밀려갔다. 돌아온 생각은 두렵고 막막했다. 정여립의 목에서 탁한 신음이 새어 나왔다.

"황해도 현감들의 장계는 사실과 다르지 않은가? 어찌 대동계가 사람들 입에 퍼지는 게 두려운 일인가? 어떻게 대동계를 이끌고 반란과 역모를 계획할 수 있단 말인가? 있을 수 없는 일이네."

변숭복은 다급하고 숨찬 목소리로 덧붙였다.

"모함이란 건 저도 알고 있습니다. 몸을 보전해야 훗날을 기약할 수 있습니다. 위관으로 정언신을 임명했습니다. 체포령과 함께 정언신에게 우의정 직함을 내렸습니다. 선전관과 금부도사를 전주로 급파했습니다."

한 치 예고 없이 들려온 변고는 정여립의 숨통을 죄어왔다. 숨 가쁘게 돌아가는 상황이 사전에 계획되지 않고서는 있을 수 없다는 것도 알았다. 붙들리면 살아남지 못할 것도 내다봤다. 가족뿐 아니라 대동계 사람들마저 피를 볼게 분명했다.

혼자 살아남을 수 없다는 건 자명했다. 치욕을 안고 갈 수도, 수치를 악물고 갈 수도 없었다. 치욕과 수치를 생각할 때, 수위를 알 수 없는 모함이 변고에 묻혀 있는 것을 알았다.

*

강바람이 귓가를 스치며 지나갔다. 만경강 기슭에서 뻐꾸기가 울었다. 빈들에 나간 게으른 소가 시린 바람을 견디며 홀로 울었다.

모든 삶은 죽음을 유예하는 것이며, 모든 죽음은 생이 끝나는 곳까지 밀려가는 것이라고, 생각은 말했다. 죽음은 돌아올 수 없는 강을 건너가는 것이며, 죽음을 바라는 마음은 삶을 돌아보는 것보다 어려운 일이라고, 생각 끝에 정여립은 아들 옥남을 생각했다.

하나뿐인 자식은 날 때부터 준수하고 눈동자가 밝았다. 이름자 속에 박힌 구슬[玉]은 영롱한데, 거기에 왕자王字를 심은 까닭은 새 왕조의 창건을 암시하는 것이 아니라 민음에 귀 기울이기 위함이었다. 구슬처럼 깨끗한 백성의 소리를, 구김 없는 백성의 외침을, 솔직한 백성의 울부짖음을 가까이에서 들으라는 의미 이상 있지 않았다.

정여립은 울먹이지 않았다. 목에서 비통한 정서가 들렸다.
"아들과 함께 진안으로 갈 것이네. 마지막으로 마이산 너머 별을 보려하네. 별의 노래는 살아 한 번이면 족하지 않겠는가?"

아들과 멀찍이 솟은 마이산을 바라볼 때 정여립은 행복했다. 우람한 산 위로 떠오른 별을 헤아릴 때 아늑하고 정에 겨웠다. 마이산 위로 떠오른 별들이 손바닥 안에 놓일 때 아름다웠다. 모인 별들이 구슬처럼 반짝일 때 아들은 정여립의 손을 쥐고 초롱한 눈을 들어 올렸다.

정여립은 별을 모아 아들에게 들려주었다. 저쪽 하늘에 흩어진 별을 끌어와 이쪽 하늘에 배를 지었다. 목성을 끌어와 별의 세기와 크기를 보여주었다. 얼어붙은 토성의 대기와 소용돌이치는 구름을 아들의 눈에 심어주었다. 수천수만 개의 별을 불러와 기둥을 세우고 팔각지붕을 얹어 궁극의 전당을 보여줄 때 정여립의 가슴은 조용히 뛰었다.

… 생의 기억을 지우고 세상에 남긴 흔적을 지우는 곳이다. 죽은 자의 권리로 갈 수 있는 최상의 영예이며, 모두는 평등의 원칙 아래 새 이름을 얻는 곳이다.

아들이 그 말의 신화를 믿든 말든 정여립은 아들과 전설이 된 문을 지나 신화가 된 거룩한 궁전을 눈에 새겼다. 별이 만들어내는 각양의 이야기와 무늬와 노래는 아들의 눈에 오래도록 떠다녔다.

*

별의 노래.

변숭복은 그 말을 이해할 수 없었다. 어두운 그림자가 별 속에 보였다. 정여립의 마지막 행로가 진안의 별에 있다는 것만으로 변숭복은 안도했다. 변숭복의 계획이 어디까지인지 알 수 없으나 황해도 현감들의 장계에 박힌 고변을 소상히 알려

줄 때, 변절한 것을 알았다.

 황해도 안악에서 사흘 만에 달려온 변숭복이 장계를 소상히 아는 것이 이상했으나 정여립은 무엇도 의심하지 않았다. 변숭복은 변범邊汜으로도 불리었다. 안악의 교생으로 다툴 때 용맹했고, 세상을 바라볼 때 사리와 분별을 망각하지 않았다. 활을 쥐면 떨리는 시위를 고르게 당길 줄 알았다. 정여립과 의기투합하여 함께 거사를 세웠다. 은밀히 박연령과 합세했다. 지함두와 연대하면서 황해도 일대를 규합했다. 이 사실은 변숭복 말고는 누구도 알지 못했다. 안악현감 이축, 재령현감 박충간, 신천현감 한응인이 알고 있는 것만으로 밀고자이거나 변절자일 가능성이 많았으나 정여립은 오히려 변숭복을 위로했다.

 "여기까지 쉬지 않고 달려오느라 애썼네. 멀리 마이산이 보이는 죽도에 있을 것이네. 아프지 말게. 고통을 고통으로 다스리는 게 대동이네."

 변숭복을 다그치지 않은 까닭은 열 가지가 넘었다. 대동계의 시작을 알릴 때부터 변숭복은 정여립 곁에 있었다. 전라도 곳곳에서 사람들을 불러 모을 때도 변숭복은 함께했다.

 피를 나눈 동지는 돌아서도 적이 될 수 없었다. 동지는 적이 되어도 죽은 순간까지 동지로 남았다. 동지 대 동지의 삶은 끈적이는 피 같지 않고 어디에서든 다시 만날 수 있는 물 같아서 좋았다. 동지는 흩어져 있어도 밤하늘 별 같아서 동지였다. 어디서 무엇이 되어 만나도 동지는 한줄기 바람 같아서 동지였다.

정여립은 도피가 아니라 마지막 안식을 위한 자리가 필요했다. 어디로 갈지 변숭복에게 알리는 것은 알아서 찾아오라는 뜻이었다. 변숭복도 정여립의 마음을 모르지 않았다. 아내와 자식을 생각하면 선택의 여지는 많지 않았다. 이미 정여립은 동인의 표적이 되어 있었다. 조헌은 일찌감치 정여립의 반역을 점치고 있었다. 그 와중에 정철의 사주는 정계로 나아갈 절호의 기회였다. 변숭복은 정철의 입김을 피할 수 없었다. 정철의 머리 위에 앉은 송익필의 눈길은 더 피할 길이 없었다.

거역하면 함께 매장될 것이고, 흔적 없이 도륙될 것도 변숭복은 내다봤다. 죽을 이유보다 살아남아야 할 명분은 거센 고통이었다. 고통 없이 살아갈 수 없는 조선 땅에서 정여립은 변숭복의 처음부터 마지막까지 삶의 대동이었다.

변숭복은 마음이 찢기는 것을 알았다. 정여립을 바라보며 흐르는 눈물을 감추지 않았다. 변숭복의 한마디는 가슴을 도려내는 아픔으로 왔다.

"곧 따라 가겠습니다."

정여립은 돌아서다 말고 변숭복을 바라봤다. 그제야 변숭복의 뜻이 보였다. 변절과 신의 사이에서 갈등하는 변숭복의 마음이 보였다. 작정하고 몰아간 반역을 정여립 하나로 끝내려는 변숭복의 변절은 변절이 아니라 대동이라는 것을.

… 곧 따라 가겠습니다.

변숭복의 말 속에 정여립이 가려야할 진위는 없었다. 그것으로 족했다. 정여립은 대꾸 없이 돌아섰다. 뒷모습이 허랑한 바람 같았다.

*

멀리에서 돌아서는 정여립을 바라보며 예문관 응교가 고개 숙였다. 돌아가는 변숭복을 바라보며 응교는 신음했다. 정여립에게 더 들어야 할 이야기가 남아 있는지, 변숭복의 고통을 더 들어주어야 할지 알 수 없었다.

해가 떠오르자 오목한 자리를 휘돌아가는 물길 위로 새들이 날아들었다. 만경강 석양은 붉고 찬란했다. 바다로 나아갈 길

대동의 꽃

을 물어 물길은 조용히 지평선을 향해 뻗어갔다. 지평선 너머에서 붉게 물든 산 그림자가 아침노을 속으로 뛰어들면 물길은 먼 곳에서 가까운 곳으로 빛을 실어 날랐다.

  새들이 돌아간 물 건너편에 아이가 보였다. 피리소리가 들려왔다. 흰 점들의 구름이 하늘을 건너왔다. 세상이 물 위에 떠오르는 듯했다. 만경강 아침노을은 어느 때보다 붉고 선명했다.

피리 부는 소년

 해가 번져가는 만경강 물길에 징검다리가 보였다. 마고할미가 혼자 공기놀이를 하다 물길에 던져둔 바위는 가벼워 보였다. 물안개가 피어올랐다. 안개를 뚫고 징검다리를 건너오는 아이의 모습은 헛것 같았다.
 머리를 뒤로 묶은 아이는 앞섶에 노리개를 달고 있었다. 푸르스름한 옥돌에 섬섬한 매화가 조각된 노리개였다. 실한 오색실로 끝을 늘어뜨려 눈길을 끌었다. 노리개를 바라보는 응교의 눈이 흔들렸다. 어디서가 본 듯한 노리개였다. 오래 묵어 보였으나 장인이 빚은 물건임에 들림 없었다.
 아이가 응교 앞으로 걸어왔다. 부르지 않았는데도 아이는 응교에게 할 말이 있는 듯했다. 거리낌 없이 무뚝뚝한 얼굴로 응교를 바라보며 아이가 씽긋 웃었다. 시키지도 않은 일을 하면서 아이는 느긋한 표정으로 응교를 쓱 훑어봤다. 응교에게 용건이 있거나 볼 일이 있는 얼굴이었다. 아이가 꼿꼿한 목으로 말을 걸어 왔다. 아이의 목에서 오래 묵은 댓잎 향이 밀려왔다.

"예문관 응교 김의몽. 나이 스물 셋에 고향은 강릉이며 유성용 대감의 부름을 받고 순간이동으로 지금 여기에 와 있습니다."

알 수 없는 아이의 중얼거림은 의외였으나 응교는 놀라지 않았다. 찬찬히 아이를 바라봤다. 생각할 수 없던 정서가 아이에게 밀려왔다. 장난이 아닌 것 같았다. 오랜 시간을 견뎌 온 느낌은 말하지 않아도 알았다.

등짝을 타고 식은땀이 내려갔다. 돌아서는 정여립의 뒷모습이 지워지지 않았으나 아이는 응교의 기분 따윈 상관없는 듯했다. 응교가 차분한 속도로 물었다.

"누구길래 나를 알고 있는 것이냐? 누가 보낸 것이냐?"

유성용이 보낸 것 같지는 않았다. 정철이 보냈을 리도 없었다. 황해도 현감들의 장계를 알고 있는 듯했다. 정여립이 대역과 반란의 주역으로 의심받는 것도 아는 것 같았다. 정여립의 위기마저 아는 것 같았다. 여린 몸으로 정여립을 도우러 온 것 같지는 않아 보였다. 예사 아이가 아닌 것만은 분명한데, 어디서 누가 보낸 아이인지 머릿속 어디를 들여다봐도 떠오르지 않았다.

아이가 말했다. 아이의 목에서 알 수 없는 의혹이 밀려왔다.

"저를 아시지요?"

불가사의한 아이는 대범하거나 뻔뻔한 대신 사람의 마음을 쥐는 경향이 있어 보였다. 함부로 말을 섞어서 좋을 것이 없을 같은데, 까닭을 알 수 없었다. 이럴 때 참을성 있게 말을 받아주면 만만하게 볼 게 틀림없었다.

응교가 불끈 화를 내며 퉁명스럽게 대꾸했다.

"본 적이 없다. 나를 아느냐?"

겁이라도 먹길 바라는 마음으로 목소리를 높였다. 그러거나 말거나 아이의 표정은 변한 것이 없었다. 점점 미궁으로 빠져드는 기분이 들었다. 오히려 즐기고 있는 건 아닌지, 조용한 말투부터 오랜 풍상을 겪은 어른의 감성이 보였다. 애어른 같은 아이가 대꾸했다.

"예문관 응교의 자격으로, 오래전부터 전해오는 숨겨진 기록에서 보았을 것입니다."

아이의 말은 이해와 시간이 필요한 듯했다. 생각할 수 없던 아이의 말을 곱씹으며 응교는 순간 머릿속이 하예지는 것을 알았다. 응교가 더듬거리며 겨우 대답했다. 응교의 입에서 다급한 정서가 밀려나왔다.

"숨겨진 기록, 설마……."

응교의 눈이 흔들렸다. 숨이 죄어왔다. 오감을 흔드는 아이의 말에서 응교가 느꼈을 무게는 생각보다 무거웠다. 하루치의 질량을 넘어 스무 해를 관통하는 무게를 감지하고는 응교는 입을 다물었다. 응교의 직관으로 풀 수 없는 문제는 그 하나뿐이었다.

왕가의 비기.

그 이상 있지 않았다. 그 이상 생각할 수 없었다. 응교는 다른 쪽을 생각했으나 머릿속을 돌고 돌아 결국 닿는 것은 한 가지 뿐이었다. 장고에 오랫동안 전해온 기록, 『풍비록』밖에 없었다. 침묵을 강요받고 세상에 드러날 것을 두려워하는 기록은 왕가의 비기 외에 존재하지 않았다. 비밀을 삼킨 엄중한 기록은 오랜 날 왕가의 역사와 함께 이어져 왔다.

*

고려 그 이전부터 모든 왕들은 역설의 힘으로 감추었고, 숨겨야 하는 운명으로 기록을 남겼다. 집필의 목적과 의도가 무엇인지 알 수 없으나 시대를 아우르는 왕가의 진실은 문장으로 남길 때 가장 극명했다.

 시대마다 불가사의를 기록에 남기는 것은 나라와 나라를 이어가는 연대기에서 결코 잃어버리거나 지워서는 안 될 의무이기도 했다. 왕가의 비기는 엄중하며 가혹한 의무로 지켜져야 했고, 철저한 비호 속에 묻혀 있어야 했다. 세상 밖에 새어 나가지 않아야 하므로, 깊이 감추고 드러나지 않도록 은밀히 숨기는 일은 임금들의 중한 왕업이기도 했다.

 응교가 한 차례 숨을 들이켰다. 천천히 내쉴 때, 아이의 가슴팍에서 흔들리는 노리개가 눈에 들어왔다. 그제야 응교는 머릿속에 왕가의 비기를 떠올리며 장서를 넘겨갔다. 노리개와 연관된 항목은 고려 말에 실려 있었다. 순간 놀라운 아이가 머릿속에 떠올랐다. 비를 뚫고 천둥이 쳤으며 우레가 아이의 머리에 꽂혀 들었다. 쓰러지는 아이가 보였다. 돌아갈 수 없는 과거로부터 볼 수 없는 미래를 왕래하는 아이의 운명은 점에서 시작되어 불꽃으로 떠올랐다.

 시간을 삼킨 아이.

 응교의 머리는 어디로 이동해야할지 생각할 수 없었다. 죽도로 가는 정여립을 바라보는 일은 황망했으나 아이의 출현은 그 모두를 까맣게 잊게 했다. 잊어야 하는 것조차 망각하도록 만드는 아이가 눈앞에 서 있었다.

응교가 차오르는 숨을 누르며 겨우 물었다. 응교의 입에서 아주 오래전 불리던 이름이 새어 나왔다.
"네 이름이……. 누오, 누오가 맞느냐?"
 아이가 말없이 고개를 끄덕였다. 그 아비가 누구인지 응교는 묻지 않았다. 먼 과거에 묻힌 정몽주를 깨워서 그 죽음에 덮인 누명과 고통을 아이에게 다시 일깨우고 싶지 않았다.
 그 밤에, 선지교를 건너던 아비는 무사가 휘두른 철퇴에 맞고 쓰러졌다. 아비의 죽음으로 아이는 세상이 무너지는 것을 알았을 것이다. 멀지 않은 자리에서 태조 선왕의 다섯 번째 아들이 그 모두를 지켜봤다고 했다. 나뭇잎처럼 흩날리던 회한이 응교의 귀에 또렷이 들려왔다.

> … 고려의 충신이 풀잎처럼 가는구나. 깨끗한 죽음으로 고결한 생을 통찰하니 아름답다. 그 깨끗함이 나와 손잡고 함께 갈 수 없으니 애통하다.

 기록을 거슬러 가는 동안 해가 소리 없이 기울어 갔다. 만경강 물 위에 내려앉은 석양은 부드러우면서 색깔이 고왔다. 누오의 눈동자를 가로질러 물고기가 뛰어올랐다. 물길은 해가 떠있거나 저물어도 한결 같았다.

만경강을 바라보는 누오의 눈은 아비의 죽음을 돌아보는 것 같았다. 틈 없이 아비의 죽음을 목격한 아이의 감정은 바윗덩이로 밀려왔다. 오랜 시간 누오는 무엇으로 견디며 살았을지 알 수 없었다.

 응교가 조용히 물었다. 응교의 목에서 아지랑이 같은 꿈이 떠갔다. 꿈속의 아이는 환상과 허상으로 돌았으나 생시의 누오는 조용하고 외로워 보였다.

"혼자 왔느냐?"

 수해로 부모와 형제를 잃은 자신보다 한 뭉치 울분으로 채워져 있을 누오의 고통은 클 것 같았다. 한줌 치정으로 머리가 깨져 죽은 아비를 둔 누오의 고통은 응교의 고통과 다를 것 같았다. 살아온 날마다 고통을 밀어내는 시간여행은 누오에게 희망이 될지 불운이 될지 짐작할 수 없었다. 생각할 수 없는 불모의 영역을 찾아 떠나는 누오의 시간여행은 응교의 머리로 상상할 수 없는 과거 비경과 미래를 담아오고도 안도할 수 없을 것 같았다.

 응교는 왕가의 비기에 잠겨 있는 돌연변이의 실존을 놓고 얼마나 많은 날을 짓무르며 흘려보냈는지 알 수 없었다. 순간이동의 변이를 몸에 지닌 까닭은 알 수 없으나 유성용이 아니었다면 온전히 살아갈 수 없었다. 세상이 물속에 잠기던 날 온몸을 찌르는 수천수만 개의 바늘이 응교의 머릿속에 가물거릴 뿐이었다. 어쩌면 누오와 동질한 우레에 감전되었을지도 몰랐다.

 사연과 곡절이야 어떠하든, 세상에 드러날 수 없는 초월의 아이들과 응교는 어느새 동지가 되어 있었다. 단 한번 볼 수 없는 아이들은 이따금 응교의 꿈에 나타나 손을 흔들었으나 다가가면 헛것에 불과했다. 꿈속을 걷는 아이는 꿈과 생시어디에서도 직면한 적이 없었다. 미상의 존재는 언제나 머리 위에 떠다녔다. 대교의 꿈에 나타나 궁극의 전당을 향하는 초입까지 갔을지는 몰라도 응교와는 무관한 곳에서 알 수 없는 꿈을 딛고 세상 어디든 돌아다니는 모양이었다.

 누오가 눈을 들어 응교를 바라봤다. 해거름 물빛이 아이의 눈동자에 맺혀 들었다. 시간에 맞춰 당도한 노을은 누오의 이마에서 발끝까지 조용히 번져갔다. 서두름 없이 누오가 말했다.

"손죽도에 홀로 버려진 아이가 있어 데리고 왔습니다. 해적들에게 부모를 잃은 아이입니다."

 정해년 가을 전라도 해안가 손죽도에 출몰한 일본 해적은 잊을 수 없었다. 임금도, 유성용도, 응교의 머리에도 대나무처럼 꼿꼿이 남아 있었다. 생각할 때마다 흔들리는 잎사귀가 눈과 귀에 선했다. 전주부윤 남언경의 요청으로 정여립이 대동계를 이끌고 출정한 것도 잊을 리 없었다.

전라도 해안을 급습한 해적은 오백 명에 불과했어도 막지 못했다면 어디로 번져갈지 모르는 불운한 시기였다. 조선 전역을 휩쓸어 가면 쉽게 가라앉힐 수 없는 기세였다. 해적과 열흘을 대치해 끝이 어지러웠던 소탕도 정여립 없이는 불가능했다.

그해 가을 손죽도의 어려움은 응교의 기억에서 지워지지 않았다. 거기다 부모를 잃은 아이의 사연은 말하지 않아도 알 것 같았다.

응교가 누오의 말을 받았다. 입에서 쓸 만한 연민이 하루치 질량으로 밀려갔다.

"그때 버려진 아이가 한둘이 아니었을 것인데, 이유가 있느냐?"

"해적들이 원한 건 아이의 부모가 아니라 그 아이였습니다."

응교의 눈이 흔들렸다. 다르게 들으면 바다 너머 해적들이 손죽도의 생선과 인력을 바란 것이 아니라 그 아이를 원했다는 말로 들렸다. 해적들이 손죽도를 침범한 이유가 되고 남을 정도라면……. 풀 수 없는 문제가 머리에 끓어올랐다.

응교가 나직이 물었다. 입에서 왕가의 비기 속에 불어가던 낯선 바람이 불어갔다.

"그 아이가 가진 특별한 뭔가 있구나. 그 아이만의 우월한 능력……. 말해 보거라."

누오가 응교를 바라봤다. 주저하는 것 같지는 않아 보였다. 뜸을 들일 이유도 없는 것 같았다. 다만 비밀을 비밀로 가져갈 수 있는지 최소한의 시험을 원하는 것 같았다. 그제야 응교가 누오의 생각을 읽은 모양이었다.

"누구에게도 발설하지 않을 것이다. 알지 않느냐, 나 역시 비밀을 삼키고 살아온 것을……."

누오가 고개를 끄덕였다. 망설임 없이 누오가 말했다.

"새와 짐승과 물고기를 다스리는 아이입니다."

말끝에 누오가 물 건너편을 향해 손을 흔들었다. 약속이라도 한 듯 나무 그늘 아래에서 웬 아이가 걸어 나왔다. 작은 키에 단단한 인상을 주는 사내 아이였다. 열 살이나 되었을까? 특별한 구석은 보이지 않았다.

누오가 고개를 끄덕였다. 물 건너 아이가 길지 않은 막대를 입에 물었다. 피리소리가 들려왔다. 생각할 수 없던 소리가 응교의 머리를 지나 징게맹게 외얏밋들 끝으로 밀려갔다. 피리소리를 따라 만경강에 사는 물고기가 하나둘 뛰어 올랐다. 놀라웠다. 응교가 숨을 멈추고 허공을 떠다니는 물고기를 바라봤다. 새들이 물고기 주변으로 모여들었다. 새와 물고기는 한통속이 되어 허공을 날아다녔다.

　응교가 열린 입을 다물지 못했다. 물고기 떼가 눈동자를 가로지를 때 하늘은 희고 고요했다. 응교의 가슴은 놀라움을 감추지 못하고 몹시 두근거렸다. 응교가 말했다.

"왕가의 비기에서 본 적이 없다. 새와 짐승과 물고기를 자유자재로 부리는 능력은 듣지 못했다."

　물길 끝나는 곳에서 개들이 짖어댔다. 해가 번져가는 시간에 만경강 하늘은 물고기 떼로 무성했다. 피리 부는 소년의 머리 위로 부신 햇살이 내려앉았다.

시간과 공간

 응교가 숨을 멈추고 물길을 바라봤다. 물 위에 비친 햇살은 곱고 따스해 보였다.
 피리 부는 아이가 껑충거리며 징검다리를 건너왔다. 어린 녀석의 능력은 놀랍고 신통했다. 피리소리에 실려 물고기 떼가 지평선 끝까지 아득히 멀어졌다가 돌아왔다. 물고기 떼가 하늘을 가를 때 허공에 솜뭉치 같은 구름이 떠갔다.
 바다 건너 섬나라 해적들이 아이의 능력을 탐낼 만 했다. 피리 부는 아이로 하여 물고기와 새와 짐승들을 마음먹은 대로 부릴 수 있다면, 다른 차원의 전쟁을 불사할 수 있을 것 같았다. 끔찍하면서도 무서운 생각이 응교의 머리를 스쳐갔다.
 누오가 먼 눈길로 응교를 바라봤다. 누오의 입에서 생각하지 못한 말이 나왔다.

"공간을 자유롭게 이동한다는 이야기를 들었습니다. 시간여행은 공간 이동과 차원이 다르지만, 시간과 공간 여행을 하나로 합치면 세상 어디든 과거와 미래를 다녀올 수 있다는 생각이 들었습니다."

 의외였다. 누오의 말은 추측을 허물고 들려왔다. 융화될 수 없는 순간이동과 시간여행을 정교하게 이음으로써 과거와 미래와 현재를 연결하는 시공이 보였다. 공간 이동에서 시간의 제약을 무화시킨 관점은 크고 놀라웠다.

 응교가 떨리는 마음을 누르며 대꾸했다.

 "허면, 순간이동과 시간여행을 하나로 합칠 수 있다는 말이냐? 무엇으로……."

 무엇으로 가능할지 응교의 머리로는 생각할 수 없었다. 생각할 수 없는 말은 지금까지 다녀온 수많은 순간이동 좌표를 한 번에 흔들어 깨우는 것 같았다.

 대답 대신 누오는 응교를 바라봤다. 응교의 머릿속에 들어앉아 손끝으로 생각을 헤집어놓는 것도 알았다. 응교의 공간 좌표는 접근할 수 없는 시간에 갇혀 있었고, 누오의 시간은 공간을 쥐고 있는 느낌이 들었다.

 누오의 목에서 생각할 수 없던 바다가 보였다.

 "생각이란 놔두면 침몰하기 마련입니다. 혼돈은 가깝고 자유는 먼 곳에 있습니다. 혼돈을 버리고 조금만 자유롭게 다가와 보세요."

　누오는 오랜 시간 해와 달과 별의 세기와 기울기에서 자유로웠을 것이다. 시간의 처음과 끝을 바라보며 시간과 공간에 관한 동시성同時性 원리를 체험했을 것이다.

*

　동시성 원칙.
　그 무한의 생성과 마멸의 반복을 소환하기까지 누오의 시간여행은 거듭된 시행과 오류의 결과가 될지 몰랐다. 시간을 거슬러 과거의 사건과 직면하거나 조우하면서 과거의 모순이 현재에 이르러 모순으로 작용하는 것도 알았을 것이다.
　이미 지나온 과거는 되돌릴 수 없으며 과거로 돌아간들 바꿀 수 없었다. 그 하나만은 불변이었다. 과거로 돌아가 죽은 자를 살려낸들 현재는 바뀌지 않았다. 과거로 돌아가 불운한 사건을 무마해도 현재는 바꿀 수 없었다. 과거로 돌아가 바꾼 세계는 또 다른 세계로 남을 뿐이었다. 변질되거나 변형된 과거로부터 창조된 세계에는 본래의 것과 다른 이질의 삶이 만들어낸 이질의 역사가 있을 뿐이었다. 그 세계는 헛것에 지나지 않았고, 죽은 세계에 지나지 않았다. 사람들이 전설을 퍼뜨리고 신화를 계승하는 까닭은 과거를 변화시킬 수 없다는 것을 알기 때문이었다.

 누오는 알았을 것이다. 시간여행으로 과거를 거슬러 올라간들 과거를 바꿀 수 없다는 것을, 바꾼들 의미가 없다는 것을, 이미 오래전 시행과 오류를 통해 몸속 깊이 체감하였을 것이다.

 응교가 하늘에 뜬 물고기 떼를 바라봤다. 만경강 하늘을 떠가는 물고기 하나로 혼돈을 버리고 자유를 생각할 수는 없을 것 같았다. 응교가 덧붙였다.

 "자유란 별보다 멀리 있다. 그 때문에 손에 쥘 수 없고, 눈으로 볼 수 없다. 자유란 머리와 가슴에 품고 살 수밖에 없는 것이다. 늘 아득한 자리에서 기다리고 있는 것이 자유이지 않더냐?"

 응교는 혼돈의 시대를 거슬러 몸의 자유, 마음의 자유, 언론과 신앙의 자유를 생각했다. 자유란 마음속 한줌 희망보다 못하지 않았으나 늘 혼돈을 깔고 왔다. 자유의 진정은 완전한 것, 희구의 것, 본질의 것이므로 그 실체를 건져 올리기엔 막막하고 벅찼다.

 자유란 불안한 존재의 표현이며 목마른 자의 흔한 갈망에 지나지 않았다. 자유란 가파른 언덕길에서 조우하는 비바람 같고 눈보라 같은 것일 뿐이었다. 응교는 헛것 같은 자유의 미래를 생각했다. 예측 가능한 자유는 늘 미래에 있으나 언제가 될지 알 수 없었다.

한참만에야 누오가 대답했다.

"억압과 혼돈을 지우고 삶의 연대를 꿈꾸는 것은 추상같은 하루가 소중하기 때문입니다. 더 이상 나이를 먹지 않고 살아갈 수밖에 없는 이유가 나의 운명이라면, 그 운명을 걸고 세상을 정화하는 것도 나쁘지는 않을 것입니다."

누오의 입에서 메마른 갈대가 목을 꺾은 채 바람에 흔들렸다. 까마득한 과거가 보였고, 볼 수 없는 미래가 가물거리며 밀려왔다.

누오의 생장은 열다섯 나이에 멈춰 있었다. 빛나는 나이로 보였으나 불멸의 조건은 쉽지 않았다. 시간을 삼킨 까닭으로 성장이 멈춘 누오의 운명은 시간을 거슬러 과거에 살아가거나 시간을 뛰어 넘어 미래에 살다온 듯했다.

누오의 고통이 보였다. 질긴 외로움이 어깨를 눌러왔다.

… 지나간 시간은 책장에 꽂힌 책과 같습니다. 원하는 시간대로 가서 정직하게 가져오면 됩니다.

비기에 적힌 태조 선왕대의 기록이 떠올랐다. 믿을 수 없는 누오의 말을 선왕은 오래도록 고심한 끝에 비기에 옮겼다고 주석은 전했다. 시간은 누구에게든 절대적이며, 한번 흘려간 시간은 다시 돌아올 수 없는 것이라고, 선왕의 생각은 누오 앞에 무색하고 외람되었다고, 비기는 덧붙였다. 선왕은 시간을 삼킨 아이의 존재를 깊이 숨겨두기를 원했다고, 비기는 전했다.

머릿속 샛강을 따라 하늘에 떠오른 물고기들이 휘파람 소리를 내며 울었다. 소리가 가늘어 아침나절 강변을 짙은 적막으로 채우는 듯했다.

누오의 목에서 물방울 소리가 들렸다.

"불멸의 삶이란 건조하고 척박하며 끝이 없는 굴레를 견디는 것입니다."

불멸의 존재가 품은 삶의 진정성은 이해되지 않았다. 영원히 죽지 않는 삶은 고통일 것이다. 하루를 모질게 살다가는 하루살이의 생은 하루가 일생이 될 것이지만, 사람의 일생은 무한하지 않으므로 짧을 뿐이었다. 짧지 않은 일생을 반복하는 일은 숙명이 될지 굴레가 될지 알 수 없었다. 다섯 번의 생을 반복하며 살아갈 수는 있을 것 같았다. 그 이상 무한한 생의 반복은 얼마나 고단한 여정이 될지…….

불멸의 생

 응교의 어깻죽지로 건너온 누오의 운명은 생각보다 크고 우아했다. 시공여행은 시간과 공간의 분할을 하나로 잇고, 하나로 이어진 시공을 어느 시간 어느 공간의 좌표로든 떠날 수 있는 여건을 마련하는 데 효력이 있지 싶었다. 누오의 시간여행과 응교의 순간이동을 공유하는 것은 새로운 차원의 시공을 넘나드는 시작이 되지 싶었다.
 응교가 물었다.
 "너의 생각이 합리로 판단된다. 허면 내가 어떻게 하면 되겠느냐?"
 "정여립이 있는 죽도로 갈 것입니다. 마이산 아래 죽도에서 모두를 불러 모아 정여립의 대동 세상을 나눌 것입니다. 그곳에서 저와 함께 시간과 공간의 융화로 시공을 다스리면 됩니다."

 오감을 흔드는 감정이 누오의 눈에 보였다. 그 말의 어려움과 낯설음과 당혹감을 알기에는 시간이 더 필요할지 몰랐다. 시간과 공간의 동시성 원칙은 고도의 지식과 사유와 판단에 의해 융화될 소지는 있어도 실제 국면에서는 허상에 가까웠다.

 누오의 표정은 하나뿐인 감정과 결의로 왔다. 대동 세상을 걸고 세상 밖으로 밀려나간 자들을 한 곳에 불러 모아 새 세상을 기약하는 듯이 보였다. 그 세상의 정여립과 누오는 어떤 관계로 밀려올지, 그 세상에서 응교의 자리는 어디쯤 놓일지 알 수 없었다.

 응교가 기침 없이 대답했다.

 "너의 말은 일반의 논리를 벗어나 먼 깊이로 잠겨 있다. 허나, 가다보면 알게 될 것이니 의심하지 않을 것이다. 재촉하지도 않을 것이다. 함께 가보자꾸나."

 응교의 말끝에 누오의 표정이 누그러지는 것을 알았다. 누오의 표정은 열다섯 살로 돌아가 응교의 눈 속에 뛰어다녔다. 피리 부는 소년이 다가와 누오 꽁무니에 숨어들고는 조용한 눈으로 응교를 바라봤다.

 눈동자를 가로질러 수천수만 마리 물고기 떼가 금빛으로 빛났다. 만경강 노을을 헤엄쳐가는 물고기 떼는 허상이 아니었다. 물을 떠나 저토록 자유롭게 허공을 헤엄쳐 다닐 수 있다는 사실이 믿기지 않았다. 죽는 날까지 만경강 하늘의 물고기 떼는 망각할 수 없을 것 같았다.

누오가 소년의 머리를 감싸며 말했다.

"세상 모든 아이는 어릴 때 가장 강한 본성을 드러내는 법입니다. 그 본성이 독이 됐든 약이 됐든……. 제 뜻을 받아 주어 고맙습니다."

누오가 흔하게 웃었다. 응교에게 손을 내밀며 쑥스러운 표정을 지었다. 악수를 청하는 줄 알고 응교가 손을 내밀었다. 네모난 작은 상자가 응교의 손으로 건너왔다. 누오와 상자를 번갈아 바라봤다. 눈동자가 흔들렸다. 한순간 바람이 불어갔다.

누오가 한쪽 눈을 찡끗 감았다 떴다. 소년이 누오의 신호를 알아들었는지 피리를 멈추었다. 피리소리가 멎어도 물고기 떼는 한동안 허공을 헤엄쳐 다녔다. 누오가 나직이 말했다.

"소리상자입니다. 음악을 들을 수 있습니다. 시간여행 길에 가져왔습니다. 미래 사람들이 즐겨 사용하는 것이긴 하지만, 예문관 응교에게도 잘 어울릴 것 같습니다."

응교의 취향까지 아는 걸 보니 마음이 놓였다. 충분히 알아

보았을 거란 추측은 자연스러웠다. 응교에 대해 미리 살펴본들 상관없었다. 응교 역시 왕가의 비기에서 시간을 삼킨 아이를 보았으므로 억울할 일은 없었다.

*

 시간여행 길에 가져온 상자는 작고 아담했다. 손아귀에 조용히 들어왔다. 부드러운 촉감이 손바닥과 손가락에 만져졌다. 미래 사람들의 취향은 작고 부드러운 것을 좋아하는 것 같았다.
 마이마이.
 상자에는 훈민정음으로 새긴 글자가 보였다. 처음 보는 서체였으나 응교는 묻지 않았다. 말해주어도 이해할 수 없을 것 같았다. 누오가 나직이 덧붙였다.
"이것은 헤드폰이라는 것입니다. 머리에 올려 귀를 덮듯 씌우면 됩니다."
 헤드폰.
 처음 듣는 말이었다. 무엇에 쓰는 물건인지 누오가 알려줄 것이지만, 미래에서 온 것이라면, 그쪽 사람들도 사용한 것이라면, 의심할 이유가 없을 것 같았다.

응교의 마음을 읽었는지, 누오가 응교의 머리 위로 둥글고 납작한 철심을 씌우고는 끝이 둥근 솜뭉치를 귀에 덮었다. 누오가 상자에 박힌 자그마한 단추를 눌렀다.

귓속 먼 곳에서 바람소리가 들렸다. 부드러우면서도 예민한 선율이 귀를 타고 머릿속을 울려왔다. 귀를 의심했다. 이런 음악은 생애 처음이었다. 처음이란 아득한 것인데, 눈앞에 밀려오는 선율은 귓속을 지나 전신에 번져갔다.

저 들에 푸르른 솔잎을 보라
돌보는 사람도 하나 없는데……

응교의 눈이 동그랗게 뜨였다. 선율을 딛고 여인의 목소리가 들려왔다. 깨끗한 목소리였다. 몸이 얼어붙는 것을 알았다.

비바람 불고 눈보라 쳐도
온누리 끝까지 맘껏 푸르리라……

허공에 떠있던 물고기들이 게으른 지느러미를 세우고 하나 둘 강으로 돌아갔다. 샛강을 따라 물안개가 피어올랐다. 멀리에서 노래하는 여인이 걸어오는 것 같았다. 노래 마디에서 만경강을 닮은 그림이 밀려왔다. 정여립이 일으키려 한 대동 세상이 보였다. 그 세상의 굵은 감성이 들려왔다. 그 세상은 높고 외로워 보였다.

    서럽고 쓰리던 지난날들도
    다시는 다시는 오지 말라고
    땀 흘리리라 깨우치리라
    거칠은 들판에 솔잎되리라……

 노래는 선율을 딛고 붉은 하늘 너머 광활한 우주로 흘러드는 것 같았다. 하늘 모서리에 물방울이 뛰어 오르면, 물고기가 돌아간 자리에 별의 뱃길이 보였다. 밤사이 건너갈 뱃길 너머까지 노래는 밀려가는 것 같았다. 노래는 굽이굽이 산천을 따라 오래도록 이어졌다. 노래는 하늘로 올라 별이 되는 것 같았다.

                   *

 멀고 두려운 삶이 밀려왔다. 그 삶이 얼마나 가혹할지 살아

보지 않고서는 알 수 없을 것 같았다.

 사랑하는 자를 먼저 떠나보내는 일은 살을 도려내는 일이 될지 몰랐다. 삶을 걸고 정을 나눈 짐승과 갈라서는 일도 쉽지 않을 것이다. 죽어가는 모든 것들과 결별하는 일은 얼마나 서글플지 알 수 없으나 다시 시작해서 죽어가는 것을 지켜보는 일은 머리칼을 자르는 것과 다를 것이다.

 변하지 않는 물과 별과 바람과 나무와 먹거리와 수천수만 번 되돌아오는 사계를 지나다보면 존재는 희석되고 자아는 허공에 흩어질 것이다. 보풀보다 가벼워진 실존을 끌어안고 날마다 우는 것도 부박할 것이다. 가벼워지더라도 살아갈 수밖에 없는 불멸의 운명은 천형天刑이 될지 몰랐다.

 응교가 말했다. 목에서 무거운 돌덩이가 실려 왔다.

 "불멸의 삶이 어떨지 알 수 없다. 신명나고 재미있을지, 그 반대로 지루하며 가혹할지……. 그 시간을 지나오지 않은 자 말할 수 없는 게 불멸의 생이지 않느냐? 그 때문에 저 아이로 하여 노을진 만경강 하늘에 물고기를 띄우고, 그 때문에 시간여행에 순간이동을 보태고자 하는 것이 아니냐?"

 응교의 추측은 시간과 공간의 분할에서 오는 불연속 상황이 오류를 만들고, 그 오류가 동시성의 원칙 아래 새로운 좌표를 형성할 수 있는 것이라고, 말하고 있었다.

시간과 공간의 공유가 연우와 응교가 지날 공동의 여행을 위한 목적이라고 할 때, 정여립의 머릿속에 그려진 공화의 지도는 짙게 밀려왔다. 시공의 좌표를 미적분의 역학적 공리에 적용한 결합과 분할이라고 하면, 누오와 응교가 공유할 수 있는 시간여행과 순간이동의 계수는 무한대로 늘어날 것도 내다봤다. 시간여행의 선형성과 순간이동의 유연성을 한 가지로 결합할 때 얻을 수 있는 여행 조건은 무엇이 될지 알 수 없었다. 읽어낼 수 없는 복잡한 곡선의 시간과 공간 궤도가 응교의 머릿속에 그려졌다.

  비선형 시공의 이동 시점은 단순하지 않았으나 시간과 공간의 결합은 상상만으로 도달할 수 없는 먼 곳의 일처럼 밀려왔다. 말과 머리와 마음으로 갈 수 없는 그곳은 연우의 말 속에 하나의 시공으로 연결되어 있었다. 이것을 줄여서 시공여행이라고 정의할 수 있을지 알 수 없으나 응교는 그 말을 신뢰했다. 그 이상의 의미도 많을 같았으나 정의하는 순간 시공여행의 순한 원리가 결정되는 것도 알았다.

그 세상

 오목대 아래 전주천을 바라보며 정여립은 바다를 생각했다. 경계가 사라진 바다에서 까맣게 밀려오는 죽음을 떠올렸다. 죽음은 저마다 삶의 끝을 확인하는 공화였다. 거역할 수 없고 멈출 수 없는 죽음 앞에 정여립은 삶을 가로지르는 깨끗한 공화를 예감했다.
 정여립은 서인이었으나 오품 홍문관 수찬 자리에 오르면서 동인으로 돌아섰다. 동인의 편에 서게 된 계기가 스승 이이에게 있는지, 자신의 뜻이었는지 알 수 없었다. 처음부터 서인을 버리고 동인으로 갔을 리는 없었다. 서인과 감정이 좋지 않은 것은 사실이었다. 동인과 유대가 좋은 것도 아니었다.
 부산 동래에 뿌리를 두었으나 태어난 곳은 전주였다. 정극량의 증손으로 태어나 정세완의 손자로 자랐다. 익산 군수 정희증의 아들로 생장하면서 세상을 바라보는 눈은 어미 박씨의 영향을 받았다. 어미는 박찬의 딸이었다.

 정여립이 열다섯 되던 해 익산현감인 아비를 도와 공무를 처리한 적이 있었다. 아전들이 현감보다 더 어려워한 것은 사실이었다. 어려서 오경을 읽었고, 역사에도 밝았다. 제자백가를 익힐 때, 조선의 사회와 정치와 사상뿐 아니라 조선을 형성하는 지리를 업고 농공상의 흐름을 살폈다.

 정여립은 문학과 학술에도 조예가 깊었다. 우람한 골격과 다부진 체격으로 검술과 활쏘기에도 탁월했다. 시위 너머에 떠오른 별무리를 손바닥 안에 쥐고 운행과 세기를 다스렸다. 별의 형상과 별 속에 든 이야기를 관장했다. 정여립에게 별은 별일뿐이었다. 시위를 떠난 화살은 돌아오지 않았으나 별은 날마다 정여립의 손바닥 안에 뜨고 기울며 흔들리거나 뚜렷이 지나가서 별이었다.

 사람을 대할 때 인정과 의리를 정여립은 중시했다. 사람 앞에 배우고 베풀며 받아들여야 할 때를 알았다. 다스리고 가르칠 때를 구분하면서 세상을 알아갔다. 정묘년(丁卯年, 1567)에 진사가 되었고, 기사년(己巳年, 1570)에 식년문과에 차석으로 급제하여 이이와 성혼의 촉망을 받았다. 한동안 해주에 머물면서 정여립은 땅과 사람이 연관된 이유를 알았다. 땅 위에 흩어진

그 세상

삶이 소중한 까닭도 알았다. 스승 이이와 결별하면서 얻은 결의는 헛되지 않았다. 쓰라린 고배를 버려두지 않고 실망의 땅과 상실의 하늘 사이에서 공화(天下爲公)를 찾아냈다.

해주는 넓고 광활했다. 큰 바다를 가까이 둔 해주에서 정여립은 척박한 땅을 딛고 새처럼 무궁히 날아오르기를 희망했다. 오르지 못할 세상은 세상 어디에도 없었다. 정여립은 세상 너머의 대동 세상에서 훨훨 날아오르고 싶어 했다. 정여립이 오를 세상은 메마르고 가팔랐으나 그 세상의 정여립은 흩어진 존재들을 불러 모으고 싶어 했다. 평등과 공화의 이름 아래 아늑한 삶을 나누고 싶어 했다.

기척하는 날마다 정여립은 하루치의 질량을 쥐고 놀라운 생애를 걸어갔다. 세상의 기척에 정여립은 놀라는 날이 많아도 정여립의 기척에 놀라지 않을 세상을 살았다. 정여립은 세상으로부터 외따로 떨어진 자리에서 공화를 꿈꾸며 세상의 주인으로 살고 싶어 했다. 그 세상도 결국은 세상일 뿐이었다.

*

계미년(癸未年, 1583) 예조좌랑에 오르기까지 정여립의 신분은 무난한 상승을 이어갔다. 이듬해 홍문관 수찬이 되면서 조정을 집권하던 동인 편에 반부反附하여 스승 이이와 결별했다. 박순과 성혼과의 갈등도 시작됐다. 스승과 불화를 못마땅하게 여긴 임금이 불쾌한 내색을 비추자 정여립은 스스로 벼슬을 버리고 고향으로 내려갔다. 정여립은 사소한 인정 앞에 동인으로부터 버림받거나 서인에게 상처 받았을지라도 가야할 길은 흔들리지 않았다.

 정여립은 사람에 대한 예의를 저버리면 짐승보다 못한 것을 일찌감치 알았다. 이이와 대척하면서 서인의 미움을 집중적으로 받았고, 미움을 용기 있게 받아들였다. 임금의 눈 밖에 밀려났어도 동인 사이에 여전히 인망人望을 얻었고, 영향력이 있었다. 진안 죽도에 초당을 짓고 대동계를 조직한 것도 그 때문이었다. 달마다 활쏘기를 하고 씨름판을 열어 체력을 다져나가면 전라도 일대 감사와 현감과 부윤과 수령이 다투어 정여립의 집을 찾았다.

 죽도 초당에서 정여립은 별을 노래하며 살았다. 세상을 향해 머리를 들면 별과 잎사귀들이 눈동자 안에 집중할 때가 많았다. 손바닥을 펴면 구불구불 이어진 손금을 따라 바람이 불어가는 날이 흔했다. 발을 디디면 흙 속에 꿈틀대는 유충들이 태동을 벗어나 땅 위에 날아들곤 했다. 유충들이 곤충과 나비로 환생하는 날에도 별은 정여립의 마음 안에 있었다.

… 별은 사유의 핵이다. 무엇도 묻지 않고 베풀기만 한다. 그 이유만으로 별은 산 자와 죽은 자 모두를 품고 돈다. 푸른 은하를 건너가는 뱃길에 서면 세상은 한 줌 별이 되어 땅에 내려선다. 산 자의 유능과 죽은 자의 권리로 별을 바라보는 건 별 속에 기나긴 태동과 소요가 있기 때문이다. 세상은 들끓어도 별은 언제나 정직한 공화로 빛을 낸다. 그 너머에 우주가 있다.

정여립은 별을 아꼈다. 별 속에 파묻혀 사유하길 원했다. 별을 바라보면 세상 너머로 사라지는 시 같은 문장이 아늑했다. 문장으로 임하는 『예기』와 『춘추』와 『시경』의 숲에서 정여립은 산맥 같은 공화의 세상을 예감했다. 별의 노래가 세상에 울려 퍼지면, 정여립은 별의 능선에서 새롭게 부풀고 터지는 공화의 물결에 휩쓸리길 바랐다. 산이든 물결이든 모두 바다로 흘러가면, 별의 바다에서 헤엄치는 인어가 되길 소망했다.

별은 신비롭고 아득한 것을 잠재우며 다가오는 실체였다. 높고 가파른 데서 넓고 보편의 자리로 밀려오는 주체였다. 별은 땅 위에 집중된 위엄을 가르거나 배척하지 않고 있는 그대로의 우주를 반영하는 존재였다.

별은 바라보기는 쉬워도 가서 따오는 것은 불가능했다. 별의 뱃길은 멀고 험한 시간을 지나 해안가에 당도해 출렁이는 산맥과 달랐다. 정여립은 한줌 손에 별을 모아 오와 열을 맞추거나 일자의 병렬과 사열을 주관했다. 정여립은 별을 모아 그림을 그리며 별 속에 이야기를 흘려보내곤 했는데, 별을 관장하는 능력은 어려서부터 이어졌다. 그 이유만으로 정여립은 세상에 드러나는 것보다 세상에 파묻힌 공화를 일구고 대동의 씨앗을 뿌려 널리 복을 나누고자 했다. 그 세상의 사직에서 정여립은 버려졌다. 등을 돌린 동인과 모함으로 일관하는 서인과 결별하는 것은 옳았다.

 마지막으로 정여립이 찾아든 곳은 죽도였다. 죽도에서 정여립은 밀려오는 군사를 피할 이유를 알 수 없었다.

> … 위관으로 정언신을 임명했습니다. 체포령과 함께…… 신전관과 금부도사를 전주로 급파하였습니다.

 황해도 안악에서 사흘 만에 달려온 변숭복의 말에서 정여립은 피할 수 없는 것을 알았다. 붙들리면 살아남지 못할 것도 내다봤다. 까닭은 열 가지가 넘을 것 같았다. 안악현감 이축, 재령현감 박충간, 신천현감 한응인이 올린 장계를 들으면서 정여립은 변숭복을 위로했다. 그 편이 변절을 의심하는 것보다 나았다.

  고변의 충격을 알기에는 장계를 올린 자들의 의도를 알아야 하는데, 그것은 사전에 합의된 지점에서 임금을 향해 집중되어 있으므로 알 수 없고, 볼 수 없었다. 장계는 추론의 여지가 없어야 했다. 상식의 선에서 여백이 없어야 하는데, 변숭복의 말에서 들려온 고변은 망상과 음모가 기나긴 대열을 이끌고 임금 앞에 대역의 징후로 맞서고 있었다. 임금의 마음이 어떠하든 살아남을 수 없는 것은 분명했다. 돌이킬 수 없다는 것도 알았다.

*

  죽도 초당에서 정여립은 마지막으로 별과 마주하기를 희망했다. 희망은 희망할 수 없는 날들에 비해 순조롭고 아늑했다. 별을 부르고 별의 노래를 들을 수 있다면 그것으로 족했다.

  저녁나절 하늘을 덮는 별은 순하고 조용했다. 푸른 은하를 가로지르는 뱃길이 별무리 속에 보였다. 서편 하늘 마이산을 짚고 달은 천천히 솟았다. 달빛이 머리 위를 지날 무렵 뒤늦게 당도한 변숭복의 눈은 젖어 있었다.

  변숭복이 나직이 말했다. 목에서 굵은 빗줄기가 내렸다.

"조정에서 정철의 복귀를 서두르고 있습니다. 정언신과 성혼을 밀어내고 동인의 서막을 열어갈 준비에 혈안이 되어 있습니다. 임금이 그 모두를 묵인하고 정철을 불러들였다 합니다."

"……."

정여립은 대답 없이 고개를 끄덕였다. 더 말하지 않아도 알 것 같았다. 정철의 야망으론 그 이상의 것도 집행할 수 있을 것 같았다.

정철을 놓고 임금은 멀리 내다보는 듯했다. 동인이든 서인이든 사직의 안정을 우선으로 두고 있으며, 흔들림 없는 조정대신들의 위계를 먼저 생각하는 것 같았다. 유성용을 놓고 국경 너머 여진과 바다 건너 왜적을 바라보며 위태와 질서를 생각할 것도 짐작됐다.

정여립이 앉은 자리에서 몸을 일으켰다. 별을 바라보며 정여립이 절했다. 머리가 향한 곳에 밝은 별이 떠 있었다. 그곳은 임금이 앉은 자리이기도 했다. 정여립의 입에서 끓는 소리가 들려왔다.

"전하, 벼슬을 버린 무소유의 신하로 돌아가 임금께 아뢰옵니다. 청하건대 그 세상이 무겁다, 가혹하다 여기지 마시고 멀리 바라보소서. 신은 별을 부르는 까닭을 안고 살아왔나이다. 별을 노래하는 마음을 죽을 것이옵니다."

 정여립의 입에서 생애를 건 고통이 들려왔다. 고통은 나누어지지 않는 조건 아래 더 온화하고 명징했다. 이 밤에 무겁지 않은 별은 없어 보였으나 정여립의 말을 품고 별은 지상에 내려앉는 것 같았다.

 변숭복이 정여립의 얼굴을 바라봤다. 눈두덩에서 콧등을 지나 인중을 타고 내려가는 물방울이 보였다. 정여립은 덧붙였다. 목에서 하루살이 같은 별무리가 보였다.

 "대동 세상은 크고 놀라운 세상이 아니옵니다. 만인의, 만인으로부터, 만인을 위한 세상일 뿐이옵니다. 그 세상을 반역과 역모와 대역의 제안으로 받지 마시고, 모든 백성과 나누는 공화의 세상이라 바라보소서. 신은 죽더라도 저편 세상에서 대동을 꿈꾸고 공화를 추억하며 지낼 것이옵니다. 저 살아온 생애가 그 속에 있나이다. 먼저 죽을 것을 아는 자의 신념이 거기에 있나이다."

 임금에게 바라는 마음이 밤 기슭을 타고 멀리 밀려갔다. 임금이 내릴 교지는 임금만이 아실 것인데, 이 밤에 임금의 목소리는 어디에서도 들려오지 않았다.

 보이지 않는 자리에서 임금은 혁명과 징벌을 놓고 오래 고심했을 것이다. 유성용과 다를 것 없이 임금은 혁명과 징벌을 놓고 굶주린 자들의 공화를 생각했을 것이다. 그 한없는 우국 앞에 임금은 끓는 심경으로 이 밤을 지날 것이다.

정여립의 목에서 다시 끓는 소리가 들렸다.

"대동 세상은 나고 자라며 죽어가는 순환이 모두에게 평등하길 원한다. 별은 죽은 자와 산 자를 구분하지 않으며 나누고 베푸는 것에도 동등하다. 모두의 별을 모두에게 안겨주려 한 까닭과 뜻이 여기에 있다."

손을 뻗어 은하를 불러들일 때, 하늘은 소리 없이 응답했다. 흩어진 별무리가 북두의 별을 중심으로 하나둘 모여 들기 시작했다. 별이 그려내는 그림은 달의 기울기와 해의 세기보다 무궁하고 아름다웠다.

정여립의 손끝이 가리키는 곳으로 별은 모여들고 자리를 잡아갔다. 별이 그려내는 형상은 사람과 짐승과 바람을 닮은 나무였다. 광활한 우주 가운데 정여립이 그려낸 나무는 크고 높았다. 나무 아래 죽어 별이 된 자들이 모여 들었고, 산 자들의 비애와 질곡과 회한이 나무에 맺혀 들었다. 그 너머 희망의 자리가 보였다. 저마다 바라는 소망들이 큰 나무 별자리로 떠올랐다. 별은 하나이거나 둘이어도 별이었다. 별은 별이어서 아름다웠다.

죽도

 응교가 멀지 않은 자리에서 정여립과 변승복을 바라봤다. 곁에 선 누오는 말이 없었다. 누오의 얼굴은 침착해 보였다. 곁에 꿈속을 걷는 아이가 보였다. 은결이라고 했다. 김제 만경강 들판에서 홀로된 어미를 두고 떠난 쇠를 다스리는 아이가 서 있었다. 이름을 알 수 없었다. 아이의 등 뒤로 수천수만 개의 나비 형상을 한 쇳조각이 바람을 타고 하늘거렸. 곁에 오래전 왕가의 비기에 그려진 불을 다루는 아이가 보였다. 손바닥 안에 소박한 불꽃을 피워 올리고는 아이는 무심한 얼굴로 정여립을 바라봤다.
 붓을 다스리던 태조 선왕의 다섯 번째 아들은 보이지 않았다. 붓을 버리고 권좌에 오르면서 다섯 번째 아들은 스스로 초월의 삶을 버렸다고 했다. 붓보다 강한 삶을 원한 다섯 번째 아들은 조선의 임금으로 생이 끝나길 바랐다. 임금의 자격으로 바람의 사제들과 한 무리가 될 수 없는 조건은 열 가지가 넘었다고, 시간여행 끝에 누오는 전했다.

어려서 호랑이에 의해 길러진 견훤이 흰 수염을 쓸어내리며 서 있었다. 오른쪽에 젊은 호랑이가 앉아 있었다. 좌측에 두 마리 검은 늑대가 보였다. 늑대들은 눈 속에 거친 눈보라를 머금고 있었다. 늑대를 쓰다듬는 아이의 손길은 부드럽고 아늑했다. 눈에 빛을 내는 금강석이 맺혀 있었다. 천의 눈은 세상 속에 숨은 무엇이든 가리켰다. 금맥과 금강석뿐만 아니라 세상에 널린 모든 존재를 찾아냈다. 바람의 시원과 바람의 끝이 어딘지도 알았다. 심미안의 아이 곁에 피리 부는 소년이 서 있었다. 소년의 얼굴에 심심한 표정이 가득했다. 소년이 피리를 찾기 위해 작은 괴나리봇짐을 뒤적였다. 누오가 소년을 향해 한쪽 눈을 찡긋 감았다 떴다. 소년이 실없이 웃고는 봇짐을 도로 멨다.

견훤과 아이들 뒤편으로 검은 장옷으로 머리부터 발목까지 내려뜨린 열두 명의 무사들이 보였다. 사제들은 격정의 칼과 궁극의 활과 세 자루 짧은 칼로 무장하고 있었다. 열두 마리 검은 말들이 달빛 내린 언덕에서 조용히 뒷발을 쟀다. 말들의 질주 본능은 이 밤에도 유효해 보였다. 열두 마리 말들은 이 밤에 누군가 멀리 떠날 것을 아는 것 같았다.

　모두는 응교의 순간이동과 누오의 시간여행과 꿈속을 걷는 아이의 융화로 정여립의 초당 앞에 모여들었다. 꿈속을 걷는 아이가 꿈을 걸어가 모두를 소환하기를 청했고, 응교의 순간이동과 누오의 시간여행이 한곳에 집중될 때, 그 일은 순조로웠다.

　견훤이 기침했다. 곁에 앉은 호랑이가 몸을 일으켰다. 두 마리 늑대가 송곳니를 보이며 으르렁거렸다. 늑대 울음이 먼 산자락을 휘돌아 가면 죽도의 하늘에 그려진 큰 나무 별자리가 몸을 떨었다. 별은 그 자리에서 반짝이며 아래를 내려 봤다.

　저만큼 칼을 빼어드는 정여립이 보였다. 달빛을 받은 긴 칼날 위로 사금 같은 별이 떠다녔다. 칼날에 박힌 별은 오래전 죽은 자의 영혼처럼 반짝였다. 칼을 바라보는 견훤의 눈빛이 흔들렸다. 흔들리는 눈 속에 세상이 흔들렸다.

　견훤이 나직이 말했다. 목에서 오래 묵은 바람이 불어갔다.
"정여립은 바람의 사제들 가운데 최상이다. 별을 다스리는 자의 용기가 세상을 흔들 만큼 크고 무성하다. 그 이름이 별에 닿아 있으니 세상에 드러날 수밖에, 세상에 드러났으니 피를 부를 수밖에……."

　정여립의 도참은 크고 우람했으나 무엇을 의도하거나 무엇도 도모하지 않았다. 권력에 눈먼 자들의 음모와 모함과 조작일 뿐이었다. 정여립의 도참을 머리로 한 비선들의 치정은 치밀하고 가혹해 보였다. 호랑이 울음이 들려왔다. 울음이 먼 별에 가서 닿는 듯싶었다. 견훤이 끓는 목소리로 덧붙였다.

"죽도에 모여든 까닭은 모두의 평등을 바라는 사제들의 소명이다. 억울한 자를 바라보고, 누명을 쓴 자들의 피를 줄이기 위해서이다. 생의 가호와 죽음의 전율을 안고 저 아득한 꿈의 공화를 이어받은 것이 대동이다."

견훤의 목소리는 꿈과 생시의 중간처럼 들렸다. 몽환을 딛고 세상을 조율하는 근성이 그 안에 들렸다. 모두는 견훤의 뜻을 아는 듯했다. 알지 못해도 상관없었다.

정여립이 서 있는 곳으로 걸음을 옮기면서 견훤은 오래전 이성계에게 내려준 금척을 생각했다.

> … 금은 변치 않는 속성을 말하네. 자를 바닥에 대고 줄을 그으면 일자의 선이 나타나지. 그 선은 백성을 바른 방향으로 이끄는 통치를 의미하네. 이 금척은 하늘의 뜻을 담고 있네.

세상의 깊이와 넓이를 재는 물건을 전할 때, 견훤은 높고 아름다운 세상을 원했다. 실세와 비선이 무화된 세상을 원했다.

까닭이 금척에 있지 않고 세상에 있기를 바랐다. 이성계의 원대한 꿈과 이상이 자연의 섭리와 물리고 물려 아늑한 통치의 힘으로 나라가 다스려지길 원했다.

 금척은 본래 하늘의 계시를 받은 자만이 지닐 수 있으므로 이성계는 조선을 세울 수 있었다. 금으로 된 자[尺]는 하늘의 뜻을 받은 땅의 통치자만이 지닐 수 있는 것이므로, 그 세상에는 평등과 대동과 공화가 올 것이라고 믿었다.

 견훤이 머리를 가로지었다. 금척을 내린 그때 세상과 지금 세상은 너무도 달랐다. 다른 세상 다른 시대에 떨어진 견훤은 세상의 악을 가려내는 일이 허망하고 눈물겨웠다. 저 세상의 지성은 사라지고 이 세상의 울분만이 들려오는 현실은 무겁고 우울했다.

*

 바람이 불어갔다. 풀잎 소리가 들렸다. 칼을 쥔 정여립이 돌아봤다. 얼굴이 창백했다. 죽음을 내다보는 눈빛은 침착해 보였다. 변숭복은 눈에 무엇도 담지 않았다. 담담한 눈길로 죽음을 기다릴 뿐이었다. 정여립이 견훤을 바라봤다. 칼을 바닥에 놓고 절을 올렸다. 산등성에서 부엉이가 울었다. 변숭복이 정여립을 따라 절했다.

 응교가 숨을 죽이며 바라봤다. 누오의 어깨가 떨리는 것을 알았다. 응교가 누오의 손을 잡았다. 누오가 응교의 얼굴을 바라봤다. 시린 눈빛이 응교의 가슴을 쓸고 지나갔다. 응교가 떨림 없이 누오의 눈빛을 받을 때, 한 줌 바람이 견훤의 목에서 새어 나왔다.

"바람의 사제들이네."

 몸을 바닥에 숙인 채 정여립이 대답했다.

"아옵니다. 먼 곳의 바람을 안고 어찌 여기까지……."

"우린 철저히 계획하고 뚜렷한 목숨으로 연명하네. 오염된 세상을 정화하고, 대동 세상을 기약하기 위해 이곳에 왔네."

 바람이 초당을 돌아 먼 곳까지 불어갔다. 달빛이 정여립의 머리에 부딪히면서 세상 밖으로 밀려나간 자들이 하나둘 모습을 드러냈다. 응교가 얼굴을 드러냈다. 누오가 표정 없는 얼굴로 정여립을 바라봤다. 멀리에서 부엉이가 울었다. 불을 다스리는 아이가 손 안에 구불거리는 불꽃을 바닥에 던졌다. 정여립과 변숭복의 자리를 돌아 둥근 불꽃이 피워 올랐다.

 쇠를 다스리는 아이가 등 뒤에 모인 검은 나비들을 하늘로 올려 보내자 빗소리가 들려왔다. 검은 나비 떼가 정여립이 하늘에 불러 모은 큰 나무 별자리를 향해 한껏 치솟았다가 돌아왔다. 돌아올 때 거대한 수염고래를 이끌고 왔다. 피리 소리가 들렸다. 뱃가죽에 흰 줄무늬를 새긴 고래들이 큰 지느러미를 저으며 죽도의 하늘로 날아들었다. 고래들은 하늘을 떠다니는 함선 같았다. 피리 부는 소년이 누오 곁에 가서 말없이 섰다. 갑자기 주위가 밝아지는 것을 알았다. 심미안의 아이의 눈에서 불빛이 새어나왔다.

 밤사이 검은 말을 몰아 당도한 죽도는 꿈속 같았다. 붉은 풍등이 밤하늘에 오른 날에도 견훤은 열두 명의 사제들을 조용히 지켜봤다. 사제들의 혈맹은 깊고 처절했다.

*

 초월의 아이들은 시대마다 몽상과 허구로 돌았다. 달빛 아래 태고의 기슭에서 말을 몰거나 걷듯이 뛰었으며, 걷듯이 날아다녔다. 허상을 둘러싼 이야기와 전설과 신화가 떠올랐다. 미상의 존재들은 세대를 넘어 살아갔다. 가진 자를 빼앗아 가난한 자들에게 베풀었으며, 말할 수 없는 자의 입을 뚫어 말할 수 있게 했다.

 응교는 그 오래 전부터 바람의 사제들이 열어가는 세상에서 살고 싶어 했다. 장영실의 세상은 조선에 있지 않았다. 조선 너머 아득한 곳에서 공화와 대동 세상을 열고자 한 것도 알았다. 오랫동안 머릿속을 떠돌던 장영실의 그림자를 이 밤에 떠나보낼 수 있기를 바랐다.

견훤이 내려 봤고, 정여립이 올려봤다. 밤사이 갈 길이 멀어 보였다. 견훤이 말을 이었다. 목에서 시린 바람이 불어갔다.

"그 세상, 우리가 가져갈 것이네. 어려운 시대를 만났으니 환란이 오고 피바람이 불어갈 것이네."

"저와 나눌 세상이 있사옵니까? 그 세상이라면……."

견훤과 정여립은 서로를 응시했다. 세상을 걸고 한판 씨름이라도 벌일 듯이 정여립과 견훤은 서로를 오래 바라봤다. 정여립의 눈에서 삶을 버려야 하는 까닭이 보였다. 죽을 수밖에 없는 용기가 보였다. 냉정한 눈으로 바라보면 한줌도 되지 않는 용기였으나 땀과 눈물과 피로 쌓아올린 용기인 것만은 분명해 보였다.

견훤이 대답했다. 목에서 천년 저편에서 건너온 퉁소소리가 들렸다.

"대동 세상 말일세. 그 세상에서 우리는 하나가 될 걸세. 나눔과 평등을 실천하는 공화의 세상 말일세."

정여립이 끓는 목으로 대답했다.

"비선들이 선악을 놓고 시험에 들게 하였사옵니다. 저는 악을 버리고 선을 택할 것이옵니다. 선의 이름으로 죽되, 그 선으로 악을 멸하는 세상을 기약하옵니다."

물러날 곳이 없는 벼랑에서 정여립이 갈 수 있는 길은 선 하나였다. 혁명과 징벌을 놓고 악이 창궐하는 세상에서 정여립의 선택은 최선으로 보였다. 얻지 못한 대동 세상을 바람의 사제들에게 넘겨주는 이유는 다음 생이 남아 있기 때문이었다. 그 세상의 정여립은 장영실과 손잡고 걸어올지 알 수 없었다.

정여립이 몸을 일으켰다. 휘청거릴 때, 아들 옥남이 정여립의 팔뚝을 잡았다. 변숭복이 정여립의 어깨를 붙들었다. 정여립이 옥남과 변숭복의 어깨를 끌어안았다. 서로의 체온이 밀려왔다. 더운 체온으로 서로를 나누는 것이 대동이라고 말하려다가 그만두었다.

별을 노래하는 마음으로

 전주감영에서 출발한 군사들이 멀찌감치 당도해 정여립을 지켜봤다. 멀지 않은 곳에서 말발굽 소리가 들렸다. 선전관과 금부도사가 이끄는 군사들이 마이산 근처를 지나 죽도로 진입해 들어왔다. 물러날 곳이 없으므로 물러갈 일은 없었다. 정여립이 칼을 쥐고 비켜섰다.
 "잘 가게. 고통은 없을 것이네."
 변숭복이 정여립을 바라봤다. 눈에서 굵은 물이 흘렀다. 변숭복이 절하며 말했다. 목에서 가느다란 파문이 들렸다.
 "먼저 가서 기다리겠습니다."
 정여립이 고개를 끄덕였다. 입에서 누를 수 없는 신음이 나왔다.
 "곧바로 따라 갈 것이네."

변승복의 눈은 부드럽고 청명했다. 변승복을 바라보는 정여립의 눈은 젖어 있었다. 두 걸음을 떼고 칼을 휘둘렀다. 칼날이 단숨에 변승복의 몸을 지나갔다. 살과 뼈를 지나는 칼날을 바라보며 응교는 눈을 감았다. 변승복의 몸을 지날 때 칼은 다른 시대 다른 세상을 끌고 왔다. 폐부를 뚫고 지나는 긴 쇠 울음이 정여립의 귀에 들렸다.

 옥남을 바라보며 정여립은 거친 숨을 내쉬었다. 옥남의 눈에 두려운 세상이 보였다. 그 세상의 정여립 또한 두려웠다.
 "아비를 탓하거라."
 "아버지……."
 칼을 바라보며 옥남은 어깨를 떨었다. 옥남은 연좌의 기슭에서 장계와 무관한 눈동자로 정여립을 바라봤다. 옥남은 아비를 바라보며 울었다. 죽을 수 없는 이유를 담고 그 눈은 반짝였다. 정여립이 칼을 쥐고 옥남의 등짝을 벴다. 정면에서 자식을 벨 수 없는 이유는 말하지 않아도 모두는 알았다.

 옥남의 사지를 지날 때 칼은 맨 몸으로 울었다. 옥남은 달빛처럼 쓰러졌다. 자식을 베는 아비의 마음은 죽도 언저리에 천 갈래 흩어져갔다. 쓰러진 옥남의 눈 속에 별이 보였다.
 "아들아, 초저녁 동쪽 하늘 별이 되어 만나자꾸나……."
 정여립이 눈을 감았다가 떴다. 푸른 은하 위로 기나긴 뱃길이 보였다. 산 너머로 별똥별이 날아들었다. 별은 긴 꼬리를 남기고 사라졌다. 정여립이 칼을 거꾸로 쥐고 손잡이를 땅에 꽂았다. 비스듬한 칼끝으로 목을 가져갔다. 몸을 눌렀다. 칼끝의 압력이 몸에 스며드는 것을 알았다.

 별이 쏟아지는 능선에서 정여립은 사람이 그리웠다. 칼을 받으면서 외롭고 쓸쓸한 사람들의 삶을 생각했다. 저마다 사연을 안고 밀려가는 죽음을 생각했다. 눈동자 안으로 먼 산자락이 밀려왔다.

 오래 전부터 누이고 싶던 몸은 무겁고 조용했다. 삶도 죽음도 마땅하지 않은 날들 가운데 삶은 꿈같고 물 같았다. 머릿속에 가족의 얼굴이 스쳐지나갔다. 지나간 날은 가물거렸다. 앞날은 고요했다. 기약한 날들은 새벽 저편에 잠들어 있었다.

 별을 바라보며 아내를 생각했다. 자수를 놓던 어미를 생각했다. 부뚜막 높은 자리에 정한수를 떠놓던 저마다 생은 여미지 않아도 깨끗했다. 덧없고 철없던 날들이 떠올랐다. 죽음은 평생의 질량을 싣고 왔다. 삶을 벗어던지는 일은 무겁고 시렸다. 입술이 떨렸다. 늑대 울음이 들렸고, 새들이 날아올랐다. 세상에 남은 빛이 사라질 때 남은 자들의 세상이라도 깨끗해지길 바랐다.

 사지에 남은 마지막 힘을 밀어 넣었다. 칼날이 목을 뚫고 지나는 것을 알았다. 정여립은 죽어가는 순간의 고통이 온전히 몸에 스며들길 원했다. 사지를 뚫는 고통이 깨끗한 뇌리에 박혀들길 바랐다. 순수의 고통으로 그 죽음이 기억되길 바랐다. 죽는 순간까지 찬란한 공화로 모두는 기억되길 바랐다.

 정여립의 입에서 신음이 새어 나왔다.

 "내 피가 조선의 심장을 데우리니, 다시 오는 날 공화와 대동으로 새 세상을 맞으리……."

 견훤을 시작으로 오백년이 지난 시점에 정여립은 공화와 대동이 세상의 중심이길 바랐다. 살과 뼈에 사무친 정한이 다시 오백 년 지나면서 전라도 강변에 모여들 것을 알았다. 창백한 오월에 빛 고을의 혁명으로 번져갈 것도 알았다. 못다 부른 별의 노래가 천년의 비밀을 안고 삼백 개의 별이 된 아이들의 혼과 함께 먼 은하로 떠갈 것도 내다봤다.

*

 견훤이 기침했다. 바람의 사제들이 돌아섰다. 초월의 아이들이 정여립을 향해 고개 숙였다. 멀지 않은 곳에서 말발굽소리가 들려왔다. 응교가 정여립을 바라보며 신음했다.

 눈을 들어 올릴 때 먼 능선에서 부엉이가 울었다. 누오가 가져다준 미래 물건을 머리에 꽂았다. 얇은 철심으로 고정시킨 미래 물건은 정교하면서도 편했다. 가끔 머리칼이 찡기는 것 말고는 마음에 들었다.

 소리상자에 돋은 단추를 누르자 귓속으로 음악이 밀려왔다. 밀물처럼 소리상자는 한 번에 큰 바다를 싣고 왔다.

> 한 밤의 꿈은 아니리
> 오랜 고통 다한 후에
> 내 형제 빛나는 두 눈에 빛나는 눈물들
> 한 줄기 강물로 흘러 고된 땀방울 함께 흘러
> 드넓은 평화의 바다에 정의의 물결 넘치는 꿈
> 그날이 오면 그날이 오면
> 내 형제 그리운 얼굴들 그 짧은 추억도
> 아아 짧았던 내 젊음도 헛된 꿈이 아니었으리
> 그날이 오면 그날이 오면……

 누오는 노래에 맺힌 자가 정여립과 평행의 삶을 살다 간다고 했다. 먼 훗날 먹거리와 입을 것과 배울 것이 많은 때에 그 자는 평등과 자유를 위해 살다 간다고 했다. 신분이 사라졌어도 그 세상은 평등하지 않다고 했다. 죽은 자의 이름은 전

태일이라고 했는데, 스물을 갓 넘긴 그 사람 역시 대동 세상을 위해 세상 한 복판에서 스스로 몸에 불을 끼얹고 홀로 공화를 부르짖으며 죽어간다고 했다.

 노래는 깊고 풍성하게 들렸다. 오랜 시간 억압에 눌린 자들이 현의 선율을 딛고 노래 밖으로 걸어 나왔다. 선율마다 길지 않은 생이 보였다. 그 세상은 억압과 상실의 연민을 끌고 밀려왔다. 가진 자들은 더 많이 가졌고, 없는 자들은 더 없었다. 말할 수 없는 자들의 시대는 저항으로 말하였고, 먼 시대의 고통은 회한과 울분이 뒤섞여 밀려왔다.

 노래가 점점이 머릿속에 흩어져갈 때, 응교가 눈을 들어올렸다. 머리 위에 떠있어야 할 달이 보이지 않았다. 구름 뒤에 숨거나 바람이 품은 것도 아니었다. 정여립이 불러 모은 큰나무 별자리가 달의 자리를 메우고 있었다.

 응교가 노래상자 단추를 눌러 노래를 멈추게 했다. 달이 사라진 시간에 침묵은 깊고 단단했다.

 사라진 달.

 누군가 사다리를 놓고 따서 가져간 것도 아니었다. 사라진 달을 놓고 사람들이 웅성거렸다. 땅의 큰 별이 졌으니 하늘의 달이 사라지는 것은 당연한 것이라고 했다. 해를 가린 달이 반역과 역모의 누명을 썼으므로, 스스로 존재를 버린 것이라고도 했다. 정여립이 죽으면서 달을 가져간 것이라고도 말했다.

　사라진 달을 두고 무수한 말들이 오갔다. 직관의 말은 존중받았다. 짐작의 말은 허공에 흩어져 쓸모없었다. 거룩한 말이 나왔고, 감성의 말이 오갔다. 과학의 말과 추상의 말이 수군거리며 저편으로 밀려갔다. 흉조와 길조가 뒤섞인 말은 다시 말을 낳아 멀리 퍼져갔다. 발 없는 말은 응교의 순간이동만큼이나 빠르고 정확했다.

　모두 돌아간 뒤 사라진 죽도 한 곳에 달이 보였다. 핏물이 고인 자리에 달은 내려 앉아 있었다. 정여립이 흘린 핏물 위에 달은 홀로 떠 있었다. 크고 우람한 달이 아니라 작고 소박한 달이었다. 누구나 만지거나 품을 수 있는 달이었다. 누구나 가질 수 있는 달이었다. 그 세상의 달은 여전히 아름다웠다.

　응교가 정여립을 향해 허리 숙였다. 누오가 부르는 소리가 들렸다. 응교가 순간에 누오 곁으로 미끄러져 갔다. 멀리에서 부엉이가 울었다.

에필로그
임금에 관한 소소한 여백

검은 모래

 해가 오를 때 바다 먼 곳부터 섬들이 솟아올랐다. 임금의 눈에 섬들은 멀거나 가까워도 자식 같았다. 버려진 무인도에도 꽃은 피고 새들은 날아다녔다. 사람들이 드나드는 섬에도 비는 내렸다. 비를 받은 나무마다 결실을 맺는 게 일이었다.
 무안 앞바다는 고요하고 평화로웠다. 전쟁을 잊은 듯 바다는 빛을 튕겨내며 부드럽게 출렁거렸다. 바다는 좋거나 좋지 않아도 아비의 너른 품속 같았다. 바다를 바라보는 임금의 시계는 넓고 아늑했다. 한양을 떠나 나주, 광주, 정읍, 보성, 담양, 영암에 이르는 남도를 따라 솟은 고을들이 품에 든 자식처럼 밀려왔다.

전라도 행차는 시찰보다 군사력을 집중하고 사전 군비 차원에서 뜻을 모았다. 검은 모래 위에서 치르게 될 전쟁의 명분은 언제 다가올지 모를 등불 앞의 바람과 같으므로, 임금은 상장군과 장군들이 바라보이는 물목에 올라 모두를 지휘하고 싶었다. 임금의 뜻은 바람 앞에 서거나 모래 위에 견디어도 부서지지 않을 만큼 단단하고 침착했다.

 임금이 무안 앞바다를 바라봤다. 얼마 전 건조한 함선이 저만큼 떠있었다. 하늘은 밝고 청명했다. 모래밭은 검은 빛이 돌았다. 내금위 무사들의 호위는 고요했다. 무안의 가을산은 나주 금성산 만큼이나 붉고 화사했다. 물길 따라 철 이른 연어 떼가 물을 박차고 남대천을 향해 헤엄쳐갔다. 연어들의 등짝은 붉게 빛났다.

 무안 앞 바다는 옥빛이었다. 바다 멀리 나가면 누른 흙물이 섞여들었으나 연안은 맑고 깨끗했다. 산호초 사이로 진귀한 물고기들이 헤엄쳐 다녔다. 물속의 산호는 봄날 화초만큼이나 투명했다.

 나주에서 한달음에 달려온 관찰사와 인근의 호족들은 말을 아꼈다. 미시가 되었을까, 남방 진지에서 북소리가 들려왔다. 이마 위로 오른 해가 무안 바닷가를 데울 시각이었다. 임금은 심상치 않은 것을 알았다. 전령을 태운 말발굽 소리가 들려왔다. 출발지가 어디인지 알 수 없었다. 말 콧구멍에서 거친 숨소리가 들렸다. 재갈을 물린 입에서 끓는 소리가 났다.

내금위장이 앞을 가로막아 섰다. 전령이 엎어지듯 깊이 몸을 숙였다.

"적들이옵니다."

전령이 숨을 몰아쉬다가 말을 이었다.

"나주 벌판을 가로질러 한 떼의 왜적이 이곳으로 달려오고 있사옵니다."

"얼마나 되느냐?"

"족히 일천은 될 듯하옵니다."

근래 들어 잠잠하던 쟁의 파문이 한차례 바람을 몰고 왔다. 정군과 갑사를 국경 수비대로 보내고, 내금위를 앞세운 자리에서 전령의 보고는 위태롭게 들렸다. 내금위의 기량을 생각하면 든든할지 알 수 없었다. 내금위는 90명으로 구성된 경호대였다. 뛰어난 무사들이 많았다. 어려서부터 혹독한 훈련을 거친 무사들이었다.

임금이 지그시 입술을 깨물었다. 바다 건너 물길을 떠도는 왜적은 소규모 부대를 이끌고 자주 조선 땅을 침범했다. 그때마다 승패에 관계없이 아군에게 손상을 주었다. 이번 전쟁은 강도가 다를 것이라고, 임금은 생각했다. 임금이 목소리를 높였다.

"적들이 어디까지 밀고 왔느냐?"

"목포 해안가에 수십 척의 배를 정박시키고 이곳 무안으로 진격하고 있다고 하옵니다."

임금이 이마를 짚으며 자리에서 일어섰다. 내금위 무사들이 뼈마디처럼 임금을 감쌌다. 전령의 어깨가 떨렸다. 모두는 임금의 말을 기다렸다.

"한양은, 궁성은 안전한가?"

"상장군과 대장군들이 무리 없이 궁성을 돌아보고 있을 것이옵니다. 그 이상 알 수 없고, 볼 수 없었나이다."

상장군을 비롯한 예하 장군들이 버텨 줄 것 같았다. 별시위와 내시위만으로 수도 경비는 충분했다. 궁성 곳곳을 지탱하는 장수와 대신들의 우유부단함이 신경 쓰였으나 믿어야 했다.

*

임금은 선왕 시절부터 수차례 조선 땅을 침범한 일본과의 사적 울분을 잊지 않았다. 시시때때 일어서는 전운이 조선을 긴장하게 만드는 것도 알았다.

굳은 표정으로 임금이 물었다.

"일본은 언제까지 조선을 넘볼 것 같은가?"

내금위장이 눈썹을 모으며 대답했다.

"기근에 멸족하지 않는 이상 오래도록 지속될 것이옵니다."

"저들은 왜 농사를 짓지 않고 바다 위를 떠도느냐?"

"섬나라에서 배를 띄운 자들이옵니다. 바다의 유랑이 멈추는 순간 끝이라는 걸 알기 때문이옵니다."

일본은 여전히 비략질로 조선 해안가를 갉아댔다. 고려를 넘어 조선과의 적대 감정은 숙명처럼 이어졌다. 일본은 침략 때마다 갑옷과 투구와 병기를 남겨두고 떠났고, 조선은 막대한 군비를 감당해야 했다. 친화를 내걸어도 무력 충돌은 피할 수 없었다. 임금은 나주에 진을 설치해 시시때때 닻을 내리는 왜적을 토벌해야 했다.

임금의 눈썹이 꿈틀거렸다. 임금이 목청을 높였다.

"오래 전 고구려와 신라 앞에 조공하던 자들이 조선은 왜 부정하는가?"

"고려를 높고 아름다운 나라로 알고 있는 자들이옵니다. 그 때문에 고려를 무너뜨린 조선을 적으로 삼고 있사옵니다."

"조선 아래에는 들어오지 않겠다는 것이냐?"

"그러하옵니다."

임금의 표정은 조급해 보였다. 목에서 무소뿔이 보였다.

"무도한 놈들……. 다시 조선을 넘보자고 이곳까지 군대를 이끌고 오다니, 시위를 떠난 화살이다. 무너뜨릴 수 있겠는가?"

내금위장의 표정이 좋지 않았다.

"우선 피하셔야 하옵니다. 숫자가 아군보다 훨씬 우세하옵니다."

임금은 아랑곳 하지 않고 목소리를 높였다. 나주를 거쳐 무안 땅을 밟은 뒤 단 한번 없던 호령이었다.

"모두 목숨을 다하라. 이번 전쟁도 하늘 아래 일이다. 싸우다 죽은 자는 후세에 전할 것이며, 모두에게 기억될 것이다."

임금이 거침없이 말에 올랐다. 내금위장이 소리 없이 칼을 빼들었다. 임금이 칼을 치켜들기 무섭게 먹구름이 몰려왔다. 말 위에서 임금의 심중은 어지러운 바다 위를 떠다녔다.

*

미시가 지날 무렵 서쪽 산허리에서 북소리가 들려 왔다. 일본 기병은 검은 갑옷에 창, 칼, 활로 무장하고 있었다. 눈매마다 살기가 번득였다. 이번 전쟁에서 누가 죽고 누가 살아남을지 알 수 없었다. 적들이 버리는 목숨과 아군이 버리는 목숨은 달라야 했다.

 산마루를 내려서는 말발굽에서 쇳소리가 들려왔다. 내금위장이 임금을 놓고 궁사들을 초승달처럼 둥글게 늘어뜨려 배치했다. 칼을 쥔 무사들을 앞에 세워 적을 막아서도록 했다.

 임금은 말 위에서 갈증을 느꼈다. 햇살 너머 적들은 헛것 같았다. 창끝에 빛이 튕겨나가기 무섭게 적군의 말은 산허리를 박차고 내려섰다. 말발굽을 따라 검은 빛이 뛰어올랐다. 궁사들이 화살을 아끼지 않았다. 시위를 벗어난 화살은 소리가 없었다. 적들의 목과 가슴팍에 닿을 때 화살은 소리를 죽였다. 적들이 탄 말의 목과 배에 닿을 때도 화살은 소리가 없었다. 내금위 무사들은 틈을 주지 않고 병기를 휘둘렀다. 무사들의 칼은 빨랐다.

 쟁의 호연지기는 이런 것이라고, 임금은 생각했다. 위선과 오만에 젖은 궁성의 신하들과 다른 것도 알았다. 흔들리는 적군 사이에 내금위 무사들의 혈전은 요긴해 보였다. 무사들은 적을 베고 또 벴다. 무사들은 승무를 추는 듯이 보였다.

 갱―, 칼이 허공을 가르는 소리를 냈다. 내금위장을 향해 셋의 적군이 달려들었다. 적군의 칼은 꿈결 같았다. 숨은 살기를 드러내며 내금위장을 노려봤다. 적의 난입은 재빠르고 틈이 없었다. 까맣게 밀려오는 창칼의 난무를 바라보며 말들은 울었다. 말들에겐 적군도 아군도 없었다.

 임금이 소리쳤다.

"모두 멈추고 대기하라."

 순간 적군도 아군도 싸움을 멈추었다. 내금위장의 목을 겨눈 적군이 칼을 거두었다. 쓰러져 있던 적들이 몸을 일으켰다. 내금위 무사들이 모래를 털고 몸을 일으켰다. 적과 내금위 무사들이 일제히 투구를 벗고 임금 앞에 무릎을 꿇었다. 바닷가엔 피 한 방울 보이지 않았다. 모두는 고개 숙인 채 말이 없었다.

 임금이 굵은 목소리로 말했다.

"이번 훈련도 실전 같지 않다. 다만 훈련뿐인 훈련이 실전에서 긴요할 수 있겠는가를 생각하라. 생각은 머리로만 하지 말고 몸과 가슴으로 삭이며 깊이 골몰하라. 훈련에서 의미를 찾지 마라. 훈련을 실전이라 생각하는 건 모두가 하나같은 마음이라야 가능하다."

 임금은 내금위장의 진법에서 가상한 면을 읽었으나 버려야 할 것을 버리지 못하면 목숨을 내주어야 하는 것도 알았다. 임금이 단전에 힘을 주었다.

"내금위장은 오늘의 훈련을 돌아보라. 무엇이 부족한가를 묻되, 자책하진 마라. 모두들 애쓴 보람은 있다. 다만 치밀하지 못한 아쉬움도 남는다."

임금이 돌아섰다. 내금위 무사 셋이 임금을 호위했다. 관찰사가 종종 걸음으로 따라 붙었다. 내금위장이 멀어지는 임금을 바라보며 허리 숙였다. 머리 위에서 바닷새가 울었다.

내금위장의 표정이 좋지 않았다. 버려진 나룻배처럼 침통한 얼굴로 모두를 바라봤다. 왜적으로 변복한 무사들이 갑옷을 벗으며 투덜거렸다. 훈련은 보이는 것보다 보이지 않는 것이 더 많았다. 내금위장의 입에서 젖은 음성이 새어 나왔다.

"오늘의 훈련은 머나 먼 전쟁의 날들 가운데 하루에 지나지 않는다. 실전은 무수한 훈련과 훈련 사이에서 가늠된다. 모두 수고했다."

내금위장이 무거운 눈으로 무사들을 바라봤다. 지친 기색이 역력했다. 전쟁을 불사한 훈련이 실전처럼 버거운 듯싶었다.

저만큼 임금을 태운 수레가 헛것처럼 보였다. 말울음이 연안으로 밀려갔다. 임금의 수레가 산허리를 돌아설 무렵 비가 내렸다. 빗줄기가 스산했다. 무안의 바닷가는 시린 겨울을 예감했다.

엄뫼

 금산사는 조용하고 소박했다. 뒤쪽으로 펼쳐진 산악은 부드럽고 완만했다. 곧은 나무가 많았다. 계곡물은 깨끗했다. 산마루에서 불어온 바람은 부드럽고 시원했다.

 임금이 말을 세우고 한참이나 산악을 바라봤다. 말에 오른 뒤 처음 입을 열었다. 말할 때 단내가 밀려갔다.

 "정갈한 산이다. 넉넉한 품속 같아. 가파름 없이 부드러운 줄기가 동서로 이어져 있다. 완만한 능선이 남북으로 고루 퍼져 있어."

 임금의 감탄이 새롭게 들렸다. 어느 바다, 어느 산자락도 임금의 속을 태운 적이 없었다. 임금의 눈을 사로잡는 비경은 얼핏 보기에는 평범해도 바라볼수록 사람의 마음을 끄는 구석이 느껴졌다. 산 아래 트인 자리마다 먼 마을이 열리고 산나물 향이 밀려왔다. 허기가 아니어도 하루의 질량으로 밀려오는 산채만큼은 저버릴 수 없을 것 같았다. 산언저리에 들어선 마을의 태동은 조용했다. 끝자리에 익어가는 삶의 향기는 차분했다.

 내금위장이 대답했다.

 "엄뫼이옵니다. 대개는 금산金山이라 부르고, 모악산이라 부르지만, 이곳 사람들은 모두 엄뫼라고 부르옵니다."
 엄뫼.
 처음 들어도 입 안에 머금기 좋은 이름이었다. 산 이름 안에 어미의 정감과 모성이 전해왔다. 땀과 끈기와 지혜로 채워진 어미의 근성이 엄뫼 속에 들려왔다. 밤하늘 별보다 뚜렷한 것이 모성이며, 물보다 부드러운 것이 어미의 품안이지 싶었다.
 내금위장이 나직이 덧붙였다. 목에서 바람소리가 들렸다.
 "멀리 정상을 보소서. 봉우리 아래 쉰길바위가 박혀 있는데, 꼭 아기를 안고 있는 어미의 형상을 빼닮았다 하옵니다."
 임금이 눈을 들어 올렸다. 단풍이 지느라 산은 색채가 좋았다. 갈맷빛으로 갈아입은 산봉우리는 노을에 빛나는 바다 같았다. 임금의 입에서 순한 바람소리가 들렸다.
 "허―, 영특한 아기가 거기 있구나. 아기를 안은 어미의 모습······. 해서 엄뫼라고 불렀다. 그럴 것이야. 어미의 본성은 평생 변하지 않는다. 그 어미의 모습 또한 저기 있으니 그렇게 부를 만도 하다."
 불변의 성정을 지닌 산악은 크고 부드러워 보였다. 임금과 내금위장과 무사들의 눈에 엄뫼는 친근한 어미의 품속처럼 밀려왔다. 모두는 가지런한 수목을 바라보며 말을 잊은 듯했다.

산 정상에서 북쪽으로 뻗어 나온 동맥과 남쪽에 닿은 정맥이 마치 양팔을 벌린 어미가 사방 수백 리 들녘을 감싸 안은 모습이었다. 비와 눈과 나무의 수액이 야트막한 마을로 나가 저수지를 채우고, 만경강으로 흘러들어 기름진 평야를 일구는 형상이 거기 있었다. 정상에 서면 멀리 소실된 절터를 품은 미륵산이 보였고, 맑은 날 계룡산과 마이산이 보였다. 맑은 날엔 전라도 끝자리 서해 바다가 출렁거리며 눈에 닿을 듯 밀려왔다.

*

임금이 말에서 내렸다. 내금위장이 무사들을 곳곳에 배치했다. 먼발치까지 무사를 보내 사방을 경계했다. 임금이 눈앞의 엄뫼를 바라보며 말했다.

"지나칠 수 없는 산이다. 한눈에 바라볼 수 있는 곳으로 무사들을 모아라."

제.

내금위장은 짧게 대답하고 무사들을 너른 자리에 불러 모았다. 무사들은 움직일 때 소리가 없었다. 임금이 고개를 끄덕였다. 무사들 모두가 엄뫼를 바라봤다. 칼을 접고 산을 올려보는 무사들의 모습이 생각보다 좋았다. 어디를 보든 조선을 지키는 무의 정령이 단단했고, 밀려오는 충의 조건은 깨끗했다.

　임금이 쑥스러운 표정으로 입을 열었다.
"조선의 노래로 엄뫼와 마주할 것이다. 오래전부터 기다려 왔다. 머리에 맺혀들고, 마음에 사무치며, 몸을 부르는 산과 만나거든 조선의 노래로 기념할 것이라고……. 모두 함께 부를 것이다. 목청껏 불러야 한다."
　누구의 입에서 먼저 시작되었는지 알 수 없으나 조선의 노래는 기운 데 없이 물결처럼 낮고 조용히 시작됐다.

　　　아리랑 아리랑 아라리요
　　　아리랑 고개를 넘어간다.
　　　나를 버리고 가시는 님은
　　　십리도 못 가서 발병 난다……

　높고 낮은 화음이 동시에 울려 퍼졌다. 태어나 수백 번은 불렀을 조선의 노래는 모두의 머리에서 잊히지 않았다. 요람에서 무덤까지 고을 곳곳에 각양의 애환과 질곡과 향수를 실어 나르는 노래는 언제 어느 때고 다감했다. 노래는 이별의 아품을 한 가지 사연으로 전하고 있으나 사연 속에 수천수만 가지 삶과 죽음을 품고 있었다.

 임금과 내금위 무사들의 노래는 너른 파도로 밀려와 먼 바다 끝에서 출렁거렸다. 산과 땅과 하늘을 굽어 일자로 뻗어와 엄뫼 정상에 가서 닿을 때, 임금은 오래전 잃은 어미를 생각했다. 후궁의 몸으로 살다 죽은 뒤 어미는 별이 되었을지, 바람이 되었을지 알 수 없었다.

 노래가 품은 망자의 정한이 무사들의 가슴을 눌러왔다. 무사들이 노래에 맞춰 스물일곱 가지 동작의 무도舞蹈를 추었다. 무사와 함께 임금의 춤사위가 파문처럼 떠갔다. 일체의 군무가 노래에 보태어질 때, 임금은 학이 되는 것을 알았다. 무사들의 역동은 구김살 없는 조선의 여백으로 떠갔다.

 노래가 끝나자 임금이 숨찬 목소리로 말했다. 목에서 젖은 물기가 떨어져 내렸다.

"참으로 아름답다. 조선의 노래는 무사들과 하나가 될 때 너른 바다가 되고 큰 산악이 된다. 엄뫼를 바라보며 부를 수 있는 노래가 있어 참으로 다행이다. 조선의 노래는 태동하는 나라마다 전할 것이고, 더 멀리 눈뜨는 후대에 전해질 것이다. 조선의 혼을 아리랑이라 해도 좋을 것이다."

 임금의 말은 소박하고 정갈했다. 내금위장은 흔적 없이 떠돌던 임금의 어린 시절을 생각했다. 덕흥군 이초와 하동부대부인 정씨의 삼남으로 태어나 하성군河城君에 봉해지기까지 어려운 시절을 떠올렸다. 선왕의 죽음을 방조하던 문무 신료들의 무도와 부정의 시대가 보풀처럼 머릿속을 비켜갔다. 임금의 자리에 오를 수밖에 없던 호연지기를 생각했다. 적자와 서자가 대립하는 불화와 압박의 시대를 지나 임금은 조선의 노래 속에 박혀든 세상으로 건너가고 있었다.

*

 내금위장의 생각은 임금과 다르지 않았다. 눈가의 물방울이 무엇을 말하든 임금은 조선의 노래로 삶을 떠올렸다. 엄뫼의 산세가 임금을 사로잡은 것인지, 임금의 눈에 엄뫼가 달려든 것인지는 알 수 없으나 엄뫼의 특별함을 알 듯했다.
 고정하소서.
 입 속에 맴도는 말을 뱉지 못했다. 생각 끝에 내금위장이 나직이 뱉었다.
"모두가 아리랑에 박혀든 삶을 원하지는 않을 것이옵니다. 하오나 아리랑 하나로 나라가 무르익을 수 있다면 더 바랄 것이 없을 것이옵니다. 그 모두 전하께서 거쳐 온 시절이 말해주고 있사옵니다."

"안다. 내게 내려진 고통도, 나의 운명도, 모두 조선의 노래가 있음으로 견딜 수 있었다. 엄뫼를 바라보며 부른 노래가 덧없지 않아 좋다. 오랜만에 함께한 무사들의 군무도 좋았다."

임금의 표정이 밝았다. 노래 하나로 임금의 심기가 밝아지면 그 이상 바랄 게 없었다. 내금위장이 밝은 목소리로 임금의 마음을 다독였다.

"무예든 춤이든 늘 준비가 되어 있는 무사들이옵니다. 그만 무사들을 물리겠나이다. 말에 오르소서."

"갈 길을 놓고 오래 지체했다. 어미의 품을 닮은 산에 잠시 마음을 빼앗겼다. 허나 사소하지 않다. 구김살이 없어 좋구나. 마음속에 기다려온 산이었던 모양이다."

임금은 밀려오는 시대에 맞서 역류를 꿈꾸고 있는지 알 수 없었다. 선왕의 죽음을 딛고 임금의 자리에 오른 것만으로 거칠게 이어온 삶을 부정할 수 없었다. 운명은 가혹한 것이며, 비켜갈 여지가 없으므로 시류에 건너가야 할 짐들은 임금 스스로 등에 지거나 머리에 이고 가야했다.

임금은 운명 앞에 의기소침하거나 비켜가는 삶을 원하지 않았다. 거칠고 어려운 시절은 태생에서 왔다. 고통을 대신할 고통이 없다는 것을 임금은 일찌감치 알았다. 크든 작든 고통은 늘 머리에 예감되었고, 머리 지나 발목까지 죄어오고 다그쳐오는 고통일지라도 임금은 우회하지 않았다.

임금의 운명은 쉽게 이해되지 않았다. 인내할 수 없는 고통을 이해하는 것부터가 운명일 것인데, 임금의 고통은 물러갈 줄 몰랐다. 임금의 운명이 조선이 짊어진 운명이라고, 누구도 말하지 않았으나 고통 앞에 임금의 운명은 늘 깨끗하고 또렷했다.

임금이 말에 올랐다. 내금위장이 세 발굽 뒤에 따라 붙었다. 무사들이 임금의 말을 에워쌌다. 새들이 머리 위에서 울었다. 햇살이 밝고 부드러웠다. 해의 주름이 길을 비출 때 임금의 갑옷에 박힌 비늘이 몸을 떨었다. 비늘마다 잔 빛이 솟았다.

꿈속을 걷는 아이

편전 너머 하늘은 어둡고 캄캄했다. 하늘은 별을 내려 땅에 응답했다. 땅은 물과 바람을 보내 터전을 더했다.

내금위장이 붉은 눈시울로 말했다.

"많은 것을 바라지 마소서. 뚫을 수 없는 현실을 놓고 고뇌하지 마소서. 지나간 것을 손과 머리에 쥐고 속을 끓이지 마소서. 애타는 속으로 모두를 바라보지 마소서. 바라시면 온다 기별해야 할 것인데, 기별할 수 없는 것을 기다리는 건 소모일 뿐이옵니다."

임금의 눈은 젖어 있었다. 그 모두를 다 짐작하는 임금의 마음은 허랑한 눈동자에 떠올라 있었다. 임금이 고개를 끄덕였다.

"안다. 기다려도 오지 않는 것을 기다리는 건 마음이라도 가서 닿으라는 뜻이다. 그 이상 바람은 없다. 정여립은 별이 되었겠지. 밤이 늦었구나. 그만 돌아가라."

내금위장이 조용한 눈으로 임금의 말을 받았다.

"아니옵니다. 모두 돌아가고 없는 시각에 전하께 보여드릴 아이가 있사옵니다. 이 시각이라야 제격일 것 같아 늦추었사옵니다."

임금의 눈이 가늘게 흔들렸다. 놀라움보다 늦은 시간의 은밀함이 무엇을 말할지 아는 눈치였다. 임금이 침을 삼키며 물었다.

"이 시간에 내게 보여줄 아이가 있느냐?"

내금위장이 대답할 때 목젖 너머 떨림과 긴장으로 밀려오는 감정을 알았다.

"꿈속을 걷는 아이이옵니다. 정여립과 결별하는 자리에 있었사옵니다. 죽도 대숲 언저리에서 하늘을 헤엄치는 고래와 함께 있었사옵니다. 무사에게 데려오라고 하였사옵니다."

임금의 눈이 뜨였다. 놀라움을 감추지 못하고 내금위장을 바라봤다. 내금위장이 내관에게 고갯짓했다. 녹색 관복의 내관이 부리나케 편전 밖으로 나갔다. 돌아올 때 깨끗한 바람을 짊어지고 왔다. 내관이 먼저 들어섰고, 아이가 뒤 따라 들어왔다. 멀리에서 부엉이 울음이 들렸다.

아이는 소박하고 수수했다. 머리를 뒤로 묶어 단정한 얼굴로 임금 앞에 다가와 앉았다. 아이의 눈동자 속에 초겨울 빈 들판이 보였다. 안개를 뚫고 꿈속까지 정밀한 그림으로 걸어온 아이는 눈앞에 앉은 아이와 다르지 않았다. 머리부터 발끝까지 꿈에서 보았던 그 아이였다.

내려 보는 임금의 입에서 가쁜 숨이 밀려나왔다.

"네가, 고려 현종 임금을 옹립했다던 강조의 여식이란 말이냐?"

"……."

아이는 초롱한 눈으로 임금을 올려봤다. 눈 속에 조용한 눈보라가 보였다. 임금의 입에서 가쁜 날숨이 새어나왔다. 어린 것의 얼굴을 바라보며 정처 없이 떠돌던 어린 시절을 생각했다. 세상천지 기대고 살아갈 어미아비를 먼저 저 세상으로 보낸 아이의 마음은 하나이듯 같은 것이라고, 임금은 동에서 서로 기우는 별자리를 따라 흐르는 핏줄을 생각했다.

 말하지 않아도 아이의 어려움을 알 것 같았다. 다리가 저려 와도 미동 없이 아이는 긴 밤을 건너갈 채비를 하고 온 듯했다. 입이 무거운 아이는 강조의 초상과 무척 닮은 것 같았다.
"눈매가 밝구나. 몇 살이며, 이름은 무엇이더냐?"
"열한 살, 은결恩潔이라 합니다. 강, 은, 결."
 목소리가 순하고 맑게 들렸다. 이름자 속에 강조로부터 입었을 은혜가 보였다. 강조의 은혜가 품은 깨끗한 정서가 이름자 속에 박혀 있었다. 이름 하나로 아이의 모두를 알 수 없어도 강조의 여식으로 나고 자라 어엿한 걸음으로 임금의 꿈결을 찾아온 데는 이유가 있지 싶었다.
 임금이 아이의 머리를 쓰다듬듯 말했다. 목에서 가느다란 떨림이 들렸다.
"어떻게 먼 시간을 건너 여기에 와 있느냐?"
"시간을 삼킨 누이와 순간에 공간을 이동하는 키 큰 형이 저를 죽도로 데려다 주었습니다. 누이는 누오라 불렀고, 형은 김의몽이라 하였습니다."
 이마가 둥근 아이의 머리통은 단단하고 총명해 보였다. 눈매가 잘 찢어져 바라보는 무엇이든 맑고 정직할 것 같았다. 매끄러운 콧등을 지나면 시위를 당긴 화피단장이 입술에 그려졌고, 붉은 입술 위로 신중한 인중이 패어졌다.

　임금은 세심한 관찰자가 되어 아이의 얼굴을 찬찬히 살폈다. 이 밤에 무엇을 묻든 아이는 말해줄 것 같았다. 임금이 물었다.

　"너는, 너의 꿈과 나의 꿈속을 자유자재로 넘나들 수 있느냐?"

　"저는 꿈과 꿈을 잇는 경계에 있습니다. 나랏님의 꿈만 아니라 모두의 꿈에 들어갈 수 있고, 이미 죽은 자의 정령을 꿈에서 만날 수 있습니다."

　거짓 없이 말을 잇는 아이의 목소리는 분명했다. 아이의 목에서 만경강 수면 위를 뛰어오르던 물고기 떼가 보였다.

　임금이 호기심 어린 눈으로 물었다.

　"꿈과 꿈을 잇는 경계라고 하였느냐?"

　아이가 고개를 끄덕이며 대답했다. 표정이 밝아 보였다.

　"처음엔 무섭고 낯설어 보였는데, 이제는 아무렇지 않습니다."

　"몸이 알아들은 게로구나. 허면, 너는 꿈속을 어떻게 진입하느냐?"

아이의 얼굴에 생기가 돌았다.

"꿈을 걸어가다 보면 항상 큰 대문을 지나가게 됩니다. 거기에 문을 지키는 수문장이 왜 여기 왔느냐 하고 물으면, 저는 만나야 할 자의 생년과 일시를 말해줍니다. 그러면 수문장이 손을 내미는데, 잠들기 전에 손에 쥐고 있던 곶감을 전해주면 수문장이 맛있게 먹습니다. 혼자 오랫동안 문만 지키고 있으면 심심해 죽겠답니다. 정신없이 곶감을 먹어치운 수문장이 수천수만 개의 문 가운데 한 곳을 가리켜줍니다. 수문장이 잘 다녀오라고 하면, 저는 손을 흔들며 뒤돌아보지 않고 걸어갑니다. 수문장이 가리킨 문을 열고 들어가면 그곳에 만나고자 하는 사람이 기다리고 있습니다."

임금의 표정이 좋지 않았다. 늦은 밤에 철없는 아이의 허깨비 같은 말을 믿어야할지 버려야할지 알 수 없는 표정이었다. 강조의 여식이 아니라 누구라도 물고를 내려야할 이야기에 임금은 망설였다.

아이의 말에 임금이 쩍-, 소리 나게 허벅지를 내리치는 대신 굳은 얼굴로 다시 물었다.

"그렇구나. 허면 죽은 자의 정령은 누굴 만나보았느냐?"

내금위장이 임금의 얼굴을 바라보며 긴장했다. 어이없고 기가 막혀오는 아이의 이야기에 임금이 취한 건 아닌지, 내금위장의 얼굴이 근심이 어른거렸다.

  그러거나 말거나 아이는 밝은 얼굴로 대꾸했다.

"무산 아랫마을 대장간에 벗하는 사내아이가 있었는데, 그 아이 아비가 못에 찔려 파상풍을 앓다 죽었습니다. 그런데 옆집 사는 큰 아이한테 쥐어 터지곤 제 아비가 보고 싶다고 울고불고 난리가 아니었습니다. 어쩔 수 없이 꿈에서 그 아비를 만나 아이의 말을 전하고 온 적이 있습니다."

"그래, 그 대장장이는 뭐라든?"

"사내자식이 그깟 일로 계집애처럼 운다고 면박만 주었습니다. 덧붙이면서 괜히 어매 속 썩히지 말고 대장간 일만 잘해도 먹고 살 테니 걱정하지 말라고 했습니다. 칠월칠석날엔 절대 물가에 나가지 말라고 했습니다."

"칠월칠석은 왜?"

"비가 많이 와서 물가에 있다간 큰 봉변을 당할 것이니, 집 안에 얌전히 기다리고 있다가 대장간 마당으로 돼지가 떠내려 오면 그걸 잡아 끼니를 대신하라고 하였습니다."

  해마다 대동강 어귀에서 물난리가 나는 모르지 않았다. 그때마다 마을이 물에 잠기고 소와 돼지와 개와 닭들이 물에 떠내려갈 만큼 큰 홍수를 겪은 날도 잦았다.

  임금이 헛기침 끝에 물었다.

"그래서 어찌되었느냐?"

"대장간 아비가 말한 대로 칠월칠석날 집안에 꼼짝 않고 있다가 물에 떠내려가는 돼지를 잡아 수해로 허기긴 마을 사람들 모두가 보신한 적이 있습니다."

임금이 입맛을 다시며 입을 쩝쩝거렸다. 돼지 수육이 생각나서 그런지, 아이의 이야기가 허황된 것인지 알 수 없었다. 임금이 무거운 눈꺼풀을 치켜뜨며 말했다.

"늦은 밤에 먹는 이야기 말고 다른 이야기는 없느냐?"

"제 말이 싱겁고 시시한줄 압니다."

"이왕이면 내가 아는 사람들을 말해주면 어떻겠느냐? 아니, 그보다 오래전 죽은 왕들을 만난 적은 있느냐?"

임금은 창문 너머 먼 별을 바라보며 먼저 죽은 임금들을 생각했다. 저편 시대를 살아갔을 임금은 별이 되거나 물로 되어 흐르거나 바람이 되어 천지를 불어 다니지 싶었다.

늦은 시간인데도 아이는 잠 없는 얼굴로 또박또박 임금 앞에 말을 풀었다.

"고구려 때 대륙을 활거한 광개토대왕을 만난 적이 있습니다."

"무슨 말을 나누었느냐?"

"요동 땅을 그리워하고 있었습니다."

지금은 국경 너머 명나라에 속했어도 그 옛날 고구려가 정복한 영토였으니 그리워할 만도 했다. 임금이 덧붙여 물었고, 아이가 대답했다.

"대조영 발해왕을 뵈었고, 신라 태종무열왕을 만난 적이 있습니다. 대가야 가실왕의 비운을 나눈 적이 있고, 백제 견훤왕을 만났습니다."

 천근만큼 무겁던 임금의 눈이 번쩍 뜨였다. 끝까지 백제를 지키려 했던 견훤은 죽은 뒤 무슨 말을 들려주었을지 궁금했다. 짐승을 자유자재로 다루고 교감했다는 견훤의 전설을 확인하고 싶었다.

"견훤왕은 어디에 있더냐?"

"금산사에 머물고 있었습니다. 백제의 멸망을 안타까워하고 있었습니다. 혼백으로 남아 백제를 지키려 함은 그 분의 뜻이었습니다."

 임금은 견훤의 후예를 자처하는 무리를 생각했다. 바람의 사제들이라고 했다. 무거운 언약 아래 복종을 꿈꾸고, 그 아래 죽음을 숙명으로 정한 자들의 눈빛은 두려움이 없었다. 스스로 삶의 굴레를 짊어진 자들이 견훤을 추억하고 거룩한 사제의 길을 걸어가고자 했다. 아들 신검에게 밀려나 금산사로 쫓겨 가면서 무너지는 세상을 경험한 견훤은 짐승처럼 울부짖었다고 했다. 울음이 간곡하여 산천이 따라 울었다고 했다.

　　　　　　　＊

　왕가의 비기에 바람의 사제들의 출몰은 보풀처럼 가벼웠으나 견훤을 따라 운신할 때 거친 눈보라로 밀려왔다. 머리까지 눌러쓴 검은 장옷에 격정의 칼과 궁극의 활로 무장한 사제들의 모습은 흔하지 않은 모습으로 임금의 머리에 박혀 들었다. 열두 마리 검은 말들이 지천을 흔드는 소리가 귓가에 쟁쟁했다. 달빛을 머금은 칼마다 어디서 뻗어왔는지 날카로운 빛살이 튕겨나갔다. 마른 시위를 따라 바람과 시간이 멈출 때, 임금은 견훤을 추억하는 자들의 어려움을 생각했다.
　임금의 입에서 까다로운 연민이 묻어왔다.
"바람의 사제들을 아느냐?"
　아이의 표정이 단번에 굳어지는 것을 알았다. 아이가 손을 움켜쥐고는 겨우 말했다.
"꿈속에 검은 옷으로 얼굴을 가린 무리를 만난 적이 있습니다."
"무리 가운데 쇠를 다스리는 아이가 있더냐?"
　아이가 대답 대신 고개를 끄덕이며 몸서리쳤다. 아이의 머릿속에 수천 개의 쇳조각이 날아올랐다. 삽시에 몸을 뚫고 지나듯 쇠들이 아이의 머릿속에 난무했다. 회오리 같은 쇳조각이 허공을 가를 때 아이의 눈동자를 가로질러 쇠를 다스리는 아이가 걸어왔다. 그 아이는 말없이 강조의 여식을 바라봤다. 서로 말로 전할 수 없는 긴장이 돌았다.

임금이 아이의 얼굴을 내려 보며 나직이 물었다.

"표정이 좋지 않구나. 그 아이가 무어라 말하더냐?"

"검은 무리와 함께 세상에서 사라질 것이라고 꿈에서 말했습니다. 쇠로 된 성을 지어 그곳에서 살기를 원했습니다. 등 뒤로 수천수만 개의 쇠들이 물결처럼 뻗어 있었는데, 아이의 마음에 따라 한없이 꿈틀대며 살아 숨쉬기를 원했습니다."

쇠가 떠가는 아이의 세상은 위험해 보였다. 쇠로 무엇이든 짓고 쌓는 아이의 능력은 한없이 부러웠다. 아이의 신통력을 빌리면 무엇이든 할 수 있을 것 같았다. 국경을 침공하는 적들을 단숨에 섬멸시킬 수 있으며, 오래 전 잃은 요동 땅도 회복할 수 있을 것 같았다. 궁성에 들끓는 문무의 갈등도 가능하면 잠재울 수 있을 것 같았다. 공상과 다를 바 없는 아이의 꿈을 딛고 임금이 당도한 상상의 끝은 허허롭고 가뭇없었다.

그럴 수 없다는 것을 모르지 않았다. 실제와 허구 사이에 임금이 얻을 가치와 잃을 위엄은 나누어지지 않는 영토에 놓여 있었다. 임금은 초월의 능력을 탐하는 마음을 용납할 수 없었다. 사치와 허세이며, 비겁과 수치에 지나지 않은 것도 알았다.

임금이 한숨 쉬었다. 내금위장이 입이 터지게 밀려오는 하품을 참으며 아이를 바라봤다. 내금위장이 낮게 말했다.
"오늘은 늦었사옵니다. 다음을 기약하심이 좋을 듯하옵니다."
 임금이 내금위장을 바라보며 고개를 끄덕였다. 그러지 않아도 아이와 대화를 언제 끊어야할지 망설이던 터였다. 임금이 혼잣말로 중얼거렸다. 생각 끝에 임금이 말했다.
"궁에 머물 수 있겠느냐?"
"검은 무리와 함께 세상에서 사라지고 싶습니다."
 임금이 고개를 끄덕였다. 붙잡을 수 없다는 것을 알았다. 임금이 다시 물었다.
"아픈 데는 없느냐?"
"……."
 아이가 말없이 임금을 바라봤다. 대꾸하지 않아도 알 것 같았다. 눈매가 분명해 보였다. 생각이 많아서 그런 것 같았다. 숨을 내쉴 때 고른 숨소리가 들려왔다. 바라보면 깨끗한 시선이 느껴졌다. 열한 살 아이치곤 영민해 보였다.
 임금이 나직이 읊조렸다. 목에서 새순 같은 바람이 불어갔다.
"꿈속을 걷는 아이가 조선에 있구나."
 아이가 초롱한 눈으로 임금을 올려봤다. 멀지 않은 곳에서 부엉이 소리가 들렸다.

쿠키 에피소드
인왕산에서

2016년 시월.

산간에 소리 없이 저녁이 내렸다. 흐린 반달이 동편에 떠올랐고, 천지는 어두워져갔다. 멀리 풍뎅이 같은 자동차들이 눈에 불을 밝히고 어둠 속을 질주했다. 헤드라이트 불빛이 뱀장어 꼬리처럼 뻗어갈 때 모두는 인왕산 선바위를 뚫고 이 세상으로 건너왔다.

누오와 손을 맞잡은 아이들의 표정은 변화가 없었다. 숨을 몰아쉬거나 옷자락을 부여잡지도 않았다. 눈을 치켜뜰 일도, 콧속으로 바람이 들어갈 일도 없었다. 모두는 조용했다. 예문관 응교 김의몽만 헤드폰을 낀 채 흥얼거리며 몸을 흔들었다. 뇌가 시원해지는 음악이라도 듣는 지, 그새 시간여행이 익숙해진 듯했다.

이번이 다섯 번째 시간여행이 되지 싶었다. 모두는 지루함 없이 미래로 건너와 세상을 바라봤다. 시간여행 때마다 앓는 소리를 내던 피리 부는 소년도 멀미를 잠재운 듯 눈이 맑았다. 손에 불을 쥔 아이가 머리 위에 불을 놓자 사방이 밝아졌다. 쇠를 다스리는 아이가 보였고, 꿈속을 걷는 아이가 곁에 있었다.

심미안의 아이가 산 아래를 내려 봤다. 아이의 눈에 끝없이 이어진 촛불이 보였다. 저편 시대의 횃불이 이 시대에선 촛불로 바뀌어 있었다. 백만 개는 될 듯했다. 백발의 견훤이 광화문을 내려 보며 고개를 끄덕였다.

"작은 촛불이 모여 세상을 씻어내는구나. 혼탁한 기운을 씻어내려 광화문 일대가 끓어오르고 있어."

외롭게 빛나던 것들이 광화문 앞에 모여들면서 탁한 세상이 뚜렷이 보였다. 하나둘일 때는 보이지 않던 촛불이 백만을 이룰 때는 파도보다 높아 보였다. 광화문을 지나 촛불은 청와대 입구에서 꿈처럼 뒤척이며 사대문 너머 경기, 충청, 강원, 전라, 경상 길목으로 번져갔다. 도시 곳곳에 터를 잡고 세상을 태울 듯 이글거릴 때 오래전 들판을 메우던 동학인들의 횃불이 보였다.

연금술의 아이가 마야와 함께 행렬을 바라봤다. 아이의 왼

손 다섯 번째 손가락에 푸른 섬광이 보였다. 아이가 마야를 올려보며 물었다.
"누나, 이 세상은 횃불 없어도 환한데 왜 저러고 있어요?"
마음을 다스리는 여인이 물끄러미 아이를 내려 봤다. 물 빠진 스키니 차림의 마야가 대답했다.
"저건 횃불이 아니라 촛불이야. 견디다 못한 사람들의 마음이 촛불에 옮겨간 것이지. 작아도 마음과 마음이 모여들면 저렇게 큰 불길이 될 수 있어."
마음.
아이가 소리 없이 뇌었다. 손을 잡을 때 아이의 가슴이 출렁거리는 것을 알았다. 손화중의 외조카는 아비의 죽음을 알지 못했다. 죽음에 든 진실도 알지 못했다. 때가 되면 외삼촌과 함께 동학의 세상을 걸어가던 아비에 관해 말해주어야 할 것 같았다. 아비와 함께 죽어간 외삼촌과 전봉준과 김개남의 사연도 들려주어야 할 것 같았다.
둘을 바라보던 견훤이 기침 없이 말했다.
"마음들이 물결처럼 일어서는 순간 백성들 스스로 때가 되었음을 안 것이다. 지금이야말로 세상의 대동을 부르고 자유를 원하는 때라고……."
마음과 마음을 나누는 것이 대동이라고, 견훤은 말하고 있었다. 식지 않는 마음들이 모여 하나의 대동을 이루는 것이 세상 이치라고, 촛불은 말해주었다. 헤드폰을 낀 의몽의 눈에도 촛불은 보였다. 귓속을 울리는 노래에 맞춰 몸을 흔들어도 촛불은 뚜렷했다.

"저편 세상에서 이루지 못한 자유가 촛불 가운데 보였습니다."

 순간이동으로 광화문 망루를 다녀온 의몽은 오래전 상실한 자유와 그 너머 고통을 실어왔다. 말할 수 없는 시대를 지나쳐온 시대는 촛불 하나로 억압과 차별을 누르며 세상의 자유를 불러왔다.

"그 자유, 잊은 지 오래됐네. 정여립이 어떻게 죽었는가? 전봉준이 무엇 때문에 몸을 버렸는가? 김개남은, 손화중은 왜……."

 자유의 무내용으로부터 견훤은 여전히 자유롭지 못한 것 같았다. 자유의 무의미로부터 인왕산 선바위만큼은 시대마다 밀려오던 풍상을 기억하는 듯했다. 인왕산은 정선의 〈인왕제색도仁王霽色圖〉에 인간 본연의 자유를 실었고, 강희언의 〈인왕산도仁王山圖〉에 그려져 인간 너머의 자유까지 애달아했다. 오랜 세월 자유를 놓고 희구와 고락을 견뎠으니, 화기를 누르며 광화문에 내려선 내력만큼은 순하고 단단했다.

잘려나간 달빛이 세상을 비출 때 초월의 아이들은 이 시대와 결별을 준비했다. 어디를 가든 몽상과 허구로 떠도는 아이들이 달빛 아래 몸을 숨기거나 시간을 건너뛰고 공간을 뛰어넘어도 머리에 새길 것이 많은 듯했다. 모두는 촛불의 염원과 미래 사람들의 희망을 지켜봤으니 더 바랄 것이 없었다.

*

 아이들이 손을 잡고 귀환을 서둘렀다. 산안개가 밀려올 때 누오의 눈을 덮은 까만 돋보기가 보였다. 귓등으로 뻗어간 테두리에 정교한 문양의 로고가 의몽의 눈에 띄었다. 헤드폰을 벗고 의몽이 물었다.
"눈에 낀 그거 뭐야?"
 누오가 손가락으로 가리키며 말했다.
"아, 이거 썬글라스."
 검정 물을 입힌 돋보기는 난생 처음이라 신기할 만도 했다. 의몽은 조금도 기죽지 않은 목소리로 말했다.
"썬글라스? 처음 듣고 처음 보는 물건인데, 앞이 잘 안 보이거나 귓등이 찢기지는 않아?"
"전혀, 아니올시다."

의몽이 부러운 눈으로 바라봤다. 소리 없이 침을 삼키고는 동그란 눈으로 물었다.

"고것 참 신기하게 생겼네. 근데, 가만 생각해보니 이상해."

누오가 정말 궁금한 듯 물었다.

"뭐가?"

"언제부터 반말이야?"

"단순하게 생각해. 그냥 그렇게 하기로 했어."

누오의 표정으로 봐선 작심한 지 며칠은 된 듯했다. 의몽이 알아채지 못하게 슬며시 반말하기로 마음먹고는 때를 기다려온 것 같았다. 절대 돌이키지 않을 거라고, 누오의 눈은 말하고 있었다. 그러거나 말거나 의몽은 거칠게 밀고 나갔다.

"막 나가자 이거지?"

"화내봤자 하나도 안 무서워. 왠지 알아? 내가 이백년은 더 살았으니까. 아니 삼백년인가?"

어처구니가 없었다. 사람들이 고작 맷돌 손잡이를 무엇 때문에 고민했는지 조금은 알 것 같았다. 정말 허망하고 어이가 없는 얼굴로 의몽은 말했다.

"누가 아니래? 알긴 아네. 완전 할머니라는 거."

조금도 웃기지 않은 말로 의몽은 혼자 키득했다. 시간여행 부작용인 듯했다. 순간이동만으론 이러지 않았는데, 예문관 응교 김의몽은 요즘 들어 한 번씩 정신줄 놓는 게 일인 듯했다. 정여립이 하늘에 큰 나무 별자리를 새길 때만 해도 멀쩡했는데, 갈수록 진화가 빨라지는 것 같았다. 그러니 노화도 빠르게 진행되는 것이라고, 누오는 생각했다. 누오가 볼멘소리로 목소리를 높였다.
"아, 씨— 뭐래? 또 놀리면 돌아갈 때 혼자 놔두고 간다."
"뭐, 그러시든지⋯⋯."
 누오의 얼굴이 굳어지든 말든 의몽은 개의치 않고 혼자 낄낄댔다. 아무래도 시간여행 부작용이 심각한 것 같았다. 돌아가는 대로 의몽에게 사약을 내리든 보약을 내리든 둘 중에 하나는 해야 할 것 같았다.
 의몽에게 시간은 황금 같을지라도 누오에게 시간은 무無에 지나지 않았다. 단 한번 빗나간 적 없는 누오의 시간여행에 비해 무수한 공간을 오가는 의몽의 순간이동은 정교함이 떨어져 보였다. 시간과 공간의 엇갈림을 놓고 좌표를 설정할 때 숨 막히는 누오의 능력은 의몽의 능력보다 탁월하다 못해 무한에 가까웠다.
 시간여행 때문에 혀가 닳았는지는 몰라도 누오의 반 토막 말은 의몽의 비웃음을 사기에 충분했다. 요즘 의몽은 누오의 손을 잡고 떠나는 시간여행에 푹 빠져 살았다. 어디까지 갈지는 몰라도 무슨 일이든 끝을 보는 성깔이라 어쩔 수 없지 싶었다.

의몽은 무엇이든 즐기기를 좋아 했는데, 날이 좋든 흐리든 언젠가 예문관 대교와 함께 초대형 사고를 칠지 몰랐다. 그날을 기다리는 건 아니지만, 때가 오면 백만 년 과거 세상에 던져놓을 계획까지 세워두었다. 거기서 집을 짓든 글을 짓든 옷을 짓든 밥을 짓든 혼자 버려두는 것도 나쁘지 않을 것 같았다. 그곳에서 순간이동으로 천지를 헤매든 말든 혼자 살아봐야 시간이 중한 걸 알 듯했다. 조금은 더 생각해보고 결정할 것이지만, 그렇게만 되어준다면 시간여행 내내 심심하지는 않을 것 같았다.

"허허, 그러다 둘이 연분 날 것이야."

백발의 견훤이 둘 사이에 끼어들었다. 누오와 의몽은 동시에 눈을 찌푸렸다. 절대 그런 일은 일어나지 않을 거라고, 둘은 동시에 흘겨봤다. 견훤이 헛헛한 얼굴로 웃었고, 둘을 지켜보던 은결이 총명한 눈길로 말했다.

"할아버지, 이 세상에선 그렇게 말하면 촌스럽다 그래요."

꿈속을 걷는 아이는 길게 딴 머리를 흔들며 웃었다. 좀체 웃지 않는 아이가 웃자 세상이 조금은 순해지는 것 같았다.

"남녀상열은 원래 지지고 볶는 게 일이야."

지지든 볶든 누오는 세상일에 조바심 따윈 내지 않았다. 의몽에겐 절대 어울리지 않는 깜장 레자 바지 차림에 라이더를 흉내 내는 것에는 더 관심이 없다는 걸 보여주기 위해 누오는 눈에 힘을 주었다. 의몽이 인상을 구기고 물었다.

"그 썬글라스, 난 왜 안줘? 마이마이 도로 가져가고 고것 줘."

"웃기시네. 이게 얼마짜린 줄 알고, 쓰다가 질리면 넘겨줄게."

불을 다스리는 아이가 얼굴을 슬며시 웃었고, 심미안의 아이가 재미있는 구경거리라도 찾은 듯 둘을 바라봤다. 마야가 순간에 둘의 마음속을 들여다보고는 알 듯 모를 듯 희미하게 웃었다.

"속마음은 둘이 잘 통하는데, 왜들 그래?"

마야가 고양이 같은 눈으로 둘을 바라봤다. 마음속에 저장된 둘의 감정은 부러울 만큼 서로를 향했다. 말하지 않아서 그렇지 누오와 의몽은 서로를 간절히 원했다. 마야가 손가락으로 둥근 하트를 그려주자 둘은 언제 그랬냐는 듯 붉어진 얼굴로 다시 닭싸움을 이어갔다.

열두 명의 바람의 사제들은 뒤로 물러나 말이 없었다. 달릴 때마다 천지를 흔드는 열두 마리 말들을 저편 시대에 떼어놓고 오길 잘했다는 생각이 들었다. 말 대신 바이크를 탈만도 한데 사제들은 매번 말을 원했다. 백년이 지나도 바이크만큼은 타지 않을 것 같던 사제들이 〈스타워즈〉를 본 뒤에는 포스로 채워진 광선검을 원했고, 〈어벤져스〉를 관람한 후 캡틴처럼 꾸미길 원했다. 〈엑스맨〉을 보고는 눈을 반짝이며 초월의 아이들과 겹치는 신기를 신통방통하게 바라봤다. 뒤에 있을 일이긴 하지만, 〈범죄도시〉를 본 뒤 마동석처럼 강인한 근육과 끈기를 찾아 나설 것도 누오는 알았다.

  기회가 되면 은하계를 수호하는 자들 가운데 털이 곱던 너구리도 만나봐야 할 것 같았다. 말이 통할지 알 수 없지만, 때가 되면 바람의 사제들도 우주 정찰의 임무를 수행해야할 날이 오지 싶었다. 그 때문에라도 너구리든 수달이든 사전에 교감하는 게 좋을 듯했다.

*

  세 번째 넘어올 무렵 달빛기사단이 들렸다. 바람의 사제들과 무관한 존재들의 전투력과 레벨은 어느 위치에 있는지 알 수 없었다. 세상 사람들이 은밀한 자들과 바람의 사제들을 놓고 헷갈리는 일만큼은 일어나지 않길 바랐다.

발자국을 남기지 않은 견훤의 무사들은 검은 제복으로 몸을 가렸고, 결정의 칼과 궁극의 활과 세 자루 짧은 칼을 허리춤 차고 다녔다. 칼마다 달빛이 튕겨나갔으며, 시위는 늘 팽팽했다. 사제들에게 최신의 제복과 방패를 갖춰 전투력과 레벨을 상승시킬 즈음 벚꽃무지 너머로 슬픈 소식이 들려왔다.

 삼백 명이 넘은 아이들이 바다로 돌아가던 날 하늘엔 그 숫자만큼 별이 더해졌다. 시대가 바람의 사제들을 선택하는 게 아니라, 사제들이 시대를 넘어와야 하므로, 물속에 가라앉는 아이들을 지켜보는 일은 뼈와 혼을 흔드는 고통으로 왔다. 별이 된 아이들의 감성은 별로 끝나지 않고, 눈물로도 끝나지 않을 것 같았다.

 피리소리가 들려왔다. 뱃가죽에 흰 줄무늬를 그린 고래들이 광화문 하늘을 날아갔다. 큰 지느러미를 저어갈 때 고래들은 거대한 풍등 같았다.

 아-.

 의몽의 입에서 짧은 탄식이 들렸다. 고래가 돌아온 이유를 알 듯했다. 고래들이 하늘 모서리에서 울었고, 아이들이 응답했다. 촛불마다 맺힌 소망은 별이 된 삼백 명의 아이들이 못다 부른 노래이기도 했다. 과거를 비추던 횃불은 이 시대의 촛불과 다르지 않았다. 촛불은 고구려, 백제, 신라를 지나 고려와 조선을 건너온 누천년의 연대이며 모두의 희망이기도 했다.
 의몽의 목에서 앞날에 이어질 기나긴 연대가 들려왔다. 언제까지 이어질지 모를 자유의 울분도 들렸다.
 "바람의 사제들은 시대마다 돌아온다."

[참고문헌]

- 김근배 외, 한국 과학기술 인물 12인, 북하우스, 2005.
- 김문식·신병주, 의궤 : 조선 왕실 기록문화의 꽃, 돌베개, 2005.
- 김용덕, 정여립 연구, 조선후기 사상사연구, 을유문화사, 1977.
- 남문현, 장영실과 자격루:조선시대 시간측정 역사 복원, 서울대학교: 출판부, 2002.
- 문화재청, 조선의 궁궐과 종묘, 눌와, 2010.
- 박상표, 조선의 과학기술 : 한국문화콘텐츠진흥원 편, 현암사, 2008.
- 박성래, 한국인의 과학정신, 평민사, 1994.
- 손동운, (부산의 과학자) 장영실, 부산과학기술협의회, 2006.
- 신정일, 지워진 이름, 정여립, 가람기획, 2000.
- 우인수, 정여립 모반사건의 진상과 기축옥의 성격, 역사교육논집, 12, 1988.
- 이덕수, 新궁궐기행, 대원사, 2004.
- 이상혁, 조선조 기축옥사와 선조의 대응, 역사교육논집, 43, 2009.
- 이영기, 주제별로 보는 우리의 과학과 기술, 일빛, 2001.
- 장국종, 조선정치제도사, 한국과학백과사전종합출판사, 1998.
- 장재천, 조선조 성균관 교육과 유생문화, 아세아문화사, 2000.
- 정만조, 조선시대 붕당론의 전개와 그 성격, 조선후기 당쟁의 종합적 검토, 한국정신문화연구원, 1992.

- 최낙도, 정여립 사상 연구 : 기축옥사와 관련하여, 명지대학교 석사학위논문, 1997.
- 허 균, 사료와 함께 새로 보는 경복궁, 한림미디어, 2005.

작가의 말

오랜 날 시간이 깃들고 무늬가 새겨든 글과 함께 나는 늘 혼자였다. 글 속에 묻히는 날마다 건져 올리고자 한 것은 무엇이었는지. 여전히 미명에 잠겨 있는 글의 허상과 씨름하는 일이 조금은 버겁고, 그 버거움을 이제는 알 것 같다.

선조 22년(1589) 정여립을 둘러싼 기축옥사己丑獄死는 조선을 쥐고 흔드는 혼돈이자 딜레마였다. 황해도 일대 현감들이 올린 장계 하나로 시국은 들끓었다. 동인과 서인으로 갈라선 붕당은 최악이었다. 시시때때 해안가를 급습하여 조선을 위협하는 왜적은 임진년 전란의 예감을 싣고 밀려온다.

한줌 흙덩이만도 못한 사직을 등지고 정여립은 진안으로 귀향하여 대동계를 조직한다. 대동계를 이끌고 정여립은 어디까지 진입하려 했는지 알 수 없다. 기록마다 실존들은 정직한 시대를 살다갔으나 소설에 옮길 때 저마다 과묵한 얼굴로 밀려온다.

지어낸 것과 실제의 것이 섞이어 들 때 내용과 상징은 상서로운 언덕을 넘어 온다. 엄한 것을 깨웠으니 현세에 다시금 새겨듣기 바라는 마음은 죽도의 하늘에 그려진 큰 나무 별자리가 들려준다.

오래 전 그랬듯, 이 세상 버리면, 저 세상 올까?
혁명을 꿈꾸던 유자儒者의 삶은 나와 무관할지 모르나, 그 너머 죽음을 기억하는 문장의 넓이와 깊이에 나는 노여워한다.
묻지 마라. 애끓지 마라.
마음 너머 간절한 세상은 절망에 지나지 않으니……

2023년 2월
서철원

전라도 역사의 혼불 2

별의 노래

서철원 장편소설

초판 1쇄 찍은 날 2023년 2월 06일
초판 1쇄 펴낸 날 2023년 2월 10일

지은이 서철원
펴낸이 서영훈
펴낸곳 출판하우스 짓다
주소 서울시 종로구 삼일대로 32길 36(익선동 30-6 운현신화타워) 305호
전화 (02) 3675-3885 (063) 275-4000·0484
팩스 (063) 274-3131
이메일 shianpub@daum.net
출판등록 제2020-000010호

저작권자 ⓒ 2023, 서철원
이 책의 저작권은 저자에게 있습니다. 서면에 의한 저자의 허락없이 내용의 일부를 인용하거나 발췌하는 것을 금합니다.
COPYRIGHT ⓒ 2023, by Seo Cheolwon
All right reserved including the rights of reproduction in whole or in part in any form.
저자와 협의, 인지는 생략합니다.
잘못된 책은 바꿔 드립니다.

ISBN 979-11-981829-0-6 03810
값 14,000 원

Printed in KOREA